新年期望

翡冷萃

著

广东旅游出版社
GUANGDONG TRAVEL & TOURISM PRESS

中国·广州

十六岁深秋的第一个暴雨夜，霍瞿庭第一次哄辛荷入睡，从那往后的每个雨天，他都想起辛荷。

Si Shou Qi Wang

霍瞿庭

"我们小荷会长命百岁，
只要你听话，好好吃药。"

辛荷

Xin He

"一百年好长，好难等到。"

目录

CONTENTS

失忆的霍瞿庭，今天你好吗？

其实最近我也在港城，不知道你忙不忙。应该很忙，偶尔见辛蔡来一次，没有一次是不骂你的，你讨厌他是对的，因为他就是很讨厌！

今天我想，可能人在快死的时候，都会想到下辈子，因为多少能有一些还没彻底结束的安慰。如果真的有，希望到时候我是一个健康的小孩儿，你就可以不用做一个压力永远很大的哥哥。

然后，还想说一句"对不起"，我还是选择让自己做那个心安的人。

对你做了这么残忍的事情，我不敢想如果你想起来以后会怎么样，可能永远不会原谅这样子的我。我也不敢奢求你的原谅，只希望那时你能有一丝丝理解，理解我只是一个懦弱的人，被时间推着走，没有本事，又太害怕你会出事。

你应该不至于那么笨，笨到不怪我反而去怪自己吧？你没有做错事，做错事的人是我。

希望你每天都好，都这么久了，真的不用再想起我。

最近都比较累，头痛，也不喜欢道歉，所以只写这么多。可能还是不够两百字，我想你。哥哥，以前骂了你很多，感觉还是要对你说一次才好。（字数够了，开心。）

第一章

再遇

"最新消息，传奇富商霍芳年于本日 2019 年 7 月 23 日下午 6 点钟，在芳年总医院停止呼吸。6 点 20 分，主治医生宣布霍生脑死亡，若无意外，霍氏分家将近。"

"霍芳年死了？！"修冷气扇的工人越过辛荷，急急地冲到电视前，目瞪口呆地说。

自从住院，富商霍芳年已经"被死"了快一个月，这一刻真死了，围观者倒还有些真情实感的愕然。

新闻传播的速度很快，修理工上门之前，辛荷才接听完霍芳年律师的电话没多久。

霍芳年要求海葬，亦拒绝组织哀悼，这意味着很快就要宣读遗嘱。

据律师所言，霍芳年要求辛荷出席。

那工人还陷在震惊中，辛荷提醒他："早修早返工，我也还有事要出门。"

"OK、OK。"工人说话的同时冲他比个"OK"，三重加持，冷气扇不到十分钟就开始正常运转，不再无端滴水。

但这天下午突然变天，实在不需要它再添寒意。工人确认工作无误后，就顺手帮辛荷关上了冷气扇。

他拿钱出门时还对着辛荷感叹："我家里四个表兄弟姊妹，都在霍生那边，三个是公司职员，一个是商场卖货的，全家靠他吃饭，霍生是好人来的。"

本地人中，没有人不知道霍芳年。

他的事迹出现在每一家的早餐桌上，人们谈论、艳羡、诋毁他，现在他死了，人们倒肯称他一声"好人"。

开始只是卖通心粉的霍芳年，后来有了芳年大厦，而后股票上市，再后来是芳年集团。

霍芳年有钱，为人又乐善好施，因独子早逝，所以在独子去世后的一年半才出生的、他的小孙子辛荷，名字也遍布街头八卦小报。

屏幕里映出辛荷惨白的脸，凄凉又瘆人，他只好将电视重新打开。

暮色四合，新闻画面里一片嘈杂拥挤，为了维持基本秩序，保镖接连数天将医院团团包围，不过依然无法阻挡人群窥视的欲望，留着黑色鬈发、涂正红色口红的记者连维持一句话的端庄也极为困难。

这也难免，毕竟霍芳年病危的消息传出后，几乎整个港城能叫得上名字的媒体都派记者来到芳年医院蹲守。

矗立在沿海港湾的芳年大厦依旧每夜灯火璀璨，但人们知道，它在不久后即将易主。

霍氏分家与其他人大不同。

霍芳年的独子早逝，留下的长孙是外面的女人生的，儿媳辛夷一直挂着霍家人的名号，却在独子去世十八个月以后，才生下了"霍家的第二个孩子"。

记者拍到她养胎的新闻时，小报记者便有众多猜测。

等过了推测的最合理的生产时间，辛夷的肚子仍毫无动静，这在当时给八卦小报提供了长达数月、只要稍有动静翻出来炒作，就可以收获居高不下浏览量的头条新闻。

医院产检、出门购买母婴用品、大肚瑜伽课……偷拍镜头无处不在，许多人突然开始关注这个孀居女人的生产。

到后来，他们把辛夷肚子里的那一胎戏称为"小哪吒"，哪吒要怀胎三年，小哪吒得怀够一年半，暗示孩子的血缘来路不明。

到处在泄露信息，辛夷给"小哪吒"上完户口以后，他的性别和名字随后便直播一样地出现在许多人的电子屏幕上：男孩儿，随母姓，中文名辛荷，英文名Andreas（安德烈亚斯）。

人们八卦的同时，也感慨霍家的容忍度奇高，按说辛夷已经把事做绝，但只因霍、辛两家合作良多，一荣俱荣一损俱损，所以就连这样的侮辱，也可以一言不发地忍受。

不过这个孩子没有在媒体的镜头下出现多久，很快就被送出国门，好像从来没有出现过。

"卸货"后的辛夷依然美艳，在自己公司的楼下和公开社交的场合频繁现身。

关于她生下的孩子，讨论和关注的似乎只有外人，无论是霍家还是辛家，自始至终没有一个人说过一句话。

热度就这样慢慢儿地消退，几年后，辛夷死于飞机失事。在她的追悼会上，七岁的辛荷才重回大众视野。

他回到霍家生活，又被保护得很好，只有新年时，霍芳年带着他和长孙霍瞿庭一起录财团贺岁短片，他才会出现在镜头下。

辛荷虽然生父不详，但母亲辛夷的美貌无可否认，辛荷也生得乌发红唇，一双黑白分明的大眼睛，几乎可以说是如洋娃娃般漂亮。

他被正抽条长个子的挺拔少年霍瞿庭抱在怀里，二人一起面对镜头，一个稚嫩，一个深沉，目光都落在对方的脸上，因此还一度传出"兄友弟恭"的佳话。

于是围观者口风一变,转而夸赞霍芳年活菩萨、肯容人、心肠好。

可终究不是一家人,霍芳年对他的敏感有目共睹,从没有记者敢在正式访谈的时候提到辛荷。

终于,从两年前开始,像出生后的头七年一样,连无孔不入的八卦媒体也再没有捕捉到他的一丝消息。

事情已过去将近二十年,关于霍氏的风波也鲜少被人拿出来集中讨论。

最近霍芳年病重,霍氏对相关消息严防死守,陡然刺激大众神经的,是近日频频出现在偷拍镜头下的面生青年。

霍芳年住院至今,媒体从没拍到过一次霍家人探病。

可私底下,不管姓不姓霍,皆心照不宣,在这当口儿,获得探病资格可能就等同于获得绝大多数遗产的继承权。

故而,从青年第一次深夜探病开始,无论关注或不关注八卦的人,几乎都看过一张聚焦零分的偷拍照:深夜从一辆豪车内探出的上半身,一张模糊的侧脸,搭在车门上骨节分明的手指以及严密围绕在四周的保镖。

由此组成的简单黑白照片,彻底点燃了夏日的港城。

要知道这人的消息其实也并不难办,因为他就是霍芳年的长孙——霍瞿庭。

三年前自 Y 国留学回国,此后一直在集团做事,为人低调,因而除了两年前的一场车祸事故,在社交网站上再难寻到他的痕迹。

"霍氏嫩脸大佬不日上位"。放大的加粗加黑的字体配在那张霍瞿庭的偷拍照旁边,昭示着霍氏年轻的继承人出现。

令人感到讽刺的是，右下角的小图，是从前被拍到的、已经两年没有消息的辛荷的背影照。

这暗示着霍氏近亲争斗、兄弟阋墙的场面和集团内部的角力，令人翘首以待。

这日，霍芳年死亡的消息被报道。

出门后，辛荷在距离不远的华星冰室点了煎蛋吐司和港式奶茶。

正赶上饭点人多，与他拼桌的一对男女朋友也在兴致勃勃地讨论霍芳年的死讯、分析霍氏分家局面。他吃得慢，听了全程。

"辛荷到底分不分得到钱？我看不是钱的事情，他怕是生死都难料……"离座前，女生还在说，"这两年都不露面，恐怕是霍生已为新人扫清上位的路喽。"

她故作惊悚的表情，比了一个割喉的动作："确实好过一阵子，那又怎样？现在想想，他又不姓霍，当时还不是霍家爷孙当着媒体做戏，好叫人说他们连野种都善待。"

辛荷低着头，将银色杯壁上冒着水珠的冰奶茶喝光，而后起身结账。他出门前还外带了一杯，捧在手里，慢慢儿地走回住处。

他刚过海关。

他在过关大厅等了差十五分钟就长达四个小时，到了半夜一点才洗完澡睡下，一大早冷气扇又坏了，他没睡好。

此时冷气扇已经修好，不怕半夜再被热醒，他的五脏庙也得到安抚，加上身体和神经都疲惫，所以只等回家后安静地入睡。

可事实是离他可以休息的时间还早得很，因为他刚到十一楼，狭窄的只供一人通过的过道里，霍瞿庭正在等他。

那张八卦小报的偷拍照上模糊侧脸的主人，在别人口中他名义上的哥哥、争夺遗产的敌人，十几年来日夜相对的人，在港城的七月里，面容冷峻，西服、衬衣依然穿得整齐。

辛荷有些累了，脑袋发晕，胸口也闷，良久之后才看出霍瞿庭的脸色难看。

他回过神，即便已经两年不见，捧着冰奶茶的手仍习惯性地背在后身。面对霍瞿庭，他仍有从心而发的紧张。

"等了很久吗？"辛荷说，"对不起，我出去吃了点儿东西。"

霍瞿庭只是居高临下地把目光落在他的脸上，神情晦暗不明。

辛荷等不到他开口，二人对峙半晌，他先败下阵来，笑了一下，说道："我记得答应过你什么，这次回来是因为我有东西要拿，拿到就走。只是 A 市的房子，哥哥，你不会那么小气吧？"

"我早就跟你说过，别那么叫我。"

霍瞿庭说得很慢，语调平稳，却带着让辛荷无法承受的寒意。他已经两年没有受到过这样的对待，这时候有些仓皇。

辛荷努力笑了笑："好吧。"他又说了一遍，"好吧。"

他掏钥匙开门，但没有不识趣地邀请霍瞿庭到他的蜗居里面坐坐。他弯腰从地上拎起奶茶，一只手扶着门框对霍瞿庭保证："你放心，霍家的事情我不会掺和。你不待见我，等遗嘱读完，我肯定不会再来，但你要给我我要的东西，其他的都归你。"

说完他补了一句："虽然你爷爷也并不会给我什么。"

辛荷猜测霍瞿庭并不知道自己说的"A 市的房子"到底是哪一处，此刻看对方的表情，他确定自己猜得没错。

两年前的车祸让霍瞿庭一夜之间把所有的事情都忘了，然后被洗脑般对辛荷恨之入骨。

"你是自己过来的？"辛荷看着霍瞿庭拿在手里的车钥匙。如果有人跟着霍瞿庭，他就能少受点儿约束，所以他有些遗憾，"位置讲不清，可惜今天不方便，不然我可以带你过去，准确地指给你看，不要卖掉它，你租一百年给我。"

霍瞿庭在逼仄的楼梯间尽量靠后，仿佛辛荷是什么令他难以忍受的脏东西。他闻言，问道："哪里不方便？"

辛荷指了指自己："我要睡觉，太困了。"

霍瞿庭咬了一下牙根，辛荷知道自己又把他气到了。但事实确实如此，他已经开始头重脚轻，再不休息可能会昏倒在去A市的路上。身边陪着的是看他比看苍蝇还烦的霍瞿庭，这样的窘境还是能避免就避免。

"好了。"辛荷边说边把门关上，只留一条缝，"有机会再见吧。"

霍瞿庭似乎极度不愿与他扯皮，迟缓了一瞬，才僵着脸拿胳膊挡住即将关闭的铁门，说："明天过来接你。"

辛荷好心提醒他："其实你这么讨厌我，根本不用自己过来，直接派个跑腿不就好了？交接一处房产对你来说也不是多大的事情，件件都过你的手，你该有多忙？"

霍瞿庭的眼睛里出现碍于教养才极力克制的鄙夷，嘴角有一抹极不明显的笑，令辛荷感觉到极大的恶意："我怕你，你自然不同。"

辛荷笑了，现在他对于霍瞿庭来说仍然不同，只不过这个要他生则生、要他死就死的男人竟说怕他。

"随便你。"

"早上8点。"

"12点以后。"辛荷说，"八点钟我怕我还没有睡着。"

霍瞿庭的忍耐已经到了极限，也不再过多纠缠，警告似的重复了一遍"12点"，告诉辛荷最晚的时间，就立刻收回手臂，让对方关上了那道门。

辛荷走到窗边，试图去看驶出道路的哪辆车属于霍瞿庭，但在十一层的高度做这样的事情，只能称为徒劳。他摁了摁有些疼痛的心脏，洗澡去了。

白天他好歹睡了两个小时，可夜幕降临，好像又把浑身的病痛全部带回来了。

辛荷趴在同自家比起来明显狭窄的卧室的床上，一夜醒醒睡睡，还起来吃了两次药，一直折腾到早晨。

昨天的降温只是暂时的，第二天气温便迅速地回升了。

辛荷被热醒的时候是九点钟。他红着脸起身打开冷气扇，闭着眼，熟练地从药盒里倒出药来一口吞掉，又挪回床上，这才感觉舒服了很多。这一觉他睡得熟，直到被砸门声惊醒。

他把门打开，霍瞿庭没来得及收回制造噪音的手，那只手握成拳，把原本施加在铁门上的力道转到了面前人的脸上。

二人都躲了一下，辛荷下意识地侧头。霍瞿庭也尽量收力，没有全力砸上去。可几秒钟以后，辛荷还是开始流鼻血。

血滴到衣服上，辛荷被霍瞿庭那个对他这样脆弱而感到震惊的眼神逗笑了。他仰头捏着鼻子朝卫生间走，含混不清地招呼霍瞿庭："随便坐。"

止住鼻血以后，辛荷又很快地冲了个澡。等换好衣服出去时，墙上的挂钟指针由晚上十二点三十五分滑向第二日凌晨一点零三分。

霍瞿庭可能是因为自己无端打人，对方甚至见了血而感到理亏，所以一路都没再开过口，既没训斥辛荷不守时，也没对自己的行为进行道歉。

辛荷认真地想了想，霍瞿庭道歉最多的应该还是小时候。每次不管是因为霍瞿庭吓唬要揍他，还是因为他住院打针、吃药而哭鼻子，霍瞿庭都会很无措地说"对不起"。

后来随着年龄的增长，自从他与霍瞿庭相处的时间变长，二人之间的关系就有了翻天覆地的改变。

所以这样看来，是他毁了他们的关系，那么现在霍瞿庭厌恶他肮脏无耻，看来也不全是被霍芳年洗脑的缘故。

"别笑了。"霍瞿庭烦躁地说，"比哭还难看。"

辛荷摸了摸自己的嘴角，窗外一家餐厅一闪而过的同时，他叫道："我还没吃早饭，我要吃东西。"

霍瞿庭淡淡道："等看完房。"

这一趟走完，怎么也要四五个小时。于是，辛荷坚决地反对："我很饿！"

霍瞿庭置若罔闻，汽车在狭窄的街道上缓慢地移动，就是没有找地方停下来的意图。

辛荷熟练道："或者你更希望我去跟小报记者说你虐待我，不许我吃饭，不许我喝水。"

霍瞿庭想象不出是怎样没有教养的人才会这么没有脸皮。

辛荷扬着下巴迎上他似乎会冻死人的目光，重复道："我要吃东西！"

霍瞿庭把辛荷带到一家一看就知道私密性很高的西餐厅，但不等落座，辛荷便说："我不喜欢吃西餐。"

霍瞿庭已经不再表达自己的愤怒，平心静气地说："将就一顿，等这事儿办完，你愿意吃什么是你的自由。"

辛荷说："我现在也有这个自由，我不要吃西餐，我想吃牛腩面。"

霍瞿庭伸手按了按眉心，示意辛荷坐下，然后走了出去，再回来时，跟在他身后的服务生手里端了碗牛腩面。他指着辛荷，对服务生说："放这儿。"

辛荷说："谢谢。"

霍瞿庭没有说话，摸出根烟夹在指间，不点也不闻，只缓缓地转动。

不久后，辛荷吃好了，擦完嘴起身："走吧。"

霍瞿庭看着他面前那一碗牛腩面，牛腩一块未动，他只吃了两根菜，面也吃过，只是靠肉眼看不出变化。

辛荷道："你也想吃？不早说，这会儿再叫一份，岂不又要耽误你的时间。"

霍瞿庭起身，神色复杂地看了他一眼，转身大步离开。

辛荷摸了摸鼻子，并不害怕，心中一笑，也抬腿跟上去。

等过了关口，辛荷在身后叫他："走慢点儿，我好累。"

霍瞿庭停下等他，辛荷边靠近边说："你就这样堂而皇之地走出来，不怕再被拍到？"

小报记者大多在与霍氏有关的各公司和豪宅附近蹲守，基本没人想到霍瞿庭会一个人前往 A 市。公众只看过一张模糊的照片，还不至于在路上短暂的一个照面儿就将他认出来。

霍瞿庭没有解释，只说："别废话。"

"房子在凼仔。"辛荷问，"坐巴士要零钱，你有吗？"

辛荷边说边把手摊平在他面前："给我钱，我去换。"

霍瞿庭掏出钱包，里面现金不多，只有几张大额纸币。

辛荷拿到手里一看，而后在街边的小店里买了两个蛋挞。他将塑料袋挂在手腕上，然后把另一个塑料袋里装的硬币全部塞进霍瞿庭的西服裤兜。

霍瞿庭先是一愣，紧接着被烫到似的后退，低头又看到自己两边的裤兜被一大把硬币撑得鼓起。若不是皮带扣得结实，裤子会因此被坠到脚下也说不准。

辛荷满脸得逞的笑，见霍瞿庭的脸色实在难看，他才慢慢儿地收敛。他走在前面，忍着笑，说道："走呀，车站在那边。"

他一直走到几十米以外的车站，才回头看霍瞿庭。见对方在不远处停下，将两边裤兜里的大部分硬币都放进路边的募捐箱，然后冷着脸走过来。

在巴士上，霍瞿庭一路都黑着脸，似乎打定主意不再搭理辛荷。

辛荷忍着笑，看了会儿他紧绷的侧脸，问道："你留了多少钱？千万别不够付回来的车费。"

霍瞿庭一言不发，辛荷就用挂着装蛋挞的塑料袋的那只手去戳他握着吊环的手臂。他赶苍蝇似的拨开，不耐烦地转过头来，打算说什么，又闭上了嘴。

辛荷看他实在不悦，抿嘴笑了笑："真有那么生气？逗你玩的。"

片刻后，霍瞿庭问："你晕车？"

辛荷不知道自己的脸色到底如何，但他最近确实非常不舒服，所以这会儿也不知道这些不舒服中有没有晕车的功劳。

"总不能是晕你吧？"辛荷笑嘻嘻地说，"我今天亲自过来可是很给你面子的，所以你也要对我客气点儿。"

霍瞿庭立刻把头转回去，浑身上下传达给辛荷的意思——不跟他讲话才是最正确的选择。

辛荷长大后才离开这里，只是两年没来，A市压根儿没有变化，甚至小吃街街头的那几家店铺也都一成不变。

辛荷轻而易举就找到了那栋楼，二人爬到五楼后，他拿出钥匙把门打开，一股霉味扑鼻而来。他顿时感觉到呼吸受阻，大步进门推开窗户，探出头去深吸了好几口气。

等他平静下来，转过身时，霍瞿庭正呆立在其中一间卧室的门口。

辛荷心中一紧，以为他想起了什么。

霍瞿庭很快转头看向辛荷。他满脸寒霜，眼神毫不克制，他本来的教养不允许出现鄙夷和厌恶。

辛荷当即明白了。

霍瞿庭的确想到了什么，但想到的是车祸以后，霍芳年拿到他面前的，声称是自己帮忙拦下来的、被辛荷卖给小报的照片。

那些照片一看就知道是房间里的摄像头拍摄的，为连续的画面提供了丰富的素材。

辛荷也见过那些照片，那天也是霍瞿庭出车祸二十六天以后，他第一次见到霍瞿庭。

然后那沓照片就被头上缠着绷带的霍瞿庭刺出利剑般扔到了辛荷的脸上，当时辛荷的手颤抖到无法捏紧任何一张。

他明白霍瞿庭在想什么，可能想到了过去自己信错了人，所以当下只感到恶心。

墙上贴的儿童汉字拼图跟照片上的完全相同，一切陈设都未曾改变，甚至因为当初主人离开得狼狈，床上的被褥与枕头还是散乱的。

好似往一块烧得通红的铁块上浇上冰水，辛荷的心再次沉了下去。

过了很久，霍瞿庭才从齿缝里挤出几个字："你什么意思？"

辛荷轻松地说："你忘了吗？我说想要这套房子，但不要卖掉它，所以你租一百年给我。"

"用得了一百年吗？"震怒之下，霍瞿庭的脸上浮现一丝残忍的笑容，"你自己那颗爱算计的心长什么样，自己不清楚？"

"原来哥哥担心我有命要却没命住。"辛荷像是对这些恶意的刺伤毫无知觉，顺着他的话耸了耸肩，说道，"不用一百年，可能再过一两年我就死了，可就算做鬼，有个归处也好呀。"

"好。"霍瞿庭大步走到门边，似乎再也无法跟他同处一个屋檐之下，随着声音的消失，对方只留给他一个冰冷的背影，"我就当做善事，为你买座墓。"

宣读遗嘱当天，辛荷到得晚，头戴一顶黑色渔夫帽，脸上戴着同色系口罩，被律师事务所的流程负责人从后门接了进去。

等候室里，人已经到了大半，没一个不认识，但也没一个露出与辛荷许久不见的神情，各家聚成几处，窃窃私语。

辛荷看了一圈儿，没发现霍瞿庭。

马上就要开始宣读遗嘱，他才姗姗来迟，做足了主人公的姿态。

辛荷想嘲笑他，但看他那张脸上全无即将接手大企业的喜色，一时又内心讪讪，只想等这场最后的折磨结束，好走个干净彻底。

展示密封、核验遗嘱有效性、宣读遗产清单与继承人，全程用时将近四个小时。除了中途三次短暂的休息，为表示尊敬，从检验有效性开始，所有人都起立，辛荷坚持站四十分钟，开始腿软心慌。

他的位子在最后一排，霍瞿庭与他遥遥相对，站在最前面，但霍瞿庭鹤立鸡群，他可以将对方看得清清楚楚。

房间里有一股久未通风的沉闷感，混着木质家具的潮湿气味，在发黄的灯光下，老旧的灯管发出响声，屋里的人俱穿一身黑，随着宣读仪式的进行，慢慢儿地开始有哭声传出。

辛荷可以理解这种哭声，因为他内心也充斥着伤感。

这样的场合，即便不为亡者心痛，也容易联想到自己的悲哀。

他长到二十岁，已经稍稍懂得：人生在世，最不缺的应该就是悲哀。

辛荷把手放在前面人的椅背上，稍微扶着以减少一些疲惫。作用虽不大，但聊胜于无。

听到哭声以后，他开始仔细打量霍瞿庭的表情。霍瞿庭的表情绝对与高兴沾不上边，却怎么看也不像悲伤。

他促狭地想，也许那辆车撞走的不是他们之间的关系，而是霍瞿庭的人性和良知。

霍芳年活了不到八十岁，不算长寿，但其中打拼的时间要长过很多人的，留下的财产众多。

进门时，他们每个人就都收到一个册子，上面记录了这天要进行分配的所有东西，很有分量，这甚至不能算册子，可以算一本书了。

即使律师全部以"一号、五号、八号由性别 × 证件号 ××××的 ×× 继承"的最简方式来表达，也读得口干舌燥。

真是辛苦，辛荷在原地微微动了动脚，心里这样感慨。倒不是为律师，是为自己。

霍芳年生前不喜欢他，没想到人都死了，还要折磨他最后一回。

霍瞿庭继财继债，是本日的主角，这一点毋庸置疑。但待遗嘱宣读接近尾声时，众人的脸色还是难看起来。

目前为止，除了霍瞿庭，几乎还没人得到霍氏财团什么实质性的东西。

霍芳年死前，就已经想尽合法方式为霍瞿庭揽财，但那是所有人都心知肚明且温水煮青蛙似的慢慢儿习惯、接受了的，他们也自认为做足了孝顺，相信不拿大头，小利也会有一些。

事实却不尽如人意。

仍是那种闷痛，辛荷的不舒服在听到自己名字的同时达到顶峰。许多双眼睛看向辛荷，才开始后知后觉地回忆：信达、宏生和百隆，还有一些没注意到的东西，后面跟着的名字是辛荷。

在场的只一个人姓"辛"，也只一个人名"荷"。

辛荷顾不上那些眼睛，只去寻找其中一双，幽深的、凝神看人时格外明亮，对辛荷来说，尤其特别的那一双——他看着霍瞿庭的眼睛，继而又去观察对方的神情，只在上面读到平静、冷淡和厌烦。

过了不久，遗嘱宣读便正式结束，嘈杂声也在一瞬间达到巅峰。

早晨在等候室里，富人通用的冰冷神情此刻已经消失了十之八九，人人面上带着不忿与仇恨。

这时候，辛荷才明白，跟着霍瞿庭那一堆保镖的意义所在。他要是平常在霍芳年面前极尽低三下四之能的霍氏族人其中之一，说不准也要在这天由妒生恨，冲动之下就想取他性命解恨呢。

律师被团团围住，大家提出各种有理或无理的要求与问题，也有人意图纠缠霍瞿庭，可他脱身技能了得，眨眼间，便不见了人影。

辛荷慢吞吞地朝门边走，刚听见有人亲热地叫他"小荷"，手腕就被另一个方向的一个人拖住，继而猛地一带。他撞到一个坚硬的胸膛，紧接着被拖出了法院。

坐上车，辛荷与霍瞿庭面面相觑。霍瞿庭仍是那副退避三舍的模样，正襟危坐，开始闭目休息，看都不看他一眼。

他也不多言，歪到另一边靠着车窗，说道："我要去A市，送我到港口，哪个都行，谢谢。"

汽车保持直行，也没人做出回应，仿佛车上除了他，另外的五个人——霍瞿庭、三个保镖和一个司机，都没有听到他的话。

俗话说拿人手短，吃人嘴软，此前他与霍瞿庭已经两清，又无端拿了人家的东西——坐了霍瞿庭的豪车，也是一样的道理。

于是辛荷只好伸手，拉了拉霍瞿庭搁在大腿上的手腕，等他猛地睁眼，才声音很轻地说："我想去 A 市，如果你不方便，在路边把我放下就好。"

霍瞿庭的目光下垂，落在辛荷握着自己的手腕上。辛荷这才松开，抿了抿唇，神情看起来有些抱歉。

霍瞿庭露出一贯不满的神情："别动手动脚。"

辛荷解释道："那是因为你不理我……"

霍瞿庭一副强词夺理的样子，脸上明明白白地写着三个大字：看不上。

他看不上辛荷。

辛荷早就明白这些，懒得在意，只能无所谓。

"坐没坐相，站没站相，你身上哪怕有一点能看的地方，那我也……"说着，他又猛地停住，嘴巴紧闭。

辛荷知道霍瞿庭的前半段在说什么，宣读遗嘱的时候，他那些小动作入了霍瞿庭容不得沙子的眼。他此时又靠在车窗上，好似没了骨头，自然让连休息也是正襟危坐、于何处都要维持端庄姿态的霍瞿庭看不上。

可是"那我也"什么？

如果辛荷身上有一点能看的地方，那他也不至于跟着太掉价？

这其实很容易想明白。

因为事实摆在那里，在车祸之前，他的确鬼迷心窍，还为对方做出放弃一切的决定，其中就包括抛弃家族至亲和放弃继承权。

他已经这样卑微，却仍遭到背叛，承担了最重的一击。

他在这副躯壳里醒来，日夜思索，不能理解过去那个"自己"做的每一桩事。

惨，实在是惨。可谓闻者伤心，见者流泪。辛荷想。

"你不用这么纠结。"辛荷安慰他，"其实你以前也没多真心对我，逗逗我而已。"

霍瞿庭的脸色由一种难看转变为另一种难看，他瞪着辛荷，却提不出反对意见。

该反对哪一句呢？他没真心对辛荷，还是他没有逗辛荷？

辛荷足够漂亮，漂亮到失真，似乎连疾病在他身上也是美丽的加成。

霍瞿庭醒来以后，脑海里浮现的第一个身影就是辛荷，却无论如何也想不起来他们之间的任何信息。他只知道，想到辛荷时与别人不同，他的心跳会变得很快，而且带着隐隐的不安。

霍芳年犹豫了许多天，才将真相告诉他。

二人计划离开港城的那天，辛荷没有在约定的地点等他，他却满怀热忱而去。一座大桥上，八车追尾，他赴的是一场要命的约定。

除了车祸，其实还应该有紧随其后的照片曝光。

霍芳年帮霍瞿庭从媒体那里花天价拿回来的照片，每一张都足以摧毁他霍氏继承人的资格，辛荷则完美地置身事外。

计划严密，杀人诛心。

"你以前不是这么说的。"霍瞿庭道。

辛荷抿了抿唇。他当然也记得自己两年前是怎么在霍瞿庭面前崩溃痛哭、细数二人之间的过往。他的眼珠一转，随口说："那你也没有相信呀，你这个人好奇怪，算了。"

车越开越偏，辛荷有些着急，身体也真的很不舒服。他不再跟霍瞿庭拌嘴，而是央求道："放我下去吧，我答应你的都算数。那些东西怎么还给你，你肯定比我清楚，这周我都在 A 市，需要我到场和签字的，我全部配合。"

霍瞿庭淡淡道："我没说过要你的东西。"

辛荷一愣，问道："那你拉我上车干吗？"

好半天，霍瞿庭才冷冰冰地说："你最近都跟在我身边，等风头过去再滚回 A 市。"

辛荷的嘴微张，很快想明白了，愣愣地说："你继承得最多吧？不应该是看你不顺眼的人多？"

霍瞿庭一记眼刀扫过来，冷飕飕。辛荷却觉得他真英俊，那么多男明星没一个比得上他。

他诚恳地说："说真的，信达和百隆那些，给我没用，我又不会管，可能没几年就倒闭了，还是给你吧，反正你活得长。等我死了，估计世界上就你一个人记得我，恨也好，逢年过节烧点儿纸钱就行，别让我在下面过得太寒酸。"

撇开两年前那场大戏不提，霍瞿庭能很好地持续展现"无动于衷"的最佳真谛。

他看着辛荷明显失了血色的脸和嘴唇，脑海里浮现曾经看过的辛荷发育缺陷的心脏怪状，淡淡地说："我只希望你死得干净些，消息更不用通知我，在此之前安全地离开港城，不要脏了我的地方，也别脏了我的耳朵。"

听完这番话，辛荷思索一番。他在港城孤立无援，辛家视他如敝履，从这天开始，连霍家人也恨上了他，原来霍瞿庭是怕他在港城遭到"活抢"。如果真的那样，也算是霍氏分家造成的一桩丑闻，于如今的家主霍瞿庭的脸上无光。

他随即恍然大悟："好，我记住了。"他又补充道，"其实有时候，我觉得我命好大，有好几次差点儿死了，最后竟都没死成，所以到底什么时候死还真的不好说，照我的意愿，当然是不愿意死在港城的，这里不好。"

霍瞿庭不再跟他扯皮，见他终于接受了不能去 A 市的结果，随即将头一偏，连眼角余光都没再给他一丝。

第四章

不奇怪

辛荷提出要先回铜湾的住所，收拾一些衣物和在药房买不到的救命药。

这回霍瞿庭倒没嫌他麻烦。

辛荷猜测，可能是霍芳年身死这桩事已完，目前媒体也没抓到太多不算美妙动听的消息，仅几房旁支的不甘言论，于霍瞿庭而言，也算一件大事了结，所以他的心情才不错。

只不过他的好心情并没有维持多久，就被收拾好东西再次回到车上的辛荷终结。

"去你那里住也可以，不过我的房间必须铺地毯，羊毛的。床品要真丝的，毛巾浴巾都要手洗，不可以机洗，我对好几种洗涤剂过敏，待会儿写下来给你。

"房间要朝南，前后都有窗户好通风，打扫的时候不可以用吸尘器，声音太大，但要保持干净，因为灰尘太多我会难受。

"除了我的房间，保姆打扫也尽量在十二点之后再用声音比较大的工具，下午四点钟之后就别再大声走动，否则也会打扰我休息……"

"闭嘴。"霍瞿庭说。

辛荷说："那算了，放我下车。"

霍瞿庭没再搭理他。

过了一会儿，他又小声问："我刚才说的你都记住了吗？"

坐在前排的一个男人说："辛先生，您说的我都记下了，待会儿一定会逐条对管家叮嘱。"

辛荷见霍瞿庭的脸色一如既往，觉得没意思，便想继续惹他。

但闭着眼睛的霍瞿庭好像知道他的想法，开口说："或许你想要我把你的嘴缝起来。"

辛荷亲眼见过他命令人缝别人的嘴，所以虽然知道他现在的脑子被车撞坏了，但还是犯尿，真的闭嘴没再挑衅。

一行人从铜湾回到平山顶，辛荷跟霍瞿庭一前一后下车，肩上背着自己的背包，落后一步，跟在他后面。

进门后，便有人引辛荷去房间。他一步三回头，见霍瞿庭朝另一个方向迈了几步，一只手插兜立在酒柜前，动作停住，头微微扬起，在专注地挑酒。

但那意图不过出现一瞬，他便转身走掉。

也是，这时候不过午间一两点钟，照霍瞿庭待人待己的严苛程度，怎么会允许自己白日饮酒，还是毫无由来地饮酒。

辛荷转弯前，最后看了一眼霍瞿庭的背影，那样高大，在光线明亮的客厅里，显出一丝微弱的落寞。

辛荷能懂他的孤独，车祸后再醒来，世界仿佛在一夜之间变了模样。行走和交际都是空白的，只能依靠别人的三言两语来摸索道路。现在最信任的爷爷离世，他必定非常孤独。

那人辛荷从前没有在霍家见过，很细心，帮他做宗一切不需要亲自动手的工作，隔几分钟，又有人来收他需要清洗熨烫的衣物。

辛荷这一天所有的精力已经用完，再没力气应对任何一个人，更无食欲。

他接过保姆倒来的水，仰头吞下一把药。躺下后，他便吩咐晚饭之前不用再有人来，刚说完，立刻陷入了昏睡。

被心脏的疼痛结束睡眠以后，他看了一眼手表，他睡了对他来说已经算格外漫长的四个小时。

辛荷撑着床坐起，拿过药瓶取出一粒药含在嘴里，闭眼靠在床头。

不久有人来敲门，问辛荷晚餐的口味。

辛荷想了想，说道："少油、少盐、少糖，多谢。"

餐桌上，靠近他这一边的菜果然清淡。

大厨严格贴合客人的需求，将几个菜全部做得寡淡无味。辛荷低头充饥，吃下很长一段时间以来分量最多的一餐。

但辛荷的筷子刚一离手，抬头便看到霍瞿庭不满的目光。他面前那几盘菜几乎没有动过，仅其中一片吐司被他切掉一个小角，可以看出痕迹。

辛荷冲霍瞿庭抱歉地笑笑，霍瞿庭随即怕他坏了自己心情一样移开目光。

他不是像霍瞿庭那样会守礼节的人，吃完便起身离开。他在偌大的客厅闲逛，随后被落地窗一角的施坦威吸引了目光。

体积庞大的家伙在天擦黑儿的暮色里散发出温润的光，辛荷的指尖在上面滑过，他慢慢儿地打开琴盖，用脚轻轻将琴凳推到一边，俯身按下几个键。

音质不错。他才坐下，抬手想了想，弹了一小段《棕发女郎》。

辛荷知道擅自动霍瞿庭的东西又会惹他生气，这一天下来，看他不高兴的脸已经看够了，所以赶在他出来之前，规规矩矩地把钢琴恢复原状，打算回自己的房间。

但是来不及了。

霍瞿庭已经出来了，站在距离他十几步远的地方，一边侧脸隐在黑暗里，脸色让他分辨不出喜怒。他走近几步，老老实实地说了句："不好意思，动了你的钢琴。"

"不奇怪。"霍瞿庭说。

辛荷用了点儿时间才明白这三个字的意思：他没教养，自然会做出百样没教养的行为。

但辛荷的表情不变，接着对霍瞿庭道了句"晚安"，心里却想：不知谁更没教养，他只是未经允许弹一弹别人的钢琴，与霍瞿庭做的事情根本不是一个等级。

"明天开始，我要正常上班，保姆会告诉你作息时间。"

辛荷知道这是要自己早起的意思，马上说："不需要，我有我自己的作息时间。"

霍瞿庭却像没听到他的话，径自走了。

辛荷回到房间，不久后有人来敲门，是白天一直跟着霍瞿庭处理琐事的年轻男人。

他先自我介绍，说自己叫单英。

"你家允许你自己出来工作？"辛荷一边让他进来，一边说，"上次见面，你好像还在读书。"

单英挠了挠头，说："是呀，三年前那个圣诞节后，就再没见过了。"

单家一贯和霍家交好，单英的哥哥单华，是霍瞿庭的高中同学，两人关系也很近。

辛荷小时候被霍瞿庭抱来抱去，尤其是从家里到霍瞿庭打篮球的体育场这段路，所以常常跟他们见面。

单英比辛荷大不了几岁，虽然知道一些辛荷和霍瞿庭的往事，但也不过是片面的。他只知霍瞿庭出了车祸，接着辛荷便被赶出霍家并与之老死不相往来的大概剧情。

霍瞿庭被陷害遭遇车祸，是尽人皆知的事情，失忆却属于最大的秘密，可能除了医生和死去的霍芳年，就只有辛荷知晓。

"财产交接的工作才刚开始，税务和债务问题很多，他也是担心你的安全，你就别再故意刺激他了，反正就这几天，早清算完，你也早自由。"

辛荷笑着说："我没有故意刺激他，要是让我跟他一样作息，恐怕活不过八月，我就要一命呜呼。他不愿意我死在港城，其实我自己也不愿意。"

单英是自作主张来充当说客的，但只听这一句话，就有些无言以对。

在他的印象里，辛荷话少内向，又身体脆弱。霍瞿庭一个粗手粗脚的高中生，提到辛荷时，总用"没良心"三个字形容，却也对他极尽细致。

一个已经七八岁的男孩儿，喂水喂药都要被照顾着，总是没事就在霍瞿庭背上。霍瞿庭他们打完篮球回家的路上是不坐车的，辛荷也不需要走路，都是霍瞿庭背着他。

饶是如此，单英还是三天两头听到他住院的消息，连锁反应一样，他一住院，霍瞿庭就烦躁不安，频繁逃课。

后来他慢慢儿长大一些，好像状况才好一点儿。但也只是好了一点儿，跟正常人远远比不了。

现在二人弄到这种地步，单英其实左右为难，不见辛荷还好，见了他，就总忍不住心酸。

所有人都说辛荷做了错事，所有证据也都指向辛荷，但在他看来，辛荷实在不像会做那种事的人。

单英想，可能家里人总说他天真是对的吧。

只简简单单聊了几句，单英没得到什么有用的成果，便向辛荷告辞。辛荷把他送到门口，犹豫地说："哥哥……问过你，有关我的事吗？"

辛荷身边可以信任的人屈指可数，如果霍瞿庭有心想知道辛荷的消息，会指派的人可能也就是负责他生活的单英。他离开港城两年，其中千难万难，害怕霍瞿庭知道，此时又有些期盼他知道。

单英斟酌半响，最终说了实话："没有。"

看辛荷的脸色正常，没有一分变化，好像在问之前就知道这个答案，单英才又说了"晚安"，然后离开了他的房间。

门背后，辛荷久久地站着，一滴泪忽然从面颊上滑落，无声地落入脚下厚实的羊毛地毯上。

第二天早晨，辛荷很早就起床了。其实晚上他还是没怎么睡，不只是因为身体不舒服，还因为离开港城两年，他已经不太适应闷热潮湿的气候，只盼霍瞿庭赶快解决完所有的事情，好让他们重新桥归桥，路归路。

霍瞿庭似乎并不因为在早餐桌上看到他而感到意外。

辛荷边拉开椅子坐下，边说了句"早"。霍瞿庭没有反应，辛荷心想，可能眼皮动的那一下，就是对他的回答吧。

霍瞿庭的胃口显然不错，桌上菜品齐全，大多数不适合辛荷。他喝下半碗粥时，厨房刚好上了海鲜云吞面，他才食指大动，又吃了两筷子面。

经过这几次，霍瞿庭对他挑挑拣拣的不雅吃法已经学会眼不见心不烦，即便见到，也无动于衷。他不再试图教育辛荷学会节俭和不挑食。

二人一同出发前往公司，霍瞿庭要忙的事情很多，虽说是要把辛荷带在身边，但毕竟有些事不适合他在场，于是他就成为那个被关在门外的尾巴，跟着霍瞿庭辗转几家公司的几间办公室，长时间地等在休息室。

每一天都是这样度过的。

辛荷也没再给霍瞿庭找不痛快，叫他坐便坐，叫他走便走，行动都还算利索。

这天，又接近霍瞿庭说定的下班时间，辛荷的手机上收到一条陌生号码发来的短信。

署名是辛延。问他是否还在港城，想约他见一面。

辛延是辛荷外公的兄弟的孙女，两家的血缘还算近。但外人提到辛家，说的都是辛荷的外公，辛延那一支一直靠着辛荷外公这边生活。

在离开港城之前，他与辛家便很少来往，可以说从未有过来往，只有偶尔几次在霍氏公司年会遇见，也没有辛家的人主动与他搭话。

辛荷的目光落在手机屏幕上，渐渐出神。霍瞿庭不知什么时候站在他的身后，一句突然的"不许去"吓得他从座位上蹦起来。

他刚把手机背到身后，霍瞿庭上前一步，稍微弯腰，伸手绕到他背后。

辛荷顿住，轻易就被霍瞿庭拿走了手机。他垂眼读那两行信息："小荷，你还在港城吗？霍瞿庭有没有找你麻烦？我们见一面，地点看你哪里方便。我是辛延。"

"不许去。"霍瞿庭又说了一遍，指尖轻点，将手机还给辛荷以后，那条信息已经被删掉了。

辛荷不置可否，没答应，也没表现出不愿意的样子。等坐上车，霍瞿庭神色严肃，继续审视着他。他只好保证："我不去。而且短信都被你删了，我上哪儿再去找她？"

霍瞿庭道："保不准她还会再给你发。"

辛荷不解道："你跟她有仇？干吗针对人家？"

霍瞿庭淡淡道："不光是她，现在找你的人全部不安好心，我劝你最好不要擅自行动。"

辛荷心想：你不也没安好心吗？计划让我以最顺利、最快的速度滚出港城、客死异乡，简直禽兽不如。

但他嘴上不敢说什么，乖巧地说："知道了，哥哥。"

霍瞿庭被他叫得几乎要起鸡皮疙瘩，张嘴又想教训，但看他低眉顺眼，不像故意恶心自己的模样，便姑且罢休，松了松放在膝上半握的拳头。

"你为什么要管我？"辛荷的语气里只有好奇，"你不是很想让我快点儿死吗？反正我姓辛不姓霍，被辛家人弄死，别人也不会笑话你们。"

霍瞿庭的脸色难看，语调生硬："谁爱管你？"

辛荷失去自由将近一周，心说：如果这不算管，那还有什么算？

但辛荷知道失忆的霍瞿庭的尊严不容挑战，后面的车厢完全隔音，车上又没有别人，于是他换了个话题："哥哥，失忆到底是什么感觉？按理说，你还会管公司，证明脑袋没有变傻……你还记得自己银行卡和邮箱的密码吗？"

霍瞿庭本不欲多谈，听辛荷的话又开始不着边际，索性再没理他，更没心思再次纠正他的称呼问题。

辛荷不依不饶地问："你记得以前的同学和朋友吗？上高中的时候，有好几个一起打篮球的同学，你不会也一并忘了吧？"

霍瞿庭终于忍不住道："安静。"

辛荷不满道："我未免太没有人权，行动没有自由，现在说话也没有自由。"

霍瞿庭冷声道："再吵就把你丢下车。"

辛荷满脸喜色，张嘴准备叽叽喳喳时，霍瞿庭探身凑近他，脸上带着薄怒，瞪着他。

辛荷心一紧，暗骂他"恃靓行凶"，但还是把嘴闭上了。

汽车在安静的氛围里驶回白加道别墅区，这天辛荷从早上出门就开始嚷嚷不去，中午吃饭更耍脾气没吃几口，脸白得像纸，单英好不容易才拦着没让霍瞿庭再骂他。好在后来霍瞿庭的事情结束得算早，下车时天色还亮，天空也蓝。

但辛荷受不了室外的高温，霍瞿庭又把他看管得严，所以洗完澡以后，也不可能有什么室外活动。他百无聊赖，就跑到客厅去，又手痒地摸上了霍瞿庭的施坦威。

轻缓的琴声在宽阔的空间里飘扬，辛荷弹完一曲，见霍瞿庭还没有出来骂他，于是一天两天成为习惯，渐渐地与钢琴熟悉起来。

霍瞿庭的住所里保姆勤快，辛荷住进来以后，就没再自己动手擦过鞋子。

连客人都这样惬意，就更不用说作为主人的霍瞿庭的生活该有多么"巨婴"。

被困在平山顶的第十天早晨，辛荷见识了霍瞿庭的"巨婴"程度：他站在距离吧台两步远的地方，却还要等保姆接好热水送到他手边。

辛荷"啧"了一声，霍瞿庭的视线略微移动，但最终没有看他。

"出车祸连生活习惯都会改变吗？"辛荷不确定地问，"你以前不是最讨厌别人碰你的牙刷、毛巾、水杯这些东西？而且你一般早上都会喝咖啡……或者是你现在改走养生路线了？"

霍瞿庭冷淡的神情像是有短暂的改变，辛荷没有看清，他仍保持着挺拔的站姿，喝下半杯水才转过头，很平静地对辛荷说："还有什么地方不一样？"

辛荷心说：你以前在乎我在乎得要死，就这个不一样。

然而他嘴里说："很多，看你问哪方面。"

霍瞿庭沉默，抬手继续喝水，喝光后习惯性要叫人来取水杯，又停住，自己把水杯放回了吧台待清洗的盘子里，又想了想，打开水龙头，很仔细地把杯子洗好了。

辛荷站在原地看他的动作，从他镇定地开始继续喝水起，胸腔里就有隐隐的痛感蔓延。

这座崭新的别墅远离他们长大的霍家老宅，新闻上说，霍瞿庭出院后就搬了过来，而他的身边如今全是陌生面孔，应该是霍芳年为了遮掩他车祸后方方面面的改变，防止消息泄露。

一家企业的掌舵人失去情感记忆的新闻传出去，不到三个人的传播，就会变成他"脑子出了问题"的解读，这对他的继任将会是毁灭性的打击。

辛荷相信，如果当初不是霍瞿庭强烈要求见他，其实他也会像其他人一样，至今都不知霍瞿庭的真实情况。

这两年来，霍芳年是怎么教霍瞿庭的呢？

他可能并没有多少精力去教，因为辛荷离开不久，就有霍老入院的小道消息传出，直至这半年，已经演变为三天两头在小报上"被死"的程度。

小报新闻未必全是捕风捉影，霍芳年大限已至，走得这么急，甚至来不及再见辛荷一面，那他唯一可以教霍瞿庭的，应该是叫他冷心冷情，不去亲近任何一个人，也就不会对任何人暴露弱点。

他的每一步走得都看似杀伐果断、冷酷无情，但其实他日夜如履薄冰，用困惑和疑问面对这个满是陷阱和刀枪的世界。

"你今天忙不忙？"等他洗好杯子，辛荷问。

"干什么？"

辛荷说："我先问的。"

霍瞿庭迈步走开，路过辛荷时脚步都没停一下。

"我想休息！"辛荷赶紧抓住他胳膊，讨好地说，"行行好吧，我真的很困。你这里住得不舒服，我不习惯，天天都睡不好，已经十天了，再多一天都坚持不了，是真的！"

霍瞿庭说："跟你说不要动手动脚。"

辛荷不松手，反而上去搂住他那条僵硬的胳膊求情："我这破身体要是能上班，至于刚出去的时候差点儿饿死吗？老板、霍老板、霍总、好哥哥……"

辛荷前两天就在琢磨耍赖，直到这天才鼓足勇气，索性起床后连睡袍都没换，这时候紧贴在霍瞿庭的身侧，丝质睡袍随着动作滑动，大体上来说还算穿得整齐。

"辛荷！"霍瞿庭压着怒气，"三秒钟之内松手，不然别再提这回事。"

"你同意啦？"

"三、二……"

"松了、松了！"辛荷退后一米，举起两只手给他看，"别生气啦，这不是松开了吗？说好的，我今天留在家，你可别反悔。"

霍瞿庭的脸色不改，眼神却越发严肃，审视辛荷好一会儿才说："不许跟任何人联络、见面，更不要答应任何人有关财产继承的要求——帮你兑现和互相交换都不可以。"

辛荷保证道："不会有这种事发生！"

霍瞿庭沉默不语。

辛荷在他好像能把自己看个对穿的目光下坚持了十秒钟，突然笑嘻嘻地开口："是不是看我长得好看？"

霍瞿庭的嘴唇微抿，眼睛里立刻露出辛荷熟悉的眼神，是在为他的没皮没脸而感到震惊，那震惊有些故意夸张的成分，于是更显得羞辱。

辛荷摆出意欲贴上去的动作："舍不得我？干脆哥哥也不要去上班，我们一起……"

霍瞿庭皱眉："把衣服穿好。"他立刻转身走了。

辛荷看了两眼他的背影，刚低头整理睡袍，走到门边的霍瞿庭又停了下来，转身对他说话，语气和表情都很认真，跟刚才不同，显然斟酌了很久："你不要担心，应该给你的东西，爷爷既然说了留给你，那就一样都不会少，现在只是在走流程，你不用怕我会拿走。"

辛荷顿了顿，说道："没关系。我说过，你想要的话，我无所谓。反正是我欠你的。"

霍瞿庭似乎不欲再跟他多言，简短地说："不需要。"

辛荷慢慢儿地停下搭在睡袍系带上的手，在身侧半握成拳，脸上也不再嬉笑，看起来有些紧张，又有些胆怯："真的吗？"

霍瞿庭记得两年前辛荷离开港城时的情况，那天非常难得地下了点儿雪，被拖出病房的辛荷留给他的最后一面是尖叫着流泪的样子。

港城算是辛荷所有计划功亏一篑的地方，如果不是为了可能会有的遗产，他不会再回来。

此时的霍瞿庭没有从前对他盲目的信任和不舍，刚醒时的恨好像也不太分明，自己可能更多的只是把他当成一只张牙舞爪的小动物，时刻提醒自己保持警惕。

霍瞿庭想到辛荷最近明显的不安，嘴里说着"给你给你"，眼睛里又不是那个意思，还有刚才藏在话里对自己示弱的"差点儿饿死"，难得有些耐心："真的。"

"那你怎么报答我？"霍瞿庭反过来又问。

辛荷没弄明白他是认真的还是开玩笑的，但还是回了一句："命都捏在你手里，哪里轮得到我做主。"

霍瞿庭一副没听到的样子，说下去："从某种意义上来说，你是最了解我的人。"

他在"我"字上落了个重音："很多问题我也不好去问别人，所以从今天开始，在事情解决完之前，你负责详细告诉我霍瞿庭的生活习惯细节和人际关系，这就算你的报答。"

"谢谢你。"过了一会儿，辛荷才磕磕巴巴地说，"我以为我什么都拿不到。你那么讨厌我，又……又恨我，我以为你不弄死我就够好的了。"

霍瞿庭低头换鞋，没再说话。

辛荷又声音很轻地说了一遍："真的谢谢你。"

"毕竟他是真心对你。"好一会儿，霍瞿庭突然说。

辛荷想起从法院出来以后，在车上调侃霍瞿庭的话。霍瞿庭现在肯承认，他却并没觉得更好受一点儿。

霍瞿庭的神情很自然，像在说一个毫不相干的人："直到他死前的最后一秒，也并不知道你对他做的事情。他在开车途中发给你的最后一条消息是叫你点杯热的暖手，他愿意为你放弃一切。你知道，我也知道。所以虽然我和他不同，但我还是不想做赶尽杀绝的事，只希望你以后能活得有些自尊，这比什么都强。"

霍瞿庭把失忆前的自己称为"死去的他"，很长一段时间里，辛荷的脑子里只有这个想法。

他露出感激的笑容，道："你人真好，长得帅又善良，我遇上你真是祖坟冒青烟，积了八辈子德。"

闻言，霍瞿庭的脸色又隐隐发黑，最终他一言不发地走了。

也许是因为没有辛荷这个拖油瓶跟着，霍瞿庭的办公时间大幅度地拉长，打破了早八晚六的时间点，到家时将近十一点。辛荷发消息给他，他也没有回复，辛荷又没有事做，只好在客厅有一搭没一搭地弹钢琴。

琴声随着门开的动静停止，客厅没有开灯，只有壁灯微弱的光线，落地窗外是灯火璀璨的，以此作为背景，二人交换了一个眼神，然后眼神很快错开。

"好晚。"辛荷在琴键上点下几个尾音，起身离开钢琴，走到霍瞿庭面前，低头看着他换鞋，又说，"你以前不太会买这个牌子的皮鞋，你喜欢深棕偏黑的颜色，有时也会穿棕色，但不太多。"

霍瞿庭起身，辛荷又说了几个牌子。他敛眉微微停顿，然后抬脚朝客厅走去，嘴里说："记住了。"

辛荷慢吞吞地跟着他。

霍瞿庭进门后并没有开灯，就着壁灯的光线去拿了杯水。辛荷跟在他边上，又把西服、衬衣之类的习惯说了很多。

其实男式的商务着装大同小异，无非是细节上微小的差异，但辛荷说得很细，可他对现在的霍瞿庭缺少了解，除了故意惹霍瞿庭生气的时候，他无法从霍瞿庭的表情上来判断对方是否认真在听，或者只是觉得好笑。

等到辛荷说完一大段话，霍瞿庭放下见了底的水杯，转过头来看了辛荷一眼，又说了一遍："我记住了。"

辛荷立刻笑了："那你明天上班让我来帮你选领带吧。"

霍瞿庭刚要习惯性地拒绝，随即又改口："可以。"

二人似乎是第一次这么和平地结束对话，辛荷不是很习惯，跟霍瞿庭分两个方向走回房间的时候，还无数次想再惹惹他，看他压抑怒气的脸，但他走得很快，没给辛荷这个机会。

等到这么晚，其实辛荷已经不太舒服，进了房间以后，他缓缓地走到床边靠床头半坐，缓了很久，保持着那个动作陷入了半睡半醒的状态。不知道几点，他的脑袋猛地一偏，才又惊醒过来，爬进被窝儿里睡了。

霍瞿庭做事谨慎，打定主意要他在顺利接受遗产之后才能离开港城，防他跟防贼一样，对他的放纵只有一天的限度。

辛荷明白，所以第二天他自己也没有多大的信心，只有到霍瞿庭的卧室选领带的时候试探地问了一句："今天可以不带我吗？"

霍瞿庭正在整理衬衣，闻言平淡地回了两个字："不行。"

辛荷干巴巴地"哦"了一声，选来选去，最终选定一条，拿在他胸前比画了一下："这条吧，行吗？"

那是一条霍瞿庭自己绝对不会选择的领带，倒也不算非常张扬，只不过有些过于好看，使他显得太年轻，要是站在台上，还真是像极了男明星剪彩。

霍瞿庭克制地问："他会选这条？"

"有时候吧。"辛荷认真地说，"毕竟不可能永远用同一种款式，偶尔也需要一些变化。"

良久，霍瞿庭刚要开口，辛荷看出他想要拒绝，于是不由分说地踮脚就把领带绕上他的脖颈，在他喉结下一收，脸凑过去，仰头问："就这条吧，行不行？"

他们挨得太近，霍瞿庭可以很清晰地看到辛荷上翘的睫毛，接着又不合时宜地注意到他眼睛的弧度，有点儿未语先笑的意思，这长相其实很占便宜，总容易叫人判断错误，以为他单纯无害。

霍瞿庭转开头，垂在身侧的两只手抬起一半又放下，不耐烦地说："动作快一点儿。"

辛荷抿着嘴笑，大声道："马上、马上！"

他仔细地帮霍瞿庭整理领带，头顶的发丝有意无意地擦在霍瞿庭下巴上，是细软的发质，蓬松地搭着，起床后还没有好好梳理，所以显得有些凌乱。

半晌，他还不走开，霍瞿庭偏着头问："好了没有？"

辛荷还是那句话："马上、马上。"

霍瞿庭又等了一会儿，把头转向另一边，在穿衣镜里看见原本在自己视野盲区内的辛荷的脸。

上面并没有不着边际的表情，他很认真地抚弄着那个已经完美的领带结，露出霍瞿庭没怎么见过的平静眼神。

二人在穿衣镜里站得很近，相比起来显得过于瘦的辛荷上身微微前倾，仿佛下一秒就要倒下。

霍瞿庭退后一步，自己捏住领带结左右调整了一下，没再看辛荷，抬腿出了更衣室。

前往公司的路上，霍瞿庭被辛荷盯得几次想发火，但每次刚瞪过去，辛荷就掩耳盗铃般移开目光，嘴角还带着点儿得逞的笑。

霍瞿庭拽了把领带，伸手捏着他的下巴把他的脸转过来，没来得及开口，他就拿无辜的眼神看霍瞿庭，软绵绵地说："干吗？"

霍瞿庭顿了顿，冷声说："你骗我。"

辛荷状若疑惑："没有呀，我又骗你什么了？"

"领带。"霍瞿庭说。

辛荷咬了咬嘴唇，憋着笑说："不好看吗？"

霍瞿庭的眼睛里冒出点儿怒意，辛荷赶紧拿两只手握住他捏着自己下巴的手腕，求饶道："我错了，跟你开玩笑的……嗳，轻点儿，好疼！"

霍瞿庭冷着脸盯着他好一会儿才收回手。他立刻摸上自己的下巴，嘴里嘀嘀咕咕，不知道在骂什么。

辛荷皮白肉薄，经不得碰，霍瞿庭根本没用力，就在他下巴上落下一个红印。

霍瞿庭看着辛荷龇牙咧嘴夸张地吸气，将视线转到一边，霍瞿庭警告道："再敢瞎编，犯一次扣一栋楼。"

辛荷被他又捏又凶，刚才真觉得疼，所以委屈了，不服气地问："遗嘱写了是给我的，你凭什么扣？"

霍瞿庭慢条斯理地说："那你就等着看我凭什么。"

辛荷咬牙道："你说话不算数！"

霍瞿庭好整以暇地说："生意人讲什么信用？全看我心情好坏。"

"那完了。"辛荷板着脸说，"你天天看着我，心情怎么会好？我还是走吧，也不用求着你帮我处理遗产交接，随便找个经理人，都比在你这儿受气要好！"

霍瞿庭转向另一边车窗，脸上的表情似乎因为辛荷生气而缓和了很多，嘴里还说："把你放路边行不行？你自己看看在哪儿下车比较好。"

他们一起上了十来天的班，单英摸出点儿门道，只要霍瞿庭没生气，他就敢拉架："辛先生，别恼啦，老板也不是天天给您气受吧。您想想，因为照顾您，室外时间长的工作他都不去，攒了一大堆，所以昨天才加班那么久。而且不管开什么会，都要按点吃饭，又因为您不吃外卖，所以我们顿顿都正经解决，这在以前忙起来的时候，可是老板都没有的待遇，还不是有什么就填几口。您消消气、消消气。"

辛荷重重地"哼"了一声，幼稚得单英也没忍住笑，霍瞿庭则一副事不关己高高挂起的样子。

辛荷不依不饶地冷声说："你叫我不要动手动脚，那你自己也没有做到。"

霍瞿庭说："你抓我抱我几次？我还没有用完次数。"

辛荷简直怀疑他吃了什么伶牙俐齿的速效药，败下阵来，用力把头转向另一边。过了一会儿，辛荷又跟有病似的有点儿想笑。

这天辛荷跟着霍瞿庭从酒店转移到法院，二人要办的手续还有很多，最近霍瞿庭更处于无法离开的状态。一行人行色匆匆，辛荷走不快，落在后面，在经过一间办公室的时候，被人猛地拉住。

辛延的表情像见了鬼："辛荷！都快一个月了，你还在港城……那为什么一直没有回我的消息？"

辛荷看了一眼走在前面的霍瞿庭，怕他看到又生气，挣扎着快速说："因为没什么好说的，我走了，你放开。"

辛延捏他手腕的力气更大："霍家分家闹到现在还不清楚，家里都在找你，看来霍瞿庭把消息捂得严实，你跟着他，家里却一点儿消息没打听到，听说他们只追到你一周前去巴塞罗那的机票，我还真以为你拿钱远走高飞了。"

"钱还没拿到。"辛荷被她捏得有些疼，"拿到我就走了。"

辛延问："怎么，他为难你？"

辛荷简短地说："不算为难，只是不太爽快而已，拖一段时间会给的，最多三个月。"

辛延说："那不是又要你低三下四吗？以前没看出来，我竟然有这么个能屈能伸的弟弟。不过他为难你也是正常的，换作别的任何人，你那么对他，他怎么会放你好过？小荷，只信达一家公司就有天价估值，还有宏生和百隆，我不信他这次是真心实意地帮你，等三个月交接下来，给你个空壳子谁又能怎么办呢？就算有辛家的人帮你说话，但说起来到底是霍家的产业，你别那么倔，大不了就算了。"

"吃不下的东西强吃是会被撑死的。"她打量了一遍辛荷的脸，缓缓地说，"我真不明白，你要那么多钱到底干什么用。"

辛荷说："怎么能算？那是我妈留下来的，我一定要拿到。"

辛延脸上的表情变得有些微妙，良久，才说："随你吧，原本我只是想说，离开这个是非之地，越快越好。姑妈已经没了，叔叔也没有能力护着你，在这关头出任何一点儿小事，都足够让你粉身碎骨……辛蓼烦你烦得要死，说只要在港城再看到你，就不会让你全须全尾地离开。"

辛荷名义上的舅舅的儿子——辛蓼——辛家唯一的继承人，比他大六岁，是个只知道跳脚的草包。

而辛延是四月份辛荷住院那段时间来看辛荷最多的人，说亲情有些过分，但毕竟血浓于水，更重要的是他们之间没有利益纠纷，辛延在家也一向说不上话，所以对辛荷才和善一些。

辛荷道："我如果怕，就不会再回来。多谢姐姐关心。"

"我怎么看你比五月份出院的时候还瘦，最近有去过医院吗？"

辛荷说："会找时间去的。"

辛延还要再说什么，走廊尽头，冷着脸的霍瞿庭语调发寒地叫了一声辛荷的名字。

辛荷转过头看了他一眼，随即用了些力气，挣开了辛延的手，嘴里说"姐，我走了"，然后朝霍瞿庭走过去。

他停在霍瞿庭面前，缓了几口气，见对方还绷着脸，有些手足无措地挠了挠后脑勺儿，解释道："遇见我姐，说了两句话。"

"你哪里来的姐，是堂的还是表的？"

霍瞿庭虽然故意刺他，但是说得没错。他现在不仅自己一个户口本，又因为辛家不认他，往上查没根没源，好像石头里蹦出来的。

他脸上是犯了错的表情，认错态度很好，没脾气似的，语调很轻地说："那也是姐姐。"

"等了你五分钟。"霍瞿庭没因为辛荷轻描淡写地提起自己的身世而停顿，也没抓着这个说什么不好听的话，只很快又说，"这叫两句话？"

辛荷语塞，低头绞手指，看自己的鞋尖。过了一会儿，霍瞿庭转身走了，他赶紧跟上，在拐弯的地方回了一下头，辛延还在原地看他。

霍瞿庭的这场不快延续了很多天，辛荷才逐渐明白，刚见面时的霍瞿庭已经是最和善的模样，也体会到，他真正想忽视一个人的时候可以做到什么地步。

他单方面冷战了将近一周，没跟辛荷说超过五句话。

这天又要跑好几个地方，还要在铜湾待很长时间，霍瞿庭开完一个会的中途休息时间，辛荷找到他的办公室，规规矩矩地敲了门才进入，低声问他："我可以回这边的房子休息一会儿吗？我感觉不太舒服。"

霍瞿庭头都没抬，想也不想就说："不可以。"

"真的难受。"辛荷说，"要不然你叫人跟我一块儿去，我想安静地躺一会儿，你们公司附近施工的声音我受不了。"

半晌，霍瞿庭才冷着脸抬头，问道："这次又想去见谁？"

辛荷愣了愣，霍瞿庭的眼神似刀似剑，每一次辛荷以为自己习惯了的时候，他再用那种厌恶的态度对待辛荷，辛荷还是会感觉到窒息。

辛荷说："谁都不见，我跟你说了是我不舒服。"

霍瞿庭没再跟他争论，低头说："出去，把门带上。"

辛荷站着没动，好半天，霍瞿庭也没有任何反应，来送文件的单英察觉到室内的低气压，把文件放在桌上，又走过去无声地拉着辛荷走到沙发上坐。

辛荷没有别扭，低着头在沙发上坐下了。单英低声问："你的脸色不好，要不要吃药？我去买。有没有想吃的东西？"

辛荷摇了摇头，说道："麻烦你给我一张毯子。"

霍瞿庭很少在这边办公，所以单英不太熟，出去了好一会儿，才拿了床干净的、未拆封的毯子回来。

办公室的门关着，他一着急，就没有多想，推门看到霍瞿庭正在弯腰帮好像已经睡着的辛荷盖上自己的西服外套，遮光帘也已经拉上了。

霍瞿庭听见动作直起上身，脸上严肃的表情未变，回头无声地对有些手足无措地单英伸出手。

他把毯子接过去，就又转身背对单英，动作很轻地拆了包装，帮辛荷盖在西服外套的上面。

单英带上门出去了。霍瞿庭站在原地，又看了会儿抿着嘴熟睡的辛荷。

辛荷的脸色的确很白，嘴唇微微抿着，眼尾有些泛红。

重新见面的一个多月以来，他第一次看到辛荷这副样子，分明没有叽叽喳喳地吵闹，却让他感觉到更加烦躁。

他在脑子里回顾属于辛荷那部分遗产的交接，计算还有多久才能叫辛荷走得这辈子都不再见面。

他们之间全是孽缘，而所有的经验都告诉他，辛荷只会带来厄运，他应该离这个人越远越好。

晚上霍瞿庭有不得不到场的应酬，就叫单英先送辛荷回家。二人从霍瞿庭的车下去换到另一辆，辛荷全程一言未发。

辛荷和霍瞿庭好不容易和谐相处了一个月，猛然间回到冰点，从霍瞿庭单方面的冷战变成互相都不搭理，这让单英心里叫苦连天。

霍瞿庭的车子先走，两辆车很快分成两个方向，载着单英和辛荷的车往平山顶去，辛荷靠在车窗上不知出神地想着什么。

单英说："别气了，快慢就这段时间，你说呢？气坏了不值当。"

单独面对辛荷时，单英的语气比较亲密，也不再用尊称。他知道自己安慰人的技能不高，说完叹了口气才犹豫道："你也知道，当初车祸有辛蓼的一份，想从霍氏手里拿回信达和宏生，所以霍总最恨辛家的人，你总在他眼皮底下跟他们来往，他才这么生气。"

辛荷沉默了很长时间，才声音很低又很慢地说："我没有气他……只是怕他以后会难过。希望不会吧。"

单英没有听懂，辛荷也没解释。过了会儿，单英提醒他："之前你见辛先生的事情，霍总也知道了。"

辛荷没感到多奇怪，这几天霍瞿庭的脸臭成那样，想也不可能只是因为他跟辛延说了几句话。

那天他撒谎说要留在家里休息，最后却见了舅舅，此事被霍瞿庭知道后会怎么想是显而易见的。他倒也从来没想着能彻底瞒过霍瞿庭，但心里还是有种难言的滋味。

这是他唯一没有跟霍瞿庭一起回家的一天，汽车飞掠过街道，已经上山接近白加道别墅区，在某段路向下望，能看到灯火闪耀的沿海港湾。

辛荷恍惚感觉自己像飘荡的风筝，但没有飞得太高，只需要一丝方向不太对的风，就可以把他扑向泥淖。

晚餐辛荷没有多吃，很早就回了房间。

第二天一早，霍瞿庭在餐桌上告知他："有桩生意，今天上游轮，去五天。"

辛荷沉默片刻，说道："我晕船。"

霍瞿庭不置可否："早就定好的。"

辛荷说："好吧。"他捧着碗喝下一口熬烂的小米粥，又低声说了一遍，"好吧。"

留给辛荷收拾东西的时间不多，他匆忙带上五天份的药和从铜湾过来时拿的那个背包，就跟霍瞿庭出了门。

上了船，辛荷才知道自己跟霍瞿庭住同一个大套间。

霍瞿庭可能是考虑到船上人多眼杂，怕他节外生枝才这样。

没等船抛锚，辛荷就在房间躺下，有人来叫了他两次用餐，他都没去。直到晚上将近八点，单英打电话，说霍瞿庭好像发烧了，问他有没有带应急的药。

他们住的叫什么总统套间，有医生随时待命，辛荷由此想到霍瞿庭的情况应该并不严重。

他送了退烧药过去，果然只是单英在着急，霍瞿庭跷着二郎腿坐在床边，低头不知道在看什么。

房间里有一种特殊的气味，很淡，但是无处不在，容易让人联想到某种青苔或是雨后森林里潮湿的味道。

灯光偏暗，晚上起了风，船身摇摇晃晃，辛荷站在门口，一时间竟然有些看不清他的脸。

霍瞿庭转头看了过来："发什么愣？"

辛荷才发现，不知道什么时候，单英已经走了，这里只剩下他跟霍瞿庭。

"吃药。"辛荷走到他身边，把装了三种药的小药盒放进他手里，想试他额头的温度，又不太敢，最后只说，"过三个小时还不退烧，就要叫医生了。"

霍瞿庭没说话，他们离得很近，身影却仿佛陷在黑暗里。辛荷对上他发黑发沉的眼神，觉得看不懂，便移开了。

"那我走了。"辛荷知道他还在生气，不会搭理自己，说完又找杯子帮他接了热水放在床头柜上，"现在这么晃，先别看了，休息一会儿，记得吃药。"

回房间后，辛荷没再上床，一直在椅子上坐着。

这艘游轮并不算好，即便是最好的套间，也没有多大，内饰更可以称为普通，但令人惊奇的是地上竟然铺着羊毛地毯，床品还是真丝的。

墙壁上挂了一幅随处可见的少女打水的油画，他盯着看了一会儿，只觉得时间过得好慢。

等终于到了十点半，他立刻去敲霍瞿庭的门，很轻的两下，没有人回应，他便直接推门进去。

霍瞿庭平躺在床上，看起来像是睡着了，灯光仍旧很暗。辛荷慢慢儿地走过去，见床头柜上放着空了的药盒和剩下半杯水的水杯，又盯着他的脸看了好一会儿，才在他身边蹲了下来。

他的眉骨和鼻梁都很高，所以显得眼窝比其他亚洲人要深邃，看人时有点儿不怒自威的意思，容易叫人害怕，这会儿他闭上眼睛安静地睡觉，才显露出本来的英俊。

辛荷趴在他的床边，下巴支在胳膊上看他，很久之后，才动作很轻地伸手，摸了摸他的额头，摸完也没有拿开，而是指尖轻轻地向下滑，抚过他的颧骨和侧脸，在摸到下巴的时候，被他一把攥住了手腕。

他转头看过来的眼神那么清明，辛荷立刻反应过来，他刚才并没有睡着。

"我来看你还烧不烧。"他磕磕巴巴地说，"放开，你弄疼我了。"

霍瞿庭一言不发，既没有跟以前一样说"别动手动脚"，也没出言讽刺，只是眼一眨不眨地盯着辛荷，用真正审视的眼神看着他，好像要把他从里到外看穿。

辛荷试着起身收回手腕，却被霍瞿庭轻松一拽就拉了回来。

霍瞿庭的神情冰冷，声音也很冷："别这么看我。"

霍瞿庭松开了攥着辛荷手腕的手，用指尖在他脸上拍了拍，低头凑过去，对上他一直以来明里暗里对自己流露出的复杂眼神，用克制过以后的低沉声音说："辛荷，我不是那个人，不会再被你背叛第二次，所以我希望你的脑子清楚一点儿，认清这个事实。"

第七章

太晚

　　游轮迎着风浪走，船身颠簸，一个摇晃，辛荷还没开口，就被甩得一阵踉跄。

　　霍瞿庭被惯性甩得往后仰，腾出一只手才撑住。

　　二人挨得很近，除了船里的潮湿气味，辛荷还闻到他身上非常陌生的味道。

　　在霍瞿庭身边，他才感觉到久违的疲惫，两年以来的每一天，尤其是四月和五月，他都像一片飘荡的落叶渴望大地那样渴望着温暖，这时候终于得到了，却好像已经太晚。

　　不知过了多久，游轮行驶早就回归平稳，辛荷耳边传来霍瞿庭僵硬的声音："松手。"

　　辛荷维持这个动作许久，才手脚并用地爬下床去，有些犯尿地说："你说的我记住了。我走了，你休息吧。"

　　霍瞿庭的脸黑了一度，没再说话，辛荷脚底抹油，很快溜了。

　　在游轮上的五天，除了霍瞿庭偶尔来问辛荷与某人的关系，二人没什么多余的接触。

　　霍瞿庭对辛荷如避蛇蝎，辛荷倒不是怕他，只是晕船难受，霍瞿庭又不准他随便抛头露面，所以他大部分时间都在房间里待着，基本见不到几面。

下船那天，单英一早就来帮辛荷收拾东西。

药盒和换下来的衣服都收拾好了，只有一根充电线找不到了。

单英见他着急，也跟着一起找，最后找来服务生，大家一起把房间翻了个底朝天，还是没找到。服务生随口问："您最后一次用是什么时候？有没有可能掉在地上被打扫卫生的阿姨当作垃圾扫走了？"

辛荷直起身来，手里捏着枕巾的一角，抿了抿嘴才声音很轻地说："会被当成垃圾扫走吗？"

服务生说很有可能，不然不会哪里都没有，又说回去帮辛荷拿一根新的。

房间里都找遍了，况且只是根充电线，辛荷当即说算了，微微笑着，很认真地说："谢谢你，反正马上就要下船，不用拿新的了。"

服务生又一次道歉，便走了。辛荷抱着背包坐在床上，单英问他怎么办，他说没事。确实没什么大事，所以单英站在门口，一时间也没话。

一早上都在跟人谈话的霍瞿庭突然走到门口，单英赶紧问好："老板。"

霍瞿庭"嗯"了一声，看到坐在床边的辛荷似乎有点儿失魂落魄，又好像只是安静地不说话而已。

单英主动说："辛先生的充电线不见了，刚找完一圈儿。我们什么时候能到？"

霍瞿庭说："一个小时吧。"说着，他抬腿朝辛荷走过去。

昨天一天都没见，今天辛荷穿了身他没见过的衣服，白衬衣、黑裤子，倒显得精神好了很多，不那么孩子气了。

"什么充电线？"

辛荷搂着包，从下往上看了他一眼，闷闷地说："手机充电线。"

霍瞿庭露出"当我白问"的表情："我不知道是手机充电线？"

辛荷捏着背包带子，好一会儿才说："白色的，跟普通充电线一样，上面有个小熊，夹在充电线上，是从扭蛋里扭出来的，买不到。我知道你又要嘲笑我，随便你。"

辛荷说完也不抬头。霍瞿庭看着他头顶的发旋好半天才说："叫人帮你找。"

说完他就出了门，几分钟后回来，也不去自己的房间，就坐在辛荷房间的椅子上，西服外套脱下来搁在大腿上，白衬衣卷到小臂，胳膊肘支在椅子扶手上，十指轻轻地交叉着。

单英索性把他们的行李都搬到了这边，走到窗边望着对岸，只等着下船了。

过了半个多小时，门外到处是嘈杂的声音，游轮马上靠岸，随处可以听见行李箱滚轮滚动的声音。

辛荷抱着背包在床边歪坐着，面对打开的门口。霍瞿庭的保镖还没来得及敲门，他就看到对方拿在手里的那根充电线，棕熊站在上面咧着嘴笑。

任务是霍瞿庭给的，保镖自然走到霍瞿庭身边。霍瞿庭没接，也不说话，面无表情，抬手指了一下已经麻利地从床上爬起来的辛荷，才说："给他。"

保镖被辛荷看得不好意思，边递给他边说："确实是被阿姨扫走了，幸好还没进大垃圾箱，不然就真找不着了。我刚拿去洗过了，还消了好几遍毒，您直接收起来吧。"

辛荷不停地说："谢谢你、谢谢你，太谢谢你了！"

等保镖走了，辛荷还是一脸失而复得的高兴劲儿，先把充电线绕好放进背包，想了想又拿出来，单独把棕熊取下来，宝贝似的放进了夹层里，才重新抱着包倒回床上，傻乐。

没过多久，就有人来通知霍瞿庭下船。他们走单独的通道，前后都没多少人。辛荷紧跟在霍瞿庭身后，下楼梯的时候，很紧张地抓住了他的衣袖。

霍瞿庭头都没回，直接反手抓住了辛荷的胳膊，把他带到跟自己同一级楼梯的位置，扶着他慢慢儿地下去了。

岸边的风很大，落地的一瞬间，辛荷感觉到踩在实处的踏实，不由得眯着眼睛笑，转头对霍瞿庭说："谢谢！"

霍瞿庭刚要说话，辛荷就补充："谢谢你扶我下来！"

男人的脸彻底黑了，好像一时忘了松手，仍抓着他的胳膊往前走。

辛荷被拽得趔趄，也不恼，甚至蹦着走了几步。他越过霍瞿庭，回头说："这次是你占我便宜！"

霍瞿庭才马上烫手似的松开手。辛荷又高兴了会儿，才说："谢谢你帮我找充电线。"

霍瞿庭冷淡道："晚了。"

"你怎么这么小气？"辛荷憋着坏笑，"谢你的保镖难道和谢你不一样吗？"

霍瞿庭说："我是请他们来挨揍，不是领谢的。"

辛荷一时间无言以对，竟然觉得他的话也有几分道理。

当天的气温不是很高，天空又蓝，还吹着海风，刚落地的辛荷心情愉快，大步走在前面。过了一会儿，他回头看一眼霍瞿庭。

风从后面吹乱辛荷的头发，他的脸上带着大大的笑容。

但他没开心多久，下船当晚，霍瞿庭的别墅三楼在深夜两点钟亮起了灯，没过多长时间，整栋楼亮如白昼。

两辆有着芳年医院标志的救护车停在门口，辛荷的房间里，医护人员进进出出。

辛荷的意识不太清楚，吸了一段时间的氧气，医生才问他："大致说一下手术经历和过敏药物。"

辛荷先很慢地说了几种化学药剂的名称，随后说："心脏做过两次手术……还有一次肾移植。"

医生打字的动作停下，思考片刻后问辛荷："你是捐赠人，还是被捐赠人？"

辛荷低声说："捐赠人。"

"手术时间。"

"今年四月。"

本身就微不足道的嘈杂声响似乎在那一刻陡然消失，医生也没有说什么，开了两种速效药，其他的药辛荷房间里都有，医生又给他打了一针镇静剂，让他容易入睡。

漫长的一段时间过后，护士们拎着箱子放轻脚步前后下楼。霍瞿庭站在辛荷的卧室门口，听管家和医生说话。

"睡眠……白天不清楚，晚上加起来应该不到四个小时。"管家解释道，"因为房里的温控系统会记录调节时间，所以能看到辛先生的房间整晚都有调节记录。"

说完，二人都沉默片刻，医生又问了些辛荷生活上的细节，最后转向霍瞿庭说："暂时没什么问题。但一定要注意休息，今天这种情况发现晚了会很危险，他是不是经常会感觉心脏疼痛？"

霍瞿庭脑子里浮现出很多次辛荷抚着胸口夸张喊痛被他忽视的场景，良久才说："是。"

闻言，医生皱眉说："尽快去医院吧。"

除了留下观察的一位医生和一名护士，其他人都走了。辛荷的卧室里熟人除了霍瞿庭，再没别的熟人。他把灯光调暗，慢慢儿地走到辛荷床边。

辛荷上身的睡衣已经被脱掉了，身后塞着枕头半靠在床头，但霍瞿庭仍怕压着他不好呼吸，所以薄被只盖到腰间，露着单薄的肩膀和胸膛，上面几乎只一层薄薄的肉覆盖着骨头，霍瞿庭觉得可能稍微使一些劲，就可以轻易捏碎他。

护士在辛荷胸膛上涂过耦合剂，结束以后怕弄疼他，有些地方没擦干净。霍瞿庭在他身边坐下，拿起留在床头的纱布擦拭，动作很轻。

辛荷常年吃药，尤其对镇静和止痛成分耐受，所以即便打过安眠药，仍然睡得不太安稳，手指捏着被角，一直低声哼哼，眉头皱着，脸色惨白，衬得同样没多少血色的嘴唇红了不少。

不知道何时，他迷迷糊糊地醒了一次，可能是姿势不舒服，撑着床就要往下滑，被霍瞿庭捏住肩膀，霍瞿庭低声说："不能平躺，再坚持一会儿。"

辛荷很听话，顺着霍瞿庭不大的力道靠了回去，眼睛没睁开，可能都没有完全醒过来。他很轻地摸到霍瞿庭搭在自己肩上的手腕，握住，没多少肉的侧脸贴过去，拿手指摩挲了好一会儿，触感很凉，霍瞿庭听见他微不可闻地叫了声"哥哥"。

霍瞿庭想到在游轮上的第一晚，辛荷以为他睡着了，趴在他的床边很轻地摸他的脸。

他转过头看到的第一眼，辛荷的眼神像是毫不设防的小动物一样纯澈，因为晕船而发白的脸上挂着一丝笑意，被他吓到以后，便拼命地抽手要跑。

那时候他在想什么？他警告辛荷的同时，心里控制不住地邪恶地想，怪不得以前的霍瞿庭会无条件地信任辛荷到鬼迷心窍的程度，那张脸加上那种眼神，有让人为之去死的本事。

辛荷又叫了一声"哥哥"，这次比刚才清晰，隐隐带着哭腔。

鬼使神差地，霍瞿庭坐在昏暗的灯光里答应了一声："我在这儿。"

辛荷立刻就把他的手抱得更紧了，眼泪从眼角成串地流出来，呜咽地说自己很疼，很难受。

一管安眠药下去，霍瞿庭知道他不清醒，他可能以为自己在做梦，断断续续地哭着。过了好一会儿，霍瞿庭才抬手，在他的肩侧轻轻地拍了几下。

"哥哥。"

"嗯。"

"哥哥。"

"在。"

很久，霍瞿庭听见自己梦呓似的问："你后悔吗？"

辛荷当然没回答他。

下船后好几天，让辛荷惊奇的是霍瞿庭一直没出门，休息够了才开始上班。

辛荷感觉自己每天睡够了，霍瞿庭才开始准备出门，下午还不到他犯困的时候，霍瞿庭就又收工了。

就这么三天打鱼两天晒网地又过了一个多月，休息时间几乎要跟工作时间占比相同，辛荷才忍不住去找霍瞿庭。

他在二楼的露台，辛荷找了好一会儿才找到。午后依然闷热，他手里夹了根烟，身上只松松垮垮地穿了件睡袍，甚至系带都没有系牢，露出胸腹和布满肌肉的大腿。

辛荷走过去，蹲在他身边说："为什么一直不上班，你是不是要破产了？"

霍瞿庭不说话，辛荷就低着头抠自己的卫衣袖口。半晌，他又犹犹豫豫地说："都快三个月了，你不是在骗我吧？要不只把信达给我就好了，其他的……"

霍瞿庭掐灭剩下的大半支烟，说道："快了。"

辛荷问："什么快了？"

"你的东西。"霍瞿庭声音寡淡地说，"别着急，一直在走程序，我一点儿也没有插手，公示还没结束，等公示结束，它们就都是你的了。"

辛荷"哦"了一声，却不由自主有些发愣，在缭绕后快要散尽的烟雾里看着霍瞿庭的脸。过了一会儿，霍瞿庭突然说："我跟你说过什么？"

辛荷心想：你跟我说的话可多了，没一句是好听的，你特指哪一句？

霍瞿庭一直盯着他的眼睛，他竟然很快明白了。

在船上，霍瞿庭警告辛荷，别再"那样"看他。

辛荷不想再有不愉快，收回目光就打算起身走开，但霍瞿庭抓住了他的手，把他往身边带了一把，抬了抬下巴，示意他坐在旁边的小沙发上。

"拿到信达、宏生和百隆以后，你打算怎么办？"

霍瞿庭这是要跟他认真聊天儿的架势。辛荷想了想，老实地说："不怎么办……就让它原样经营吧，我不懂这些，还是找懂的人来管。"

"哦……"辛荷想到什么，"你不想再见我，这个我知道。我也可以保证，肯定不会再出现在你面前，这次已经很感谢你了，所以你大可以放心。"

霍瞿庭来来回回地看了他很多遍。

辛荷只知道他又不太高兴了，但不知道为什么，也不太敢动，只好老实地坐着。

良久，霍瞿庭想着自己前前后后得到的消息，问道："两年前，你到底是怎么想的？"

辛荷愣了一下。

这是霍瞿庭第一次主动提起两年前的事情，在看到霍芳年摆到他面前的真相以后，他甚至一度试图否认曾经与辛荷之间发生过纠葛。

后来他终于肯承认这些事实，只不过他干脆地将其称为另一个人。

霍瞿庭又问了一遍："那时候，你真想让他死吗？"

他换了种问法，辛荷却仍有些说不出话。

霍瞿庭似乎也没有在等辛荷回答，目光很沉，里面有他看不懂的东西。

霍瞿庭接着说："是不是有人哄骗你，说他对你不算什么，不明确说要他的命，又许诺你大笔的钱？两年前你才十八岁，还很小，在霍家和辛家的位置都很尴尬，如果一直有人这么对你说，你会相信也不奇怪，你……"

辛荷猛地起身，打断了霍瞿庭的话，矢口否认："没有！我知道你会死。追尾的几辆车上全是跑路的死刑犯，你上了大桥，就没有活着下来的可能。"

辛荷脱力一般重复了一遍："我知道你会死。"

霍瞿庭姿态闲散地靠在躺椅上，脸上仍是最初随意问话似的表情，但抓着躺椅扶手的手不自觉地用力，连带胳臂上的肌肉都收缩隆起。

过了一会儿，他对辛荷放松似的笑了一下，语气更缓地说："两年前，我刚醒的时候，你不是这么说的，你说你什么都不知道，你说你很在乎我。"

辛荷说："那些都是骗你的，你是知道的呀……你今天为什么突然说这个？我知道错了，我错了，要不东西我都不要了，你让我走就行了。我知道我对不起你，霍瞿庭，你别再要我了，虽然我活该，但要我浪费你的时间，你不觉得很不值吗？"

"我能相信你吗？"霍瞿庭说。

辛荷说："我要是撒谎，就让我不得好死。"

"别这么激动。"霍瞿庭沉默了一会儿，又说，"你哭什么？"

辛荷抹了把眼泪，吸着鼻子说："因为我感觉你好像在骗我，从一开始就没打算把我该得的给我，是为了报仇、看我对你低三下四，才关着我的。"

霍瞿庭看他哭了一会儿，脸色逐渐归于平静，最终没再说话，起身走了。

辛荷没再在家里见过霍瞿庭，他只派了人看着辛荷，不许自己出门。

一周以后，十月已经接近尾声。辛荷在电视上看到北方大降温的新闻，还有黄叶漫天的照片，港城的气温仍然居高不下，他也还穿着单衣。

这天下午，他拿到了律师送来的厚厚一沓文件，数量之多，可以单独装满一个行李箱。

律师逐条交代细节，辛荷听了一半，问道："信达、宏生和百隆，它们都是我的了？"

律师一愣，随即确定："是的，没有任何问题。"

"跟霍瞿庭还有关系吗？"

律师说："完全没有。"

"那就好。"

这一次辛荷要出门，没有人再拦他，只不过有人对他说："霍生吩咐，要将您安全地送出港城，多谢您配合。"

辛荷很配合，已经配合了三个月，没道理在最后一步不配合。

他在港口下车，手里只拎着一个装满文件的行李箱，背包在他的背上。室外风大，他逆着风走，在晃眼的残阳里看见霍瞿庭的身影。

"去 A 市？"

辛荷点头说："去 A 市。"

霍瞿庭站得很直，脸上的表情也很正常，至少比大多数面对辛荷的时候都要平静，但他一直没有说话。

辛荷等了好一会儿，直到风吹得他睁不开眼，才费力地说："没别的事的话，我就走了，这段时间谢谢……"

"留下来。"霍瞿庭说。

辛荷听清楚了，也不想再糟蹋一次霍瞿庭的尊严，所以他没问霍瞿庭是什么意思。

他对霍瞿庭笑了一下，有些不好意思地说："我们的生活习惯不同，以后还是少见面为妙，而且我不再缺钱，也不会有机会烦你啦。"

霍瞿庭的西服下摆被风吹得鼓起，头发变得凌乱。辛荷迈步要走，他下意识地伸出一只手放在辛荷握着的行李箱拉杆上，不是很用力，而是偏向于一种不抱希望的挽留：没想过对方会因此留下，自己内心可能也并不希望对方留下。

辛荷低头，看了一会儿，把手盖在了他的手背上，在猎猎风声中低声说："最后希望你永远忘了我这个没有良心的人吧，我走了，不用再见了。"

他是真不懂，还是装不懂，霍瞿庭无从分辨。

半晌，他才甩开了辛荷的手，眼神重新变得冰冷，面上如结冰霜，似乎在看一只微小的蚂蚁，很快转身走了。

八个月后，一个普通的夏日，平地起惊雷，港城珠宝和奶制品龙头企业信达和百隆涉嫌大额亏空。据传，冰冻三尺非一日之寒，资金亏空也不只是这一两年，拆东补西不再管用，终于致使资金链断裂。

同天爆出新闻，连锁百货公司宏生同样涉嫌大额亏空，后续调查才将展开，最大责任人已被相关部门控制。

　　"他来找我，让我帮忙在遗嘱上出力，帮他拿到信达、宏生和百隆，最初我骂他痴心妄想，没想到后来霍芳年真的这样写了遗嘱，看来他们早有约定。

　　"霍芳年用辛夷的东西洗刷霍氏，为你铺路，早把三家公司耗成空壳，此事早晚要有人顶罪，不是霍芳年……就是你。霍芳年死得早，他又捏准了辛荷的七寸，知道他为了你什么都肯，绝不可能眼看着你接手有问题的公司，所以只等着自己死后让辛荷来收烂摊子，哪会不放心？"

　　辛裎年近五十岁，但容貌仍英俊到让人无法长时间与他对视，经过岁月的沉淀，不显靡靡老态，反而增添了岁月的柔光。

　　他一双眼睛自带忧郁，并不看霍瞿庭，只漫无目的地望着窗外，说梦话一般："辛家容不下他，也容不下他的母亲，我一天都没养过他。那件事情以后，只以为这孩子天生残心缺情，直到他主动找到他外公，说愿意用肾来换辛家在他接受遗产的时候给他支持，他竟然是这样的想法。他的心比谁都善，但没人信过。

　　"很长一段时间以前，我听说你重新查过车祸的事情，后来很快又没再管……现在你说，要你死的人，会是辛荷吗？"

　　霍家别墅的客厅里，霍瞿庭与辛荷名义上的舅舅辛裎面对面而坐，背景音是有关辛荷的新闻报道。

　　在辛裎意外又不意外的陈述中，他毫无由来地想起辛荷很多次惹得他又气又怒。客厅轻缓的琴声；游轮上风浪很大的那天晚上；下船后晴朗的天空；吸氧机闪烁灯的颜色和午后的二楼露台……

　　他又想了想刚刚开始，被他因辛荷毫无留恋离开而恼羞成怒终止的调查。

霍瞿庭心想：跟三年多以前开车驶上大桥的霍瞿庭一样，离开港城后两年又回来的辛荷，也是在赴一场没有归途的约会。

不同点在于当初发生在霍瞿庭身上的不幸很大可能不是由辛荷制造的，而辛荷的灾难，却从头到尾写着霍瞿庭的名字。

霍瞿庭也在那一瞬间明白，一年多以前重遇的那个辛荷，除了保证此后再也不出现在他面前的那一句，对他说的几乎全是假话。

他叫的"哥哥"，飞蛾扑火般殚精竭虑去保护的人，也从来不是他。

而是那个陪伴辛荷长大的霍瞿庭，生命终止在三年前的车祸里。

而对过去一无所知，却仍在辛荷面前逐渐生出不安的人，辛荷从没考虑过他的死活。

第九章

哥哥

辛夷葬礼后次月的星期五下午，霍瞿庭从寄宿学校回家，路上得知辛荷已经被接回港城快一个月了。

霍芳年的贴身秘书专程去接他，也只是为了向他传达霍芳年的意思："辛太刚刚过身，霍总不忍心他那么早没了妈，想来想去，还是决定接回来精心养着。霍总讲，少爷您是哥哥，辛荷才刚七岁，人很乖巧，可以陪您玩耍，您也时时照顾，家里更温馨。"

霍瞿庭知道他们在说鬼话，转来转去，霍芳年就是看上了辛夷留下的钱。

辛夷的遗产还存在纠纷，辛家也不是好欺负的角色，只有辛荷一个软肋——辛夷婚内出轨的产物，说出去会使辛家深陷丑闻的旋涡，绝不可能被认回。

这时候如果他的爷爷霍芳年能把辛荷握在手里，那么再多支配几年辛夷的产业，就不成问题。

汽车行驶的方向不是往家里。他去了医院，门口早有小报记者等着。下车后，他被拍了几张低着头的照片，很快便被出来接他的人带了进去。

辛荷刚动完手术没多久，霍瞿庭见他的第一面，他正在吸氧，身上连了好多线，轻飘飘地躺在雪白的病床上，身上的颜色快要变得和床单一样。

霍芳年也在，见他到了，冲他招了一下手，他才走过去，看清了辛荷的脸。

对于一个七岁的小孩儿来说，他长得过于好看了，五官很精致。霍瞿庭没见过有哪个小孩长得比他好看，当下只觉得他很像洋娃娃，漂亮，但没什么活人气。

"这是辛荷，你弟弟，以后不准欺负他。"霍芳年说完转而对辛荷道："小荷，这是霍瞿庭，以后住在一起，要喊大哥，互相照顾。"

霍瞿庭答应了一声，然后在霍芳年看不到的地方对辛荷撇了撇嘴。

从霍芳年互相介绍开始，辛荷就一直盯着他，好像看什么新奇的东西，见他撇嘴，竟然还露出点儿笑意。

霍瞿庭心想：这小孩儿缺心眼儿，进了贼窝还笑得出来。

接着霍瞿庭又想：他笑起来真好看。不笑也好看，但笑起来是不一样的好看。

霍芳年心里对辛荷压根儿没多在意，这天叫霍瞿庭来，其实就是为了被人拍到团圆的场面。可到了以后医生才说，下午辛荷又出了点儿小状况，到底是什么状况，霍芳年没耐心听，只知道这天不适合出院了。

所以他很快就走了，顺便送霍瞿庭回去。

霍瞿庭鬼使神差地说："我约了同学打球，爷爷先走吧。"

霍芳年没多问，叮嘱他早点儿回家便走了。

把霍芳年送下楼，霍瞿庭又回了病房。辛荷没睡觉，听见他的脚步声就把眼睛睁开。

霍瞿庭走到病床边，看他光着上半身躺在床上，瘦得跟小鸡崽一样，单薄得像纸一样的胸膛上贴了好多东西，胸口有一道刚长好的鲜嫩的疤。

那道疤放在别人身上是淡粉色的，但在辛荷过于苍白的身上，颜色就浓郁起来，几乎是他整片胸膛唯一鲜活的色彩。

霍瞿庭盯着那道疤看了很长时间，再抬头的时候，辛荷又把眼睛闭上了，安安静静，睫毛一动不动，要不是他的胸膛微微地起伏，霍瞿庭可能会怀疑他死了。

"辛荷。"霍瞿庭叫他的名字，"住院多长时间了？"。

辛荷只是睁开眼，没说话。霍瞿庭拉了把椅子坐下，但是不安生，手贱地拿指尖碰了碰辛荷不像真人会有的长睫毛，看他有些惊慌的表情，才满意地收回手。

那天霍瞿庭在病房待到天黑，回家的路上，他后知后觉辛荷一句话都没跟自己说过。

只是被他碰的时候会露出有些害怕的表情，也很容易被他起身和坐下的动作吓到，睡一会儿就睁开眼睛看他，这让他感觉几个小时过得飞快。

霍瞿庭在霍家长到十六岁，平常人家可能一生都不会出现的大型戏剧性纷争，他已经看得麻木，他的性格里又带点儿浑，看不上为一点儿财产就争到你死我活。因为这个，霍芳年曾经说过他成不了大事，话里话外把他那个没能进门的母亲也骂上了。

这么多年来，他一直自由生长，跟辛夷和平相处，不说母子情深，但也算无仇无怨，所以对于辛荷，他并不是很在意。

在没见过这个人之前，甚至连好恶也谈不上。

现在他感觉这小家伙还挺有意思的，挺逗，虽然他也说不清楚逗在哪里。

第二天，霍瞿庭又去了趟医院。这天辛荷身上穿了病号服，不像昨天那样赤身裸体。霍瞿庭一进门就吊儿郎当地说："小荷，想哥哥了吗？"

辛荷刚吃过药查完体温，是一天里最舒服的时候。他在床上坐着，见霍瞿庭进来只是看了对方一眼，但还是没说话。

霍瞿庭有些不服气："嘿，还是个小哑巴。"

照顾辛荷的人是从霍宅过来的，一个四十多岁的女人，叫刘芸。她刚好从外面进来，跟霍瞿庭问过好以后，就一边动手收拾病房里乱七八糟的东西，一边对辛荷说："小荷，这是哥哥，昨天来过的，快叫哥哥。"

霍瞿庭看着辛荷，辛荷也拿那双黑白分明的眼睛看他，仍然不张嘴。

霍瞿庭冲他做了个很丑的鬼脸。

辛荷报着嘴笑了，吓得刘芸跑过来看他："可别这么笑，当心伤口。"

她很快就回头看霍瞿庭的脸色。霍瞿庭像根本没注意的样子，走近几步，摸了摸辛荷的头。细软的发丝触感很好，他就多摸了一会儿，像摸小狗崽子一样，嘴里说："我就过来看看，还要去跟同学打球，先走了。"

刘芸把霍瞿庭送出去，他随口问辛荷什么时候能出院，刘芸磕磕巴巴说不出来。他转瞬又明白了，得看他爷爷什么时候有空来配合拍照。

此事按照霍芳年的意思见了报，星期一霍瞿庭到学校去，玩得好的同学就挤对他："家里多个宝宝的感觉怎么样？"

霍瞿庭想了想辛荷那副不冷不热的样子，敲了单华一下："你管得着吗？"

单华道："怎么管不着？昨天我就想去你家看看，被我妈骂了一整天。"

霍瞿庭犹豫道："也不是不能看，等他出院吧。"

单华问："什么时候出院呀？"

霍瞿庭应付道："到时候告诉你。"

辛荷又在医院待了很长时间，霍芳年才再次有空，把他接了回去。

不过那次没对上霍瞿庭放假的时候，他在学校看单华拿过来的报纸，穿着小西装、头发打理得很整齐的辛荷被他爷爷抱在怀里。

照片正是霍芳年用手护着辛荷的头弯腰上车的画面。

星期五下午，霍瞿庭拎着书包进家门，没来得及换鞋，就看到靠着落地窗角落，坐在高于地面半个手掌的台阶上的辛荷。

他一半身体掩在几层纱帘的后面，拿两条手臂抱住膝盖，坐在台阶上，听见门口的动静，才探头看。

辛荷的头发细软，整个人的颜色都偏淡，不光皮肤有些过于白皙，连发色也偏向深棕。胳膊和腿都很细，的确是七岁小孩子的体格，但给人瘦弱到病恹恹的感觉。

又或许是太瘦的缘故，所以他的眼睛显得很大，双手抓着纱帘，眼睛微微上挑，看着霍瞿庭时，脸上是不谙世事的神情。他静静地坐在窗帘后面，像朵被风惊动的白云。

霍瞿庭自然而然就想到辛荷的母亲——遭遇空难没多久的辛夷。

他才发觉脑袋里关于她的记忆只剩下最后那两年，浓烈的威士忌味道、一张常年没有表情的冰冷的脸和她醉酒后跌跌撞撞的身影。

霍瞿庭走到辛荷身边，蹲下问他："怎么坐在这儿？阿姨呢？"

辛荷悄悄地抓着手里的纱帘。

霍瞿庭已经趁周末去过医院七八次，以为辛荷怎么都该对自己熟悉一点儿了，但他就是跟个哑巴一样不说话。霍瞿庭几度万分憋气，但看着他那双无辜的眼睛，又发不出火。

辛荷又缩了回去，不知是玩还是躲，双手把纱帘拢在脸上，只露出一双黑白分明的大眼睛，脸上的神情没多少变化。

霍瞿庭只好静静地待了一会儿，而后起身转了一圈儿，没找到负责照顾辛荷的刘芸，又折回去。他已经不在窗边了，霍瞿庭放好书包，在二楼转角的小冰箱旁边找到了他。

冰箱上有儿童锁，辛荷打不开，又不敢太用力，只拿手指慢慢儿地拨那丝微不足道的缝隙。

霍瞿庭轻易就拉开了冰箱门，居高临下地看着他，问："想吃什么？"

辛荷指了指中间那层的华夫饼。

霍瞿庭拿了块华夫饼出来，又蹲在辛荷面前，把华夫饼在他眼前晃了晃："叫哥哥，这个就归你。"

辛荷看看华夫饼，再看看霍瞿庭。过了好一会儿，霍瞿庭失去了耐心，打算给他的时候，才听见他张嘴叫了声："哥哥。"

霍瞿庭跟个傻子一样愣怔地说："原来你不是哑巴呀。"

辛荷试探地抓住他手里的华夫饼，他松了手。看辛荷转身走了，他又追上去，捏着辛荷的脖子说："再叫一声。"

辛荷被捏得害怕，停下脚步，转身退了两步，背靠在走廊的墙上，把脖子藏起来了，然后边仰头看霍瞿庭，边吃华夫饼。

他吃东西每次只咬一小口，然后闭着嘴不停地动，活像只啃松果的松鼠。

霍瞿庭决定不为难他了，捏了一把他的脸，跟他商量："明天我几个同学来家里，你可要给我面子，到时候让你叫哥哥就不能装哑巴了，懂了吗？"

辛荷没说懂也没说不懂，霍瞿庭戳了戳他不停咀嚼的腮帮子。触感柔嫩，他没忍住又戳了几下，说："我当你懂了，我高兴，就帮你拿好吃的，我要是不高兴，你就别想了，记住了吧？"

霍瞿庭觉得自己有点儿像神经病，因为直到辛荷吃完，他也没从对方嘴里得到任何承诺。

第二天一早，单华和其他三个同学来到了霍家。

他们都知道平时霍芳年不在，青春期的男孩儿长个子不长脑子，不像大人有那么多心眼，对辛荷的好奇仅来自霍瞿庭每周毫无真实可言的描述里更新的信息：黏人、好看、胆子小、只要哥哥。

单华进门就嚷嚷："霍瞿庭，赶快把你弟抱出来看看。"

辛荷刚起床，还在吃早饭，霍瞿庭也跑步回来没多久，抹了一把头上的汗，踢了鞋后骂道："不是告诉你们下午来？他吃饭呢，你们别招惹他，我洗个澡。"

说完，霍瞿庭走去餐厅看了一眼辛荷，盘子里摆了个切掉一半蛋黄和焦掉部分蛋白的煎蛋，一角少得可怜的华夫饼，他手边还有一杯牛奶和一碗看着就倒胃口的杂粮粥。

辛荷这天穿了身很可爱的衣服，短袖上衣和裤子是一套的，印着霍瞿庭不认识的卡通人物，还怪好看。他没洗手，就没碰辛荷，说了句"好好吃"，也不指望辛荷搭理他，便上楼洗澡去了。

霍瞿庭洗澡洗到一半，两个同学冲进浴室就把他往外拉，沐浴露迷了眼，他骂了一声。其中一个同学着急地说："别没完没了地洗了，你弟哭了！要哥哥，怎么哄都没用！"

闻言，霍瞿庭都没怎么思考，拿毛巾匆匆擦了把脸，套上大裤衩就下楼。

沙发上，僵硬的单华腿上坐着一抽一抽哭鼻子的辛荷，两只小手一边按着一只眼睛，哭得又可爱又伤心，嘴里断断续续地叫哥哥。

单华也一脸倒霉相，试着安慰辛荷的时候，拍一下他的背就哭得更厉害，最后手都快举到天上去了，单华听见动静，回头向霍瞿庭求助："我就抱了他一下！余存和石头他们三个抱他都好好的，刚到我身上就哭了，我真冤枉！"

霍瞿庭几个大步过去，从单华身上把辛荷捞到怀里。

其实他也是第一次抱辛荷，这么一抱才发觉辛荷轻得不可思议，辛荷呜咽中夹着"哥哥"的哭声几乎要了他的命。他试着拍了拍辛荷的背，嘴里生疏地哄："没事，哥哥们跟你玩呢，不哭了。"

辛荷的手没再按着眼睛，可能是刚才被四个人高马大的陌生人拎过来抱过去吓得够呛，这会儿他搂住霍瞿庭的脖子不松手，倒是慢慢儿地止住了哭，只是很黏人地不肯从霍瞿庭身上下来。

单华几个被霍瞿庭骂骂咧咧地发了好一顿火，还是嬉皮笑脸地不走，见辛荷被霍瞿庭哄好了，一边打心眼里佩服和羡慕霍瞿庭，一边又凑过去看辛荷，四个人把霍瞿庭围了个圈儿。

辛荷的皮肤白，哭一哭眼皮就很红。霍瞿庭抱着他坐在沙发上，不太熟练地调整了一下姿势，低头摸了摸他的眼皮，问道："难受吗？"

辛荷跟黏人的小动物一样贴在他的怀里，闻言摇了摇头，小声地说"不难受"，旁边几个大男生又被"萌"得一阵乱叫。

辛荷的哭嗝还没打完，有些警惕地使劲儿往霍瞿庭怀里钻。

单华也有弟弟，见状，不解道："为什么单英从没这么招人喜欢？按理说，他也是从这么小开始长大的呀。"

余存说："不瞒你说，单英要是我弟，早就被我打死了。"

单华不满地说："怎么只你一个人打？我也要有份儿。"

大家你一言我一语地说着，刘芸出来叫辛荷去吃药，霍瞿庭顺势将一帮朋友全部赶出家门。

抱着辛荷上楼的时候，他突然低头，看了一眼乖乖搂着自己脖子的辛荷，说道："叫哥哥。"

　　辛荷的睫毛还有点儿湿，手掌贴在他的颈侧，红润的嘴唇动了动，脸蛋儿往他的肩膀上靠，软绵绵地喊："哥哥。"

　　哟，哭了一场，倒不是小哑巴了。

不过霍瞿庭没能得意多久，因为没过多久，辛荷就又变回那种不冷不热的态度。

等晚上吃药的时候，辛荷不太愿意。刘芸见他白天和霍瞿庭挺亲的，就哄他说："让哥哥抱着你吃，好不好？"

霍瞿庭就在不远的地方，自然听见了。他竖着耳朵等辛荷说要他陪着吃药，身体都往那个方向转过去了，没想到辛荷毫不犹豫地说了两个字："不要。"

刘芸也没怎么纠缠这回事，嘴里说："那就不要，你乖乖地把药都吃掉。"

霍瞿庭怀疑辛荷当时只是在不太待见的人里勉强挑了个最待见的求救。

他第一次感觉到这小孩儿真是够没良心的，尽管他对人家其实也没多大恩情。

辛荷吃药总体来说很利索，但因为他年纪还太小，每天要吃的药种类很多，喉咙细咽不下去，就得喝很多水，刘芸说他晚上睡不好跟喝水太多也有关系。

霍瞿庭心里憋着气，故意走到他面前去，等着找事，不过辛荷并没有怎么表现出嫌弃他的样子，还在一粒粒吞胶囊的间隙里喊了他一声"哥哥"。

霍瞿庭的心里立刻又舒服了。

霍瞿庭坐在另一把椅子上，等辛荷吃完药，就一把将他抱起来，走在刘芸前面上楼，路上把他轻轻地扔了几下。他咯咯地笑，完了脸色却突然有点儿白，把刘芸吓了一跳，霍瞿庭也被吓得够呛。

这小孩儿不光没良心，还非常经不住折腾，好像拿手指头随便一点，就能要他的小命。

"好了吗？"霍瞿庭重新把他抱得规规矩矩，有些无措地拿手摸了摸他心脏的位置，生怕他的心不跳了，"不吓你了，别害怕。"

辛荷略微呆滞地点了点头："好了。"

吃药之前，辛荷已经洗过澡，穿了身长袖长裤的条纹睡衣。霍瞿庭看着有些像病号服，想起他在医院那副半死不活的样子，觉得现在这个状态已经够好了，起码脸上还稍微有血色，心里就又舒服了一点儿。

霍瞿庭把辛荷放在床上，刘芸很快跟着进来了。她给辛荷盖好被子，摸了摸他的额头，霍瞿庭故意在一边问："要不要哥哥陪你一块儿睡？"

辛荷说："不要。"

霍瞿庭露出有些伤心的表情："为什么？"

辛荷说："我的床很小，只能睡小孩子。"

霍瞿庭逗他："骗谁呢？我看可以。"

辛荷有点儿着急了，转头去看刘芸。刘芸说："哥哥跟你玩呢，好好睡，阿姨和哥哥走了。"

霍瞿庭捏了捏他抓着被角的手指头，说"睡吧"，然后把灯关了。

这天霍瞿庭没出去打球，等辛荷睡下，他回房间做完作业以后，就躺在床上看单华他们在群里分析跟另一队比赛的得分情况。

他一直没说话，没想到看着看着，话题就往辛荷的身上去了。

单华：我问我妈能不能再生一个，又被骂到狗血淋头。

余存：真有勇气，生下来没准儿还跟单英一样！

单华：有道理，那还是不生了。

石头：让霍瞿庭帮忙生不就行了？反正是他家的。

单华：你是不是脑子有问题？小荷是他弟弟，不是他儿子！

余存：石头的意思是——

余存：我们要小荷，霍瞿庭自己再生一个自己玩！

单华：有道理。

单华：霍瞿庭，出来生仔。

余存：霍瞿庭，出来生仔。

石头：霍瞿庭，出来生仔。

紧接着群里立刻被美女图片刷屏。

霍瞿庭：你们……

全员禁言。

高一年级每个周末晚上都有小组活动，所以下午就得去学校。霍瞿庭平时走得都很早，最近这一个多月，因为要去医院看辛荷，所以才每次都掐着点到。

这周，辛荷出院回家了，他却更走不了了。

虽然没几个人知道辛荷的亲生父亲是谁，但他的身体弱是先天心脏发育缺陷导致的不算什么秘密。他几乎没过过正常小孩儿的生活，辛夷是堆着黄金才把他养活的。

负责把他从瑞士接回来的霍芳年的秘书钟择，跟霍瞿庭说过一些，过去七年，他都没去过学校，一直在家里接受教育。

但最近他刚做过手术，又换了完全不同的生活环境，医生也不建议他上太多的课，就只保留了钢琴课、语文课跟算数课。老师隔天来，霍瞿庭上学走了以后，家里就他一个人。

霍瞿庭怎么想怎么不自在，又想起昨天群里说辛荷是他弟弟不是他儿子，事实上连弟弟都算不上，这就是霍芳年强扭的瓜，注定不甜，可他怎么比对自己儿子还上心。

"要不要跟哥哥到学校去玩？"霍瞿庭一脸不能让人信任的商业笑容，还自以为亲切，"学校特别热闹，比你待在家里好多了。"

他读的是寄宿制的国际学校，学生人数少，每个班平均下来二十个人不到，小学、初中、高中都有。高中毕业生每年的大方向是留学，整体申请到的学校水平在港城也算数一数二，但平常管理没有普通高中那么严格，学生自己努力的成分多，老师管束在其次。

霍瞿庭和单华他们都是自己单独住一个套间，他想了一天，觉得把辛荷带去学校是可行的。

但辛荷睡了一觉，好像彻底忘了昨天霍瞿庭对他的恩情，又根本不搭理霍瞿庭了，连"不要"都不说了。霍瞿庭问了好几遍，他才坐到桌子下面去，抱着桌腿摇了摇头。

霍瞿庭说："你都几岁了，别人七岁已经上一年级，你还在这儿钻桌底，你说你会有出息吗？"

摆在客厅角落的白色高脚桌不是用来吃饭的，桌上只放了两瓶花，装饰作用，桌底比辛荷站起来还高，其实也不算是钻。辛荷手里拿了块汉字拼图转来转去，好像没听见他说话。

"行吧。"霍瞿庭从他手里把那块拼图拿走了，还指了指他，"我走了，你自己好好玩。"

霍瞿庭去了学校，晚上小组活动结束以后，单华在他兜里找零钱去买水，掏出了那块拼图，是"飞"字的下半部分。单华看了半天没看懂是个什么玩意儿，买完水回来问他，被他一把夺回去："你是贼吗？"

单华震惊道："什么破烂东西！"

霍瞿庭："小荷送我的。"

单华说："给我看看。"

霍瞿庭："你不知道了吧，他有什么玩具都先拿来给我玩玩，有好吃的都分给哥哥吃点儿。你们这种没有弟弟的人是不会懂的。"

余存："我有一颗想懂的心，您能看到吗？"

单华："打倒霍瞿庭，夺走小荷！"

霍瞿庭讽刺他："单英又被人收拾了是不是？我听石头说要帮他教训谁。"

单华说："你不提这回事的话，我本来是准备装作忘记的。"

"快走。"石头在后面踹了他一脚，赶羊似的把他们往初中部赶，去给刚上初一的单英报仇。

风平浪静地过了两周，又一个星期五下午。霍瞿庭回家的路上突然变天，狂风卷起漫天黄叶，倾盆大雨落下。

雨滴在风挡玻璃上，溅起大朵水花。停车后，司机和门卫一个帮霍瞿庭撑伞，一个拎他的书包，护着他疾步进门。

那雨势大到雨滴打在皮肤上都会感觉痛，在门口脱掉沾了水的制服的霍瞿庭却看见辛荷呆愣愣地缩着身体坐在花坛旁边。

行动快于思考，他三两步冲出门，在飘泼的雨里抱起辛荷，很快感觉到他碰到自己下巴的额头彻骨冰冷。

这雨下起来不过两三分钟，小花园到家门口成年人要走十八步，并不算远。

但辛荷可能是被吓到了，所以只知道躲在没有一丝避雨效果的花丛下。

霍瞿庭抱着他在厚重的雨幕里疾奔，下意识地佝偻着背帮他尽量挡雨。

辛荷浑身冰得不像话，又被惊雷吓得厉害，两条细胳膊放在肚子上，蜷在霍瞿庭怀里，控制不住地发抖，霍瞿庭甚至能听见他牙齿打战的声音。

当晚辛荷就发起烧，晚上十点钟去了医院，霍瞿庭也跟着去了。外面一直下大雨，在淅淅沥沥的雨声中，霍瞿庭第一次真切地体会到辛荷身体的虚弱。

他一直没怎么睡安稳，小脸惨白，在梦里断断续续地低声哼哼。一整晚下来，他叫一声痛，霍瞿庭就轻轻地拍着他的背哄他一会儿。

外面风雨飘摇，霍瞿庭的另一只手虚虚地拢着辛荷瘦窄的肩膀。霍瞿庭感觉他像只新生的、毫无依靠的动物幼崽蜷缩在自己怀里，如果不管他，他就会静悄悄地死掉。

霍瞿庭心想：我怎么能不管他呢？

但第二天一早，睁开眼睛的辛荷看见跟自己躺在一张病床上的霍瞿庭，露出的第一个表情似乎带着责怪，他不知所措地问："你干吗？干吗挤我？"

霍瞿庭摸着自己下巴上冒出来的胡楂冷笑："因为我心黑。"

辛荷吓得往被窝儿里缩。

每周末回家两天，霍瞿庭的心情在"小荷记得我了"和"全世界的小孩儿都比辛荷有良心"中来回切换。

高一的第一个学期很快就结束了。不过他和单华他们的假期从来没有多长，只不过换了个地方和换了种方式学习而已。

这年刚开学的时候，学校就定了冬令营要去欧洲的一所大学。寒假总共二十八天，冬令营就要去二十天，刚好在春节前一天回家，所以霍芳年才没再给他安排别的内容。

要是放在以前，放假那天霍瞿庭就干脆不回家，跟狐朋狗友潇洒几天，直接去机场就行了。但这次放假，他出了考场直奔家里，比平时到得早，赶上辛荷在上钢琴课，人没见到，只听见琴声。

霍瞿庭吃一顿饭的时间，他弹熟了《棕发女郎》的一小段，听得出来指法熟练，基本功扎实。

除了不会亲近人，辛夷的确把他养得很好。

下课后，辛荷送老师出门。他很有礼貌，站在门口等老师的车走得看不见了才回来。霍瞿庭偷偷地站在他身后，趁他愣住的时候，拎小鸡崽一样把他抱到了怀里。

这天辛荷的脸色不错，至少看上去没那么苍白，站在门口被风吹得鼻头有点儿红，嘴唇倒是一直这样红，两只大眼睛正看着霍瞿庭，似乎有些不知所措。

霍瞿庭故意说："又不认识我了？"

霍瞿庭知道，辛荷七岁了，哪里会一阵子记得一阵子又忘了，他就是不稀罕给自己眼神。这么想，霍瞿庭的语气就有些恨恨的："装哑巴还能上瘾？"

辛荷一听他这么说话，就推着他的肩膀不要他抱，要下去。

霍瞿庭偏偏不放，胳膊卡在他的腿弯，抱着他在客厅来回溜达了一圈儿。看他好像有点儿想哭，霍瞿庭才把他放在桌子上，两只手撑在他的身体两边，将他圈住，问道："这几天在家做什么了？"

辛荷继续推他，他就发出"呃"的一声，假装很疼地退了几步。看辛荷呆住的样子，他越装越像，又怕真把对方弄哭，于是见好就收，凑过去说："你怎么能打人呢？快给我吹吹，吹吹就不疼了。"

辛荷过了相信这种话的年纪，捏着桌角，紧张地说："真的吗？"

"你吹一下不就知道了。"霍瞿庭俯身把肩膀凑过去，好一会儿，辛荷才吹了两下，略微肉肉的红嘴唇噘起来，霍瞿庭忍得很辛苦才没笑。

他在家跟辛荷待了两天，不过辛荷不怎么搭理他。

第三天一早，霍瞿庭要赶飞机，五点多就拎了个大行李箱下了楼，坐上单华家的车一起去了机场。

他有过的两位监护人——辛夷和霍芳年——都没给他培养过什么告别的意识，什么时候走什么时候回，都是自己说了算，他也没觉得辛荷会在意他去了哪里。

等他走了自己也没注意是第几天的时候，家里突然来了通电话。

是刘芸，说辛荷要跟他说话。

霍瞿庭压根儿没想到这个，心里突然间有种说不上来的感觉，心跳得很快，脸上瞬间扯起傻笑，心想：算我没白疼你。

他往人少的地方走，大概算了一下，国内已经十一点多了，而辛荷的睡觉时间是晚上九点。

电话换给辛荷以后，霍瞿庭一开始没听见他说话，就先问他："小荷，你干什么呢？怎么不睡觉？"

辛荷还是没出声，直到他听见刘芸在旁边催促："小荷，不哭了，跟哥哥说话。"

"哭了？"霍瞿庭也听到了吸气的声音，眉头立刻皱起来，急忙说，"小荷，怎么了？你说话，哥哥着急。"

辛荷哭的声音更明显了一点儿，霍瞿庭没见辛荷真的哭过几次，也就单华他们抱狗一样你抱完我抱那一回，但他眼前一下就浮现出辛荷流眼泪的样子——不大的脸上都是泪珠子，长睫毛很快就糊在一起，只好拿手不停地揉。

刘芸在旁边解释："他可能以为您还是上学校去了，所以昨天没见您回来，今天也没回来，就急了，心里想不明白。我跟他说您出国去学习都没用，到这会儿也没睡，我刚去他房间想看他烧不烧，结果没看到人，才发现他跑到您房间里来了。"

霍瞿庭心里跟火烧似的，可他因为辛荷在刘芸的描述里的样子而感到一些没来由的快意，这跟他想立刻抱着哄哄辛荷没有冲突，甚至两者都因为彼此而更加强烈起来。

这通电话打了很长时间，后来霍瞿庭都打算第二天回去算了，辛荷才总算不哭了。接着他才发觉自己出了一头的汗，嘴都干了。

他这辈子从没说过这么多的好话。

霍瞿庭回去那天是腊月二十八，到家马上六点了，一开门他就看到蹲在玄关处的辛荷。

家里有了过年的样子，到处贴着火红的窗花，霍瞿庭第一次因为这个节日而感到不同的心情。他一只手拎一个回国时另外买的行李箱，把另一个丢在楼下，一只手抱着辛荷就先上楼。

辛荷紧紧地抱着霍瞿庭的脖子，软绵绵的脸蛋儿贴着他的脸。他故意把辛荷颠了一下，看辛荷惊慌的眼神，问道："想我没有？"

辛荷慢吞吞地点了一下头，说道："想。"

霍瞿庭觉得自己犯贱似的高兴，以前辛荷不搭理他，他上赶着，现在一说想他，他就恨不得上天。

他把辛荷放在自己床上，打开箱子，里面全是买给辛荷的东西，吃的、用的、玩的都有。辛荷打开一个盒子，里面全是扭蛋。

霍瞿庭教他，大手握着他的小手，一起打开一个，掉出一个咧着嘴笑的棕熊，看着很丑。霍瞿庭不太满意，刚打算丢开，就看他抿嘴笑了一下，他说："像哥哥。"

霍瞿庭指着自己的脸，不可思议地问："像我？"

辛荷还是眯着眼笑，让霍瞿庭一颗心软得要命，认命似的点头："那就像我。我跟你说，这是扭蛋里扭出来的哥哥，运气很好才会有，买不到的，记住没有？"

辛荷细细的手指头捏着棕熊翻来倒去地看，漫不经心似的说："记住了。"

当天晚上，辛荷跟霍瞿庭一起睡。

辛荷没有提前说，洗完澡以后被刘芸带到了霍瞿庭的房间。刘芸对霍瞿庭说辛荷想跟他一起睡，辛荷脸上的表情也就那样，好像说的不是他自己。

刘芸交代了几句走了，霍瞿庭才探身把他抓到床上，摆在腿上坐好，吓唬他："你要是敢尿床，我就揍你。"

辛荷爬进被窝儿里，有点不高兴地说："我不会尿床的。"

霍瞿庭也进了被窝儿，凑过去说："最好是这样。"

过了好一会儿，霍瞿庭的手伸过去，捏了捏辛荷的手，在黑暗里很幼稚地说："你又喜欢我了？以前不是嫌弃我？"

辛荷没说什么，霍瞿庭也没打算听到什么好听的话，把他搂进怀里，很小的一个，瘦得不够霍瞿庭的手臂围起来的一圈儿。霍瞿庭摸了摸他的耳朵，低声说："你要有点儿良心，我对你这么好，以后别再忘了哥哥，行不行？"

辛荷"嗯"了一声。

那个春节，经过一次短暂的分别，霍瞿庭果然成为他最依赖的人，再也没有忘记过。

第十一章

长命百岁

匆匆忙忙地过了初八，霍瞿庭就开学了。

他的行李箱和书包都已经被人搬上了车，辛荷还在他怀里窝着。

霍瞿庭手里捏着他的两只手揉来揉去，哄着："小荷，哥哥上学去了。"

辛荷把脸埋进他的胸膛："不要。"

失而复得的哥哥还在辛荷的新鲜期内，这几天黏他黏得最紧。

霍芳年回来吃过一顿饭，见状还说："过了个年，霍瞿庭成熟了很多，不像以前那样一根筋。"

当时霍瞿庭低着头接受了这顿来之不易的夸赞，半个身体在他身后的辛荷还在用手指头偷偷挠他的掌心。

霍瞿庭本来是个大大咧咧的急性子，在学校和霍芳年面前一向还有点儿混，最初辛荷不理他的时候，他大概把辛荷当个什么有意思的小玩意儿。但最近，在辛荷面前，他越来越发觉自己变了个人。

辛荷想要点儿什么，他就掏心掏肺地想给全部，辛荷说不要什么，他也根本没办法说出拒绝的话。

看他成为个哀愁的老母亲，刘芸笑着过来解围。

她把辛荷从霍瞿庭怀里拎出去，放在沙发上，摸他的头发，说道："还跟以前一样，大哥上五天学，陪小荷玩两天。要是不让大哥去学校，到时候爷爷要揍大哥的。"

她问："你想不想大哥被爷爷揍？"

辛荷摇头。

这几天有点儿冷，辛荷穿得厚，手藏在鹅黄色的卫衣袖子里。半晌，他磨磨蹭蹭地歪头靠在霍瞿庭身上，神色委屈，抱住霍瞿庭的胳膊，又拿手把脸捂住好一会儿。

霍瞿庭一直低头看他，过了很长时间，才听他小声说："那好吧。"

霍瞿庭松了口气，辛荷接受了霍瞿庭去上学的事情就不再闹脾气，但临到出门前，霍瞿庭自己又不太舍得了。

他蹲在辛荷面前，理了理辛荷蹭乱的细软头发，说他的头发长了，像个小女孩儿，周末回来带他去剪头发，又把他卫衣帽子里延伸出来的两条带子弄得一样长，才在他脸上捏了一把，走了。

短短一段路，霍瞿庭却走得一步三回头。上车以后，他觉得自己像真养了个儿子。

鉴于之前几个月辛荷鱼一般的记忆，以及单细胞生物一样的没心没肺，霍瞿庭还有一种类似害怕兄弟情或父子情变淡的恐惧，所以每天晚上都要给辛荷打电话。

从最开始的"商业询问"一日三餐、上课和身体情况，到最后听筒放在一边，一个人写作业，另一个人看动画片，上学日的电话就慢慢儿变成不需要刻意遵守的习惯。

每到周末，霍瞿庭带辛荷去打球，出门前帮着换衣服、拿口罩，刘芸根本插不上手，都说在辛荷来之前，一点没看出他会喜欢小孩儿。

还说他以后的太太有福气，丈夫肯帮忙带孩子。

听了这话，霍瞿庭一方面没想到那么远，一方面又有些好笑，觉得自己真是提前练手了。

因为不上学，除了去医院，辛荷很少有出门的机会。他也不怎么提类似的要求，刚开始霍瞿庭带他出去，也看不出他到底是喜欢还是不喜欢，因为他的话实在太少了，太高兴的时候是这样，不愿意的时候也是这样。

霍瞿庭用了很久，才慢慢儿能从他一低头和一抿嘴的动作里看出他到底开不开心。

"霍瞿庭！"单华在看台上叫他，"去哪儿了？"

没人带小孩儿来打球，而且可能是"别人家的饭比较香"的道理在哪里都适用，中场休息，不管是自己队还是对面那一队的，家里平均两个弟弟妹妹，都一窝蜂地跑到看台上看辛荷。

单华有心理阴影，怕他们再把辛荷弄哭，又怎么都找不着刚还在身边的霍瞿庭，只好讨人嫌地亲自上阵，这边骂几句，那边推搡几下，不让他们靠得太近，烦人。

辛荷被看习惯了，抱着自己的小背包坐着。别人看他，他也没什么反应，看见几个大步跨上来的霍瞿庭，才抿嘴笑了一下，叫了一声"哥哥"。

霍瞿庭把买回来的热牛奶塞在他手里，跑得大口喘气，俯身摸了摸他的脸，不凉，又握了一下他的手，也不凉，才说："慢点儿喝，再过半个小时我们就回家。"

身边响起一阵拖长音调的"呦"，霍瞿庭直起身，回头从单华手里接过一瓶水。

看台上吵吵嚷嚷，又有人问他："霍瞿庭，你这个是弟弟还是妹妹？"

霍瞿庭看了辛荷一眼，这天出门前有点儿风，他自己穿着短袖，但给辛荷在薄卫衣外面还套了件毛茸茸的外套，这么一看，他才发现辛荷的头发又有点儿长了，说话间眼里带笑："你看呢？"

"老单说是男仔。"大男生故意嘻嘻哈哈道，"可依我看，挺像个冷美人！"

霍瞿庭哈哈笑了几声。

等到回家的时候，辛荷不让他背，要自己走。他不知道辛荷是生气闹别扭，还说："好，我们小荷八岁了，自己走。"

霍瞿庭放慢脚步，跟他走得一样快，单华和余存时不时地回过头来等他们，单英则充当这一路的笑料。

照这个速度走下去，可能一个小时都到不了家，更重要的是辛荷受不了。

霍瞿庭想着怎么把辛荷弄到背上，低头就看见他的脸有些白。

"怎么了？哪儿不舒服？"霍瞿庭蹲下，慌乱地拿掌心去摸辛荷的心跳，"疼不疼？"

辛荷好一会儿都没说话，只往前歪了点儿，靠在霍瞿庭身上。

他不是第一次这样了，或者说，这种情况在他身上非常常见。霍瞿庭慢慢儿地顺着他的背，感觉到他缓过来一些，才把他抱到腿上，低声哄："哥背着吧，打电话叫车来接，行不行？"

辛荷晕车，自从他带着辛荷出来打球，不刮风下雨的天气，就没坐过车。

霍瞿庭不知道自己的脸色很难看，折回来的单华说："霍瞿庭，别吓着小荷。"

他才尽量放松表情，也松开一些箍着辛荷的手臂。

辛荷软绵绵地靠在霍瞿庭怀里，好像一分钟之前还好好的，突然就又是一副非常憔悴的模样，这种无法预料和掌控的局面一次次发生，似一双强劲有力的大手，握住霍瞿庭的心脏。

过了几天，辛荷还是住院了。

就没有他这个年纪做完那种难度的手术以后稳定的案例，他的身体还在发育，心脏复杂的情况几乎时刻在变。

医生对霍瞿庭实话实说，辛荷一次又一次地犯病住院，不是因为他出门，也不是因为外面刮风，能坚持到十二岁的话，就好说一些，在那之前，什么都有可能发生，可能这场感冒没事，下次发个低烧，就能要了他的命。

如果非要问为什么，只能是因为他出生时就残缺的心脏。

晚上辛荷睡着了，霍瞿庭守着他，看他瘦得没多少肉的脸和苍白的皮肤，心里的恨几乎要冲破胸腔。

心脏发育畸形，千分之一的可能，就这么出现在了他的辛荷身上。

半夜里，辛荷醒了，点滴里加的药和心脏本身的问题都叫他痛到嘴唇发白，小小的身体在病床上根本不占多少地方。他往霍瞿庭怀里钻，静悄悄地流眼泪。

霍瞿庭的眼泪也没有迟疑地跟着一起流出来。他没什么出息地搂着辛荷，像很多个晚上那样哄着，好像他说"小荷不痛了"，辛荷的痛就真的可以消失。

"哥哥。"辛荷低声地问，"哥哥几岁？"

霍瞿庭说："哥哥十七岁，小荷八岁。"

辛荷又问："我可以活到十七岁吗？"

霍瞿庭的眼泪又流出来了，在黑暗里打湿耳边满是消毒水味道的枕头，但他 点儿都不觉得难为情。

霍芳年揍他的时候他没掉过一滴泪，他父亲死的时候他也没哭。他那个进不了门的母亲总给他打电话诉说自己的艰难，叫他争气，又讲他舅舅到 A 市输了多少钱，问他有没有钱，说自己这个月才买了三个包，没多少钱去巴黎看秀……从他刚懂事起就一直这样，但他从来没哭过。

他向来活得很没良心。一年前，他第一次在医院看到半死不活的辛荷，也只觉得有意思。

可这几次住院，每一次医生对他讲那个十二岁的期限，他都痛得好像快死了，明明对于别的小孩儿都是可以轻易迈过的年纪，在他的小荷身上却如此艰难。

辛荷六月过生日也是在住院，甚至那天他都不怎么清醒，霍瞿庭送他一块新的汉字拼图，等了三天才被他拆开。

怎么会那么难呢？霍瞿庭想不出来该去问谁。

他擦了擦辛荷疼出来的眼泪，又检查了一下他打着点滴的那只手，把自己的恐惧和难受藏得一干二净，语气肯定地说："没有问题，我们小荷会长命百岁，只要你听话，好好吃药。"

"长命百岁是活一百年的意思吗？"

"是。"

因为疼得厉害，辛荷的声音很低，但听得出来他很高兴："那哥哥要活一百零九岁。我们还可以在一起九十二年。"

霍瞿庭夸他算数好，又答应他："没问题，这太简单了。"

　　又过了个年，刘芸的老公做了手术，她需要请半年的假去照顾，这件事情她提前很久就对管家说过。霍宅倒不缺这一个保姆，只是自从辛荷回到港城生活，就主要由她照顾，现在要换人比较麻烦。

　　辛荷在霍瞿庭和管家眼里都不是太亲近人，换了人估计很久都不能适应，所以霍瞿庭很发愁。

　　霍瞿庭想过让辛荷去学校，但很快就又被自己否定了。

　　以前霍瞿庭把辛荷当成个好玩的小玩意儿，存了点儿玩宠物的心，才想把他带到学校去养。但只要认真想想，他的身体只适合过精心细养的生活，去了学校，条件再好都必然比不上家里，霍瞿庭没有能照顾好他的信心。

　　在刘芸走之前，新的保姆已经来了两个。都有照顾心脏病人的经验，看上去面目和善，对辛荷的态度亲切又不失礼貌。刘芸这才放心走了，霍瞿庭也能放心地去上学。

　　高二下学期的第一个周末回家，保姆跟霍瞿庭说起辛荷，大概是说他性格比较内向，很听话，很好照顾。

　　第二个周末回家，保姆说起辛荷，开始赞他聪明，文化课学得好，钢琴也弹得好，连老师都夸他。

一个月后，霍瞿庭想偷偷给辛荷拿点儿零食吃已经很不容易了，保姆拿毛线给辛荷钩了新背包和各种玩意儿，但也把他管得很严。两个人照顾总要比一个人细心全面不少，辛荷连一次晚睡的机会都没有。

霍瞿庭带辛荷出去打球，会被送到家门口，保姆叮嘱他在风大的时候给辛荷戴帽子，别让辛荷走太久，书包里装了坐垫，记得拿出来给辛荷坐。

她们一口一个"小荷"。

辛荷在他背上时，他总感觉没多少重量一样，走起路来一点儿负担都没有。

他扭头看辛荷歪在自己肩上的脸，两只大眼睛半垂着，红嘴唇微抿，一张小脸冷冷淡淡，没多少表情。

但就是这样，辛荷刚从瑞士回来没多久，就叫刘芸对他上了心，一开始还有点儿防备霍瞿庭会欺负他，现在也一样，这才多长时间，家里两个新保姆又喜欢他喜欢得不得了。

"你是不是巫婆变的？"霍瞿庭问他，"说实话。"

辛荷不回答这种傻乎乎的问题。霍瞿庭没忍住笑了，握着他腿弯的手把他往上颠了颠，他就更紧地抱住霍瞿庭的脖子，低声在对方的耳边问："哥哥，累不累？"

"不累。"霍瞿庭说，"你要多吃点儿，现在太瘦，你看哪个九岁的小男孩儿像你这么轻？"

说到吃饭，辛荷又不愿意说话了，拿手心轻轻地捂住霍瞿庭的嘴。霍瞿庭假装不满地低头看他，小家伙的嘴角就抿出个笑的弧度来。

霍瞿庭也笑，故意在他的掌心亲了一下，他就很快地把手拿走，还在霍瞿庭的衣服上蹭了两下。

"没良心。"霍瞿庭又说他，"换你来亲我一下。"

辛荷笑着看他，霍瞿庭催促："快点儿。"

于是，辛荷很轻地在他的脸上亲了一下，落了滴小雨似的触感，很快就消失不见了。

霍瞿庭的步子跨得很大，但走得很稳。

他背过辛荷多少次已经记不清了，这小孩儿在他背上的感觉好像随着一天又一天而深深刻进了他的生命里。他丈量着辛荷每一处细微的成长，悬在腰侧的小腿长了多少长度，经常握在掌心的手指慢慢儿抽条，都一点一滴地发生在他腰板不用弯就可以轻松背起辛荷的过程中。

四月，恰逢霍瞿庭的高中七十年校庆，星期一至星期五校园开放五天，学生不用上课，活动很多，学校从很久以前就开始准备，校庆办得比以往都要热闹。

家里也准备了很久，才把辛荷的东西打点清楚，一辆车差点儿装不完，才在这周的星期日下午让霍瞿庭成功地把辛荷带到学校。

霍瞿庭的套间一直有人打扫卫生，但回家前，霍瞿庭还是自己大扫除了一遍，单华他们也跟着一起动手，把霍瞿庭平时没怎么用过的另一个卧室收拾得看上去比主卧还体面，可并没派上用场。

从家里出发的时间本就晚了，到学校以后已经九点多了。霍瞿庭谢绝了各路同学、朋友的围观，催着辛荷洗澡睡下。他前脚从浴室出来，后脚辛荷就抱着枕头来到他的卧室门口敲门。

他穿了件连帽的印有花栗鼠图案睡袍，不知道是怎么想的，敲门的时候头上还戴着睡衣的帽子，抱在胸前的枕头挡住大半张脸。

霍瞿庭一条胳膊撑起上身看站在门缝后面的辛荷，忍着笑说："怎么有小老鼠敲门？"

辛荷对他这种对幼儿园小朋友讲话的语气敬谢不敏，见他醒着，就抱着枕头爬上了床，在他旁边躺下，又伸手从他身上拽过一半被单盖好，而后闭上眼。

霍瞿庭凑到他身边，低声说："这么冷淡？哥哥好伤心。"

辛荷闭着眼睛，看上去很安静，但是睡袍的帽子还没摘，招得霍瞿庭去捏他的脸："我说跟你一块儿睡了吗？小荷，你是强盗吧？"

"哥哥。"辛荷等他洗澡就等得很困了，这会儿连眼睛都没有睁开，只把他捣乱的手指抓住，翻身往他身边凑了凑，脸埋在他的肩窝，声音带着困意，小声地说，"哥哥睡觉。"

霍瞿庭立刻不说话了，伸手把自己的枕头跟辛荷的挨着，搂着他睡了最早的一个觉。

夜里辛荷一贯睡得不安稳，霍瞿庭像以前很多次一样，沉默地把他转了个方向，背对自己抱着，不知道管不管用，伸手在他的心口轻轻地揉，嘴里低声哄："小荷、小荷，听哥哥的话，慢慢儿睡着就不疼了，哥哥给你揉揉，好不好？"

辛荷流了几滴眼泪，缩在霍瞿庭怀里，被心脏疼折磨得语调软绵绵的："嗯。"

晚上睡得早，早上辛荷醒得也很早，这两年过年和放暑假的时候，二人都住在一起。辛荷在很多事情上都很独立，洗澡、穿衣服都不需要别人帮忙，所以霍瞿庭不算多手忙脚乱。

只不过辛荷不需要帮忙，不代表霍瞿庭不会捣乱。

辛荷穿了自己选的衣服，不想穿他挑的袜子，爬上床把脚藏进被子里，他就跟过去，假装要揍辛荷。

辛荷立刻把脚拿出来，乖乖地自己穿袜子。

每次用这招，管用倒是都挺管用，霍瞿庭心里却另有一股不得劲儿。

"我不会真的揍你。"他蹲在辛荷面前说，"听见了吗？"

辛荷好像不太相信地"哦"了一声，霍瞿庭没脾气地说："哦什么哦，记住了吗？"

辛荷不说话了，慢吞吞地穿袜子。

霍瞿庭那点儿强势全没了，犯贱似的围着辛荷问："生气了？你怎么这么笨，跟你开玩笑都不懂？你看我什么时候揍过你？"

"说不定。"辛荷突然说。

霍瞿庭问："什么说不定？"

辛荷一边吃单华送过来的早餐，一边慢吞吞地说："这里又没有阿姨，你揍我也没人会管。"

霍瞿庭快被他气死了："就算阿姨在我也能揍你，我要是想，谁敢拦我？"

辛荷连馋了很久的霍瞿庭说很好吃的食堂华夫饼都不吃了，后悔道："我要回去了，你帮我给阿姨打电话。"

在家里他们几乎没有闹过矛盾，霍瞿庭没想到二人单独在一起的时候，会突然惹到辛荷。他很后悔，又神经病一样地认真对他说："你和阿姨最亲是吧？好，想回去就回去吧，当我白准备了，专门给你买了多少东西，还打算带你玩这个玩那个，算我神经。"

二人的"官司"还没打完，霍瞿庭的房间就进来了几个人，单华一马当先，后面跟着余存、罗磊和单英，还有班里的其他几个同学。

"妹妹！"

余存高高地叫了一声，在辛荷身边坐下，嬉皮笑脸地逗他，又叫霍瞿庭别再给辛荷剪头发，现在这样刚好，有个女孩子的样。

辛荷越不理人，他们的兴致越高。等辛荷吃完，几个人推推搡搡出了霍瞿庭的房间，领着辛荷在校园里大扫荡。

学生摆着很多小摊子，大多数东西辛荷都不能吃，一起走的人多，他被这个牵一会儿，被那个牵一会儿，嘘寒问暖着。

路上遇到同班同学，看辛荷的个子不算矮，问单华怎么这么宝贝，单华就指着走在最后面木着脸的霍瞿庭说："霍瞿庭的好妹妹，不敢不宝贝呀。"

逛了一早上，出门时的方阵越来越大，到找地方去吃东西的时候，十几个人围着餐厅的长条桌呼啦啦坐下。辛荷左边是余存，右边是单英，跟在后面的霍瞿庭坐在他斜斜斜对面，板着一张脸，不仔细去找还轻易看不到。

不过霍瞿庭没有坐多久，在上菜之前，他出去了好一会儿。回来以后，他径自走到辛荷身后，把对方的餐具摆在自己面前，又拿开水烫了一遍水杯。

被视线造成的冷空气洗礼后，单英很有眼色地起身让座。霍瞿庭的脸很臭，却没有拒绝，一言不发地坐在辛荷身边。

过后上到辛荷面前的几个菜都一看就是专给他做的，没人去动。余存见霍瞿庭吃瘪，幸灾乐祸道："小荷，你大哥怎么了？"

辛荷慢吞吞地说："他要揍我，没揍到，所以生气了。"

霍瞿庭不说话，也没吃多少东西，只冷冰冰地喝了几口水。

吃完饭以后，其他人还要接着去玩。罗磊起身就要再来牵辛荷，嘴里还说带他去看学校的石头山，被霍瞿庭挡开，霍瞿庭板着脸说："他要睡午觉。"

罗磊故意说："那你的脸别这么臭，会吓到小荷。"

霍瞿庭垂头看了辛荷一眼，抬腿走了。走出几步，他又回头看，幸好辛荷在他后面跟着。

"累不累？"

辛荷说："有一点儿，想睡觉。"

霍瞿庭在他面前蹲下，半晌，见他不动，霍瞿庭不耐烦地说："过来。"

辛荷还是没有动，微微低着头。小孩子的头发长得快，确实又有些长了，大眼睛、红嘴唇、白皮肤，再加上尖下巴，还真有点儿像小女孩儿。

霍瞿庭催他，他才小声地说："哥哥，你能别这么凶吗？我很害怕。"

顿了顿，他又说："你是不是不想带我？那你送我回家吧。"

霍瞿庭一下子就后悔了，是辛荷九岁，又不是他九岁，他搞不懂自己一上午吃错了什么药，千辛万苦地把辛荷带出来，又给辛荷脸色看。

他转过身，干脆把辛荷用托着屁股的姿势抱起来，酝酿了好一会儿，才很认真地说："我没有不想带你，我特别想让你看校庆活动，所以才好几周之前就开始准备你过来住的东西，你来我很高兴……对不起，小荷，哥不应该凶你。"

刚才的一路上，不下五个人说过要背或者抱辛荷，都被他拒绝了。此时霍瞿庭抱着他，他就很乖地趴在霍瞿庭怀里，侧脸贴在霍瞿庭的肩窝，两只手放在二人的胸膛之间，好像特别依赖对方，小腿随着霍瞿庭向前走的动作前后晃动。

霍瞿庭半天没听见辛荷说话，这个姿势他又看不到对方的脸，只能哄道："小荷？"

辛荷动了动，两只细胳膊圈上了他的脖子。

到房间以后，霍瞿庭把辛荷放在床上，给他脱鞋、脱外套，又拿毛巾帮他擦手和脸。

屋里不冷，霍瞿庭端了杯水给他喝了点儿，只在他的肚子上盖了点儿东西，就让他睡了。

辛荷没什么精神，很快就睡着了。霍瞿庭看着他有点儿红的眼眶，心想：他是个记仇不记恩的人，这下又要恨自己了。

和和睦睦地过了接下来的四天，霍瞿庭都处在一个犯错自省的阶段。没想到周末回家以后，到了霍瞿庭去上学的时间，辛荷就拿着保姆给他钩的小书包跟到了门口。

"昨晚就把东西收好了。"保姆有些担心地说，"说是还要跟大哥去上学，可上学不是去玩，您忙学业，哪里有时间再照顾小荷呢？"

上周一整周，霍瞿庭倒是一点儿都没觉得辛荷麻烦，甚至觉得带辛荷原来是一件这么简单的事情，只怕自己没做好，除了夜里睡不好，辛荷也一直没出过大的问题。只是他没想到辛荷还愿意再跟着自己。

"不会打扰我，我们的课不多，上课的时候，就叫他到小学部去听课，其他时间我在寝室看书，不出去就可以。"

霍瞿庭打开他的背包，看里面装着的东西：牙刷、睡衣、汉字拼图、漫画书、琴谱和扭蛋。

眼看拦不住的样子，辛荷的两个保姆才叮嘱了一大堆，依依不舍地看辛荷真的又跟着霍瞿庭走了。

晚上辛荷先洗澡，洗完以后趴在床上看琴谱，霍瞿庭洗完澡，几下挪到辛荷身边，拿吹干的头发扎他的脸。

但他也不敢逗得太狠，不轻不重地闹了一会儿，就问辛荷："我还以为你生气了，怎么这么大方？"

辛荷从他长手长脚的束缚中爬出去，又回去看琴谱，然后认真地说："我没有生气呀，是你先说要揍我，又不理我。"

霍瞿庭又问："那你没说要回去？"

辛荷说："回去又没有哥哥。"

霍瞿庭心里乐开了花："这么喜欢哥哥？"

辛荷困了，把琴谱推到一边，歪倒在枕头上说："可喜欢了。"

霍瞿庭低声问："有多喜欢？"

辛荷闭着眼睛冲他甜甜地笑了笑，用小孩子特有的语气真诚地说："超级喜欢。"

这个头一开，辛荷就正式过上了小学生上学的生活。霍瞿庭将他照顾得很周到，一直到六月份他过生日的时候，都没再让他住过院。

当天是星期三，所以就在学校的餐厅过。辛荷不喜欢吃西餐，因为不好消化，吃了会难受，霍瞿庭便在大食堂里给他过了一个称得上朴素的生日。

一起吃饭的二十多个人里，除了从辛荷班里邀请来的两个朋友，其他都是高中部个高腿长，浑身长满了肌肉的大男生。

到了生日歌环节，洪亮的声音几乎要冲破屋顶，像在唱军歌。辛荷的同学看他被一众长腿包围起来吹蜡烛，感觉他真是个挺酷的小学生。

霍瞿庭高中毕业已经两年，辛荷继续读书，因为在家里上的课不像学校那么系统，跳了两级才刚好合适。

他一直住在他们原来住的房间，霍瞿庭没课的时候也经常过来，除了过夜的频率低些，和以前也没有太大的区别。

甚至随着霍瞿庭的婆妈程度的加深，细致到辛荷每天吃什么、穿什么、喝什么都要过问，有辛荷被管束得越来越严格的趋势。

他们上周就约了这个星期五去医院复查，为了去巷子里买碗牛腩面给辛荷，霍瞿庭中午从港大骑自行车过来。外面太热了，他一进门就先去洗了个澡。

辛荷把漫画书盖在脸上，闷声说："好热呀，不想出门。"

"不行。"霍瞿庭坐在床边，一只手系衬衣扣子，一只手伸过去摸他没被漫画书遮住的下巴，"哥开车，你就下个楼，热不了多长时间。"

辛荷不说话了，霍瞿庭又在他滑溜溜的下巴上捏了几下，叹息似的说："太瘦了。"

霍瞿庭起身把辛荷吃剩的牛腩面拿过来，牛腩一块没动过，菜吃了几根，面吃过，但别人看不太出来，只有他才知道这已经算辛荷多吃了。

霍瞿庭几口把剩下的吃光，才认真将摊在床上的辛荷拎起来，捏着他的脸看了一会儿，笑了："还可以。这次医生说你没问题，那后面两个月就都不用去了。"

辛荷睨他，将信将疑地问："真的？"

霍瞿庭说："最近你对我越来越没礼貌了，怎么回事？辛荷同学，叛逆期到了？"

辛荷拍开他的手："你才是叛逆期。"

二人一个磨蹭，另一个诱哄加装凶，好不容易去了趟医院。检查完，辛荷在旁边的房间里休息，霍瞿庭去听检查结果。

从小给辛荷看病的医生这一年来都很高兴："挺好的，养得很好。你看这儿，以前一直长不好，现在慢慢儿跟普通人差不多了。"

霍瞿庭一直记得辛荷那个魔咒一样的十二岁，几乎成为癔症，所以还是紧张地问："他吃得还是很少，身上也不长肉，也不爱动，激素是不是还有问题？"

医生说："长肉的事情和心脏病没多大关系，外面病房里的小胖子多得是，他就算没这个病，该不长肉还是不长肉。

"激素没问题，大脑和骨骼发育都很好的话，激素是不会有问题的。"

听了这几句话，霍瞿庭就知道自己是关心则乱。二人又聊了一会儿，霍瞿庭怕辛荷等不耐烦，才到隔壁去接上他走了。

霍瞿庭一边开车，一边把医生说的话跟他重复了一遍。

辛荷闭着眼睛有一搭没一搭地听，脱掉鞋子，短裤下一双白嫩的小腿弯回来，穿着短袜的脚踩在座椅上，抱着膝盖靠着车窗，好像霍瞿庭说的话跟他没关系。

霍瞿庭也不生气，相反，他很高兴，因为医生说的那句"跟普通人差不多了"。

很多次辛荷住院和难受的时刻，他祈祷的也不过是他的小荷能和普通人一样。

"晚上出去吃，叫上单华他们。"过了会儿，霍瞿庭心血来潮，"先去给你买衣服，夏天过一半了，还没给你买过衣服。"

辛荷说："我的衣服很多。"

霍瞿庭问："和买新的冲突吗？"

辛荷把额头磕在车窗上，无欲无求地说："你开心就好。"

给辛荷买衣服从来就是一件非常轻松的事情，因为他完全随霍瞿庭的意，好像穿什么都无所谓，以至于有时候轻松到让霍瞿庭缺失成就感。

"那这件呢？"

霍瞿庭又把一件衣服比到辛荷身前，辛荷坐着发呆，看都不看："都可以。"

霍瞿庭的声音里有笑意："哦，那一起结账。"

辛荷抬头，才发现他一并递给导购的是一条从女装区拿过来的裙子，白底黑波点，纯棉质地的荷叶边，哪里是男孩儿的衣服。

"霍瞿庭！"

"没大没小。"霍瞿庭一脸坦然地把他从沙发上拎起来，一起到柜台刷卡结账。

辛荷的脸有些红，一边被拽着走，一边拿两只眼睛瞪着霍瞿庭，脸上的表情微怒，但并不能唬人，反而让霍瞿庭脸上的笑意越来越明显。

逛了两层楼，霍瞿庭手里已经拎满了袋子，不再能牵着辛荷，于是屈起膝盖在辛荷的大腿上顶了一下："走前面。"

但辛荷不配合，反而反手推他，又撤得很远，表示自己真的生气了。

"鞋子和衣服就先这样，再买两套睡衣，上次看你的睡裤好像短了一截儿，今年真是没少长高……袜子要不要？"

霍瞿庭念了一堆，辛荷生气也没有完全不理人的习惯，认认真真地回答要或不要。二人走到与单华他们约好吃饭的地方，霍瞿庭才解放了一双手，立刻把辛荷抓到怀里，问道："还在生气？"

辛荷将头扭开："除非你把那个扔掉。"

"哪个？"

辛荷又回过头瞪他。他忍不住轻声笑，辛荷红着脸生气，又不会发脾气，最后看辛荷真的着急，他才说："你说裙子？我记得是你自己说要。"

辛荷委屈巴巴地跟霍瞿庭对视了一会儿，刚叫了声"哥哥"，要说什么，单华和余存就来了，后面跟着从补习班刚下课的单英。

几人骂骂咧咧地问好，见到霍瞿庭身边的购物袋和板着脸生气的辛荷，余存说："霍总功力见减，今日扫货不够尽兴呀。"

霍瞿庭一笑，点点辛荷的脑袋，辛荷挨个问好。

余存又说："不错、不错，这么久不见，小荷更有礼貌啦。"

辛荷坐得很端正，说道："上周才见过。"

"比起你大哥天天见，我们不就是很久没见吗？"余存说，"霍瞿庭干了什么？又惹小荷不开心。"

霍瞿庭笑道："他自己看上件东西，买完后悔，现在又来怪我。"

余存追着问是什么，这些人一贯喜欢取笑辛荷是小女孩儿，习惯称他是霍瞿庭的小妹妹。他生怕再添笑料，坐不住了，急着在桌底下握住霍瞿庭的手。

霍瞿庭慢悠悠地看他一眼，见他满眼着急，又带点儿讨好，才弯起嘴角，对余存说："世上有你不想知道的事情？快点菜，小荷下午都没吃过东西。"

于是单华和余存张罗着点菜，单英要的几个都被驳回。霍瞿庭带辛荷去洗手，看着他洗完，又从包里拿出酒精棉片帮他擦手。

辛荷规规矩矩地把手放在霍瞿庭手里，仔细擦完，霍瞿庭也没放开，辛荷刚抬起头，就对上他一双笑眼。他捏了捏辛荷的红嘴唇，开着玩笑："嚄这么高，挂个油瓶好不好？"

辛荷抿了抿嘴，说道："根本没有嚄。"

"我说有。"霍瞿庭说，"不信你看镜子。"

辛荷转头看镜子，霍瞿庭就伸手给他捏个猪鼻子，又把他逗到气闷。

回到桌上，辛荷也不怎么高兴，偏偏霍瞿庭每次给他夹菜，他还要说"谢谢哥哥"。

桌上没人喝酒，茶足饭饱，霍瞿庭负责送辛荷和单英回学校，单华回港大，余存回家，在停车场各自散了。

上车后，辛荷坐副驾驶座，单英坐在后面，但屁股只有一半碰着座椅，他身体前倾，跟辛荷讲话。

"你们有没有通知什么时候测试？"单英说，"听说就在下周。"

辛荷对这些小道消息向来不灵通："没听过，随便吧。"

"那你复习得怎么样？我想借你的历史讲义来看。"

他们不是同一年级的，但修了同一门世界历史。

"好。"辛荷点头，"你明天来拿，我也不回家，一整天都在寝室。"

单英大声感谢，又问霍瞿庭："庭哥，我哥有没有跟你说过他什么时候回家？我妈说两个月没见他，快要忘了自己大儿子长什么模样。"

霍瞿庭说没有，辛荷问单英："刚才怎么不当面问？"

吃饭的时候，单华就在他身边，也没看到他们兄弟多说什么。

单英缩了缩脖子，说道："我可不敢，我哥对我又不像庭哥对你一样。"

辛荷这会儿还跟霍瞿庭闹着别扭，闻言不讲话了，扭头看着窗外，听霍瞿庭对单英说："他只是没想通，过段时间就好。"

单英无奈地说："我妈叫他娶 Miranda（米兰达），他偏要娶 Linda（琳达），虽然都是'da'，但他们就是怎么都说不到一块儿。"

霍瞿庭："那些都是大人的事情，不重要，你好好读书，别闯祸给你哥添麻烦就可以。"

单英嘟囔道："我哪敢给他添麻烦……反正都是娶老婆，感觉哪个都没差，这么闹下去，最后不开心的还不是自己。"

霍瞿庭好笑地说："不是让你娶，你当然没差。"

单英立刻丢开难过的心情，好奇地问："庭哥，你有没交女朋友？他们说你高中都没谈过恋爱，是因为总陪小荷，上大学总有机会了吧？"

霍瞿庭还没说话，辛荷就说："是他自己没有本事，怎么怪到我头上？"

霍瞿庭好笑地说："是我没本事，改天找个有本事的厉害大嫂，才管得住你。"

辛荷撇嘴："我每天拍大嫂马屁，看她跟谁站在一边。"

霍瞿庭说："那你不如直接来拍我的马屁，这样效果更好一点儿。"

辛荷生气只会瞪人，这时候却也不瞪他了，低着头不讲话。

霍瞿庭把单英送到寝室楼下，下车看着他进楼门，打电话跟单华讲话，然后转头回辛荷的宿舍。

时间还早，但他没再回自己的学校，等辛荷洗澡的时候，他顺便把房间整理了一遍，又把新买的衣服整理归类放好，也洗了个澡，睡在了辛荷房间。

"小荷。"霍瞿庭低声说，"睡了吗？"

辛荷说："没有。"

"别生气了，跟你闹着玩的。"霍瞿庭哄他说，"哥知道我们小荷不是女生。"

辛荷没有说话。

良久，霍瞿庭翻过身，侧身对着他，一下下地轻拍他的背："睡吧。"

第二天周末，霍瞿庭也没事，等单英来拿走讲义，就和往常一样，带辛荷去港大的图书馆，辛荷写作业，他也写作业。

年前，霍瞿庭跟着霍芳年出了趟门。行程紧，在外面的条件也不比家里，他没有带辛荷，二人除夕当晚才见面。

也因为霍芳年回港城太晚，所以第二天才有空拍合照，已经拍过很多次，辛荷早已习惯，照着指示，不过半个小时，就听到"OK"的声音。

拍照之前，三个人都化了点儿淡妆，辛荷脸上扑了些腮红。虽然上镜好看，但肉眼看着过于红了。

听到结束，霍芳年还没动，霍瞿庭立刻点点辛荷的肩膀。辛荷回头看他，见他眼里促狭的笑意，自己也抿嘴笑，又带点儿没有威慑力的薄怒。

闪光灯又亮了几下，最后抓拍的那张成为正片，上了公司的年报，后来流传到八卦小报上，同三年前霍瞿庭抱着辛荷拍的那张放在一起，霍氏手足情深、兄友弟恭的盛景又被讨论了一段时间。

霍瞿庭没有在外读大学，是因为实在放心不下辛荷。这两年来，辛荷的身体渐渐好了很多，他也临近毕业，综合考虑后，才终于把留学提上了日程。

大四的第二个学期，集中处理完学校的事情，他就没有在港城待多长时间。走的那天天气很好，辛荷和霍芳年都去送机，同去的甚至还有他的母亲。

霍芳年在霍瞿庭临行前倒也没那么严厉，只叫他照顾好自己。他的母亲穿得浑身闪亮，十米外都可以看清脖子上的每颗宝石，她抓着他的胳膊抹了几滴眼泪，眼眶发红。

辛荷乖乖地站在他身边，话最少，只是跟他跟得很紧。

要交代的，最近这段时间霍瞿庭已经交代了数不清多少遍，临行前却仍然觉得无法放手。

他摸了摸辛荷的脸，不太放心地说："水和电都不要动，任何问题都先告诉我，我帮你找人弄。洗衣机你也不要再用，衣服我已经告诉刘芸每周去你那里拿回去洗，周末你要回家吃饭，家里炖汤给你喝。最近天热，多喝水，不可以吃冰。少出门，有事要叫司机，这学期没剩多长时间了，假期我就回来接你，记住没有？"

辛荷不想看他那么担心，最近他的叮嘱，辛荷都不像以前那样爱听不听，一直乖乖地点头："都记住了，我没问题。你把自己照顾好，好好读书。"

霍瞿庭笑了一下，又摸他的头发："好，我听小荷的话。"

好像根本没说几句话，就到了登机的时间，安检前，霍瞿庭冲他们挥了挥手。辛荷也冲他挥手，说了句："哥哥再见！"

霍瞿庭笑了笑，说道："再见。"

飞机起飞了一个多小时，霍瞿庭还在想辛荷的事情哪里没有处理好，想来想去想不出来，反而把自己弄得很不安。

不过他又想在他走之前这段时间，辛荷虽然比平常乖了很多，但也没有特别离不开他的样子，所以随即觉得自己太婆妈，毕竟辛荷已经十四岁了，不再是七年前那个哥哥五天之后没有回家就会哭着找哥哥的小孩儿了。

霍瞿庭一通百转千回的思虑之后，好歹给自己做好了心理工作，但落地后接的第二个电话，就叫他立刻归心似箭。

"本来我看他不痛不痒的样子，还替你不值，好像白养一场，没心没肺——"

他的母亲不问其他，接通就先讲了一大堆话："可安检门一关，那个泪珠子马上就掉下来了，平常不是不怎么搭理我？昨天我问他要不要搭我的车回去，他还讲了声'谢谢'。

"一路上也还是哭，止都止不住，伤心得很。纸巾都用了半盒，我看得出不是装的，因为你爸死那年，妈就天天这么哭。看他这个样子，我心里才有些受用，毕竟我儿子一把屎一把尿地把他拉扯大，方圆百里，谁不知道霍家大少爷头上永远顶着个来路不明的小少爷？哭一哭才说明他有良心。

"可最后他脸都白了，吓得我赶快把车开到医院去，好在没有事情，不然被你知道他在我车上出问题，又要怀疑我心不好。"

霍瞿庭匆匆地讲了几句就结束通话，而后打电话给辛荷。

辛荷在寝室，趴在床上跟他讲话："你到了？住的地方什么样子？学校好不好？有没有吃饭？你有没有晕机？"

他问了一大堆，霍瞿庭说："我这里都很好，你呢？"

辛荷习惯性认认真真地说了自己在霍瞿庭走了以后吃了什么、喝了什么、穿了什么，连因为天气太热，空调又调低一摄氏度也讲给霍瞿庭听。

霍瞿庭叮嘱道："晚上要把温度调回来。你星期五要穿运动鞋，准备穿哪一双？上周穿过的那双刷好了，在阳台上，记得收。"

辛荷一一答应，半晌后才慢吞吞地说："你问这么多，我都好好地回答，可我问你，你只用'都好'应付，这样好吗？"

霍瞿庭顿了顿，笑着说："我拍照片发给你，写个新生活汇报怎么样？"

辛荷翻了个身，勉强说："嗯……这还不错。"

辛荷不急着挂电话，黏着跟霍瞿庭说话的时候不多，霍瞿庭很受用，但到最后，也没有开口说他那天哭得那么厉害的事情。

七天后，辛荷收到了霍瞿庭的邮件，主题就叫《霍瞿庭镀金生活的第一周汇报》，正文事无巨细地写了他的住处和学校的环境，隔两段就有配图，最后还写："汇报完毕，希望小荷司令满意！"

因为时差，从辛荷七岁开始到二人住在一起，又从霍瞿庭高中毕业重新开始的睡前电话就慢慢儿地改成了互发邮件。

辛荷的寒暑假也开始改到 Y 国去过。霍家除了霍芳年，小辈都有灾祸，大多命不长久，长此以往，年节冷清，亲情观念淡薄。随着霍瞿庭出国留学，家里连春节也取消，他不在的那两年，除夕，霍宅仅有保姆守夜。

他们就住在剑桥附近，学校的华人不少，除夕当天活动很多。

辛荷跟着霍瞿庭去参加他们系里的春节活动，国人到了国外，才头一次动手包饺子。辛荷热情高涨，脸上一直带笑。霍瞿庭把他包的单独放到小锅里去煮，一个不剩，全吃干净了。

这两年辛荷只要放假，就会被霍瞿庭接过来。本系的同学大部分已经认识了辛荷，但学校有活动的时候，外面的人也很多，所以这天不只一个人问过霍瞿庭，辛荷是他的什么人。

他拿着辛荷包好的饺子去煮的时候，又对过来问的人解释了一遍："他是我弟弟。"

辛荷在离霍瞿庭不远的地方帮着擀饺子皮，霍瞿庭下意识盯着他看了很久，才猛然间发现他长高了很多，早就不是一个小孩儿了。身边的亚裔女生跟他说话的时候，要抬头看他。

也没人再动不动就把他当成女生，他还是漂亮，比起小的时候有过之而无不及，所以即使是待在霍瞿庭身边的短暂时间里，霍瞿庭也需要不断地去解释二人之间的关系。

她们不知道说了什么，霍瞿庭看辛荷点了点头就微微地笑起来，眼角弯下去，红嘴唇微抿。这表情太熟悉了，以至于他想象得到他睫毛轻扇的样子。

"怎么样？"辛荷只包不吃，负责的工作都做完了，跑到霍瞿庭面前一脸得意道，"我手艺好吧？"

霍瞿庭捏他的鼻子："臭美。"

辛荷也不生气，把沾着面粉的手往他下巴上轻轻地蹭了一下："给你长个白胡子。"

霍瞿庭一动不动，想着刚才被人问的问题，眼角带笑，低着头任由他抹，只拿一只手揽着他的肩膀，带他往后走了两步，让了让端着饺子的同学。

到处都在放《恭喜发财》，到处都在说"新年快乐"，空气里洋溢着快活的气息，如果没有满眼的金发碧眼、高鼻梁，其实跟国内的春节也没多大差别。

说好这天买海绵蛋糕回去当下午茶，家附近就有一家辛荷喜欢的，去晚就没有了。霍瞿庭刚打算带辛荷离开，正好有人朝他们走过来。

辛荷正在拿纸巾帮霍瞿庭擦脸，嘴里还笑着说什么，音乐太大声，他只能凑到霍瞿庭耳边说，突然感觉霍瞿庭捏着自己肩膀的力气大了很多。

面前三个男生，中间那个满脸通红，一头栗色卷发，鼻梁上有些小雀斑，眼神局促又热情，被旁边的人簇拥着。辛荷认真地听了两句，才发现是在要自己的手机号码。

霍瞿庭的脸色难看，先说了一句"他未成年"，对方很快就说自己也未成年，刚十七岁，只是想跟辛荷做个朋友。他又生硬地说："我们赶时间，他也没空交朋友。"

辛荷被霍瞿庭揽着肩膀带走，卷毛小雀斑在身后喊了声"hey（嘿）"。辛荷下意识地回头，但霍瞿庭走得太快，辛荷管不了许多，只来得及跟上他的步伐，还因为他没来由的怒气，心里也跟着紧张起来。

第十四章

新年快乐

红茶煮在小炉上，冒着热气。

前调的清甜和尾调的微苦钻进鼻腔，小窗上的纱帘被微风卷起再放下，辛荷拿着叉子慢悠悠地吃着海绵蛋糕。

这天他运气好，到店以后买到了最后一份，所以吃得也格外珍惜和愉悦。

霍瞿庭昨天就说好去帮楼上的老太太换灯，回家以后，他先煮上红茶，弄了点儿坚果装盘，而后把蛋糕拿出来，拿叉子虚虚地给辛荷比画了可以吃到哪里，就带上工具箱去了楼上。

换灯不麻烦，没多久，一壶红茶还没煮好，他就回来了。

辛荷跑到门边给他开门，又伸手去接他手里的工具箱，被他避开："你拿不动。"

"灯换好了吗？"辛荷说，"我们买的大小对不对呀？"

霍瞿庭一边去洗手，一边说："换好了，是对的。"

他身上还穿着参加系里的春节活动时穿得比较正式的衬衣，头发用发胶整理过，露出饱满的额头和干净的眉毛，鼻梁和眉骨都很挺，越发显得他眼神深邃。

青春期过后，他的长相逐渐趋向硬朗，看人时不怒自威，连笑容也自带气场。

辛荷觉得他这副样子看上去很成熟，却不想他的确已经处于一个需要成熟的年龄段了。他身边的同龄人很多已经在港城接触家族产业，虽然他还在念书，但也不只是念书，似乎还有事情要做。

辛荷一向不过问这些，只是偶尔霍瞿庭出差，他才会知道。

在他的意识里，从那个会假装要揍他、然后又和他冷战的高中生霍瞿庭转变为如今成熟稳重的霍瞿庭，似乎并没有多么刻意，只是在一天天的陪伴里，自然而然地就发生了。

在他长大的同时，霍瞿庭也长大了。

虽然对辛荷来说，霍瞿庭是一样的可靠，但他的确变得比以前更加成熟，也更加难以猜测。

他不说话的时候，辛荷就感觉自己不太能猜到他的情绪，而他沉默的时间比青春期要长很多，虽然这没有从本质上使他们之间的关系有一丁点儿改变，但辛荷确实也因此而慢慢儿有点儿"害怕"他了。

辛荷靠在门框上等霍瞿庭洗手，和他说话："你不是说我们星期三要出门？机票订了没有？"

霍瞿庭说："已经订好了。"

辛荷问道："到时候我需要带什么呀？行李还没有收拾。"

霍瞿庭说："不用你管，我来弄。"

二人一起出门的时候辛荷的确没怎么关心过这些，所以问过也就算了。

霍瞿庭走到厨房去，先倒了杯煮好的红茶给他，然后检查蛋糕的情况。

在这些小问题上，辛荷向来很听话，喜欢吃零食是真的，但都要经过霍瞿庭同意。

这种自觉的改变好像是在他出国以后才开始的。他分神地想，因为辛荷也不想让他太担心。

他享受辛荷的依赖，辛荷也肯依赖他，所有麻烦的第一倾诉人一定是哥哥。

但慢慢儿长大的辛荷会尽量降低自己制造麻烦的频率，即使这并不是霍瞿庭的主观意愿。

辛荷上完钢琴课以后参加系里的活动，然后一整晚就都空闲了下来。辛荷的作息规律，他们也不准备隔着时差等春晚，到了时间，霍瞿庭就赶他去睡觉。

辛荷放下琴谱，从卧室露台上的沙发上起身，走到门口又停下来，回身说："哥哥。"

霍瞿庭问："怎么了？"

买完蛋糕以后，辛荷就忘了霍瞿庭离开学校前短暂的失态，只知道这一下午他都不太对劲儿，至于哪里不对劲儿，辛荷又说不上来。

霍瞿庭没有不理他，还是按时盯着他吃药、吃饭，洗手漱口也要管，不像生气的样子，但也没有多愉快。

"哦……"霍瞿庭突然说，"忘了。"

霍瞿庭弯腰从抽屉里拿出个红包，还有一个巴掌大的礼物盒，自己拿在手里看了看才走到辛荷身边，递给他，说道："小荷，又长大一岁，新年快乐。"

辛荷的礼物早上已经送出去了，鉴于从小霍瞿庭收到的所有红包都归他，所以一直是霍瞿庭单方面给他红包。

辛荷捏着信封两边往里看了一眼没封口的红包，全是五十便士的钞票。他怀疑霍瞿庭是直接找了沓现金塞进去，因为他以前就是这么干的。

有一年，辛荷甚至收到了一个被撑破的红包。

他刚想笑，霍瞿庭就说："十七岁了，所以给十七张。"

辛荷抿嘴一笑，攥着红包凑过去抱他的脖子："谢谢哥哥！"

霍瞿庭没有表示拒绝，他就顺杆儿爬，跟平常一样挂了上去。

霍瞿庭总感觉辛荷身上有一股说不上来的味道，很好闻。不是他这里任何一种护肤品或沐浴露和洗发水的香气，而是像带着辛荷的名字一般独特，凑近的时候，他就能闻到。

霍瞿庭抱住他，每一次都会意外他怎么会这么轻。

辛荷得逞以后，得意地低声笑。霍瞿庭托着他的腰身让他在自己身上挂了好一会儿，听他说了一大堆没有意义的撒娇话，才拍了拍他的背，说道："好了，回去睡觉。"

"那你今天怎么不开心了？"气氛刚刚好起来，辛荷不肯下去，八爪鱼似的黏着他，趁机说，"是不是想爷爷？"

霍瞿庭顿了顿，干脆抱着他在床边坐下，他还在霍瞿庭身上黏着，头都不抬，尖下巴戳在霍瞿庭的肩膀上，呼出的热气朝对方的颈上钻。

"没有。"霍瞿庭的肩背有些不易察觉的僵硬，两只手也离开了辛荷的后腰，像摆放什么没有生命力的东西一样搁置在身侧，继续说道："前两个月他过来开会，刚见过。"

"哦……"

辛荷又问了半天，没问出来，但霍瞿庭的情绪看着好像又好了很多。时间也有点儿晚了，他不敢继续赖着，笑嘻嘻地从霍瞿庭的腿上爬下去，冲对方晃了晃手里的红包，又狗腿地说了一遍："谢谢哥哥！哥哥真好！"

回房间以后，辛荷拆开来自霍瞿庭的新年礼物，里面惯例有一张信纸。

刚才霍瞿庭是怎么对他说的？他说："小荷，新年快乐。"

辛荷脸上挂着笑容继续往下看。

跟往年一样，他希望自己开心、顺利和健康。

最后说订购了钢琴下周送到。

放在盒子里的礼物就是一枚钢琴的钥匙，霍瞿庭做事一向直接，并不理解惊喜的内涵。将近一年前，跟送其他任何礼物提前通知辛荷等快递一样，他在订购钢琴的时候就告诉了辛荷。

辛荷把钥匙握在掌心好一会儿，最后困劲儿上来，才迷迷糊糊地勉强塞到枕头底下，很快就睡着了。

钢琴送到的那天，霍瞿庭去了学校，即使工人帮忙一起收拾过，房间里也还是留下不少垃圾。

其中一个烤瓷的不知道作什么用的小盒子被辛荷在整理的过程中不小心碰到地上，很不巧地砸到他的脚背。

砸到的面积并不大，但位置不太妙，角度刁钻，隔着拖鞋都让他痛出了眼泪。

下午霍瞿庭从学校回来，意外地看到整齐的房间。辛荷憋了一天，只等他回来邀功："是我打扫的，厉害吧？"

霍瞿庭认真地说："厉害。"

辛荷正打算投桃报李，弹一段新练的曲子给他听，刚走了两步，就被霍瞿庭拽住胳膊："腿怎么了？"

"哦……"辛荷说，"不是腿，脚被那个小盒子砸了一下，不严重。"

"我看了半天，没看出它是干什么用的，也没敢丢，看着不大，但其实还挺重的……哎……"

霍瞿庭突然把辛荷打横抱起。他吓了一跳，但被霍瞿庭抱不算什么新奇的体验，很快就搂住对方的脖子，被抱着往沙发边走。他说："真的没事，就刚砸到的时候有点儿疼，我等了一会儿，就没什么感觉了。"

霍瞿庭一言不发地把他放在沙发上，脱掉他的袜子，刚看到的时候，不光霍瞿庭的脸色难看，连他自己也愣住了。

他的脚背太白了，就显得那片瘀青过于恐怖，一些地方甚至能看到微微的血丝，但他知道，那只是自己肤色的问题，就像有时候他的脸好好的，眼下也能看到一点儿红血丝。

辛荷觉得霍瞿庭应该也知道。

但霍瞿庭的眉头皱得很紧，脸也绷着，低头仔细看着辛荷的脚背，好一会儿，才拿手轻轻地碰了碰。

辛荷下意识地缩了一下，他的脸色更难看了，辛荷赶紧解释：“真的没多疼，哥哥，没有骗你，真的。”

霍瞿庭没有说话，起身去拿了医药箱，跟处理什么严重的伤口一样对待辛荷脚背上的瘀青。

他涂药的动作很慢，眼神也很专注。渐渐地，辛荷心里有点儿发怵，低声喊他：“哥哥，你怎么不说话？”

“疼不疼？”霍瞿庭抬头看他。

又一次，辛荷觉得自己在他的眼睛里看到了自责。

小时候他住院的时候、感冒发烧的时候，甚至飞机晚点，让他凌晨走出机场冷得发抖的时候，霍瞿庭眼睛里都会有这种类似自责的情绪。

他总会埋怨自己没有把辛荷照顾好，这么多年来，已经成为一种习惯。而随之适应习惯的辛荷就只能更加小心地对待自己，除了本能，还有不想让哥哥难过。

辛荷知道，让自己受伤，最难受的人是霍瞿庭。

“只有一开始很疼，现在动的时候才会有点儿感觉。”辛荷实话实说，“不过是可以忍的那种，随便被磕一下都会有的感觉。真的，现在真的没有多疼。”

霍瞿庭理智上也知道那没什么大不了的，而且除了涂药，他也不能再做更多。

"下次要等我回来弄。"最后霍瞿庭只能说,"你放着别管。"

辛荷随口说:"那我也要做点儿事情呀,不可以什么都靠哥哥。"

霍瞿庭说:"为什么不可以?"

霍瞿庭问得太理所当然,让辛荷一时间无话可说,好像他做一只懒惰的蛀虫才是应该的,而他试图学着独立和勤劳,才是对霍瞿庭最不友善的行为。

没等到辛荷的回答,霍瞿庭接着说:"就是可以什么都靠哥哥,不然要哥哥有什么用?"

"好吧。"辛荷拿胳膊抱着膝盖,下巴又支在胳膊上,慢吞吞地接受他的歪理,"好吧。"

霍瞿庭又低头看了看辛荷的脚背,才抓着在他看来太过纤细的脚踝把他的脚放回沙发,叮嘱他别再乱走,摆好吃的、喝的,又打开电视,才到厨房去做饭。

第二周的星期三,霍瞿庭有同学在 L 市结婚,他做伴郎,最近不是很忙,所以还打算在婚礼结束后带辛荷去 L 市玩一趟。

那天 L 市的天气很好,他又开始担心室外的婚礼会让辛荷过于劳累。

伴郎的工作很多,他只能时不时地抽空去看看辛荷。好在辛荷大多数时间坐在自己的座位上,有时被伴娘们叫去化妆间跑腿。

不算什么工作,又不风吹日晒,霍瞿庭这才放下心来。

L 市之行的主要目的是参加婚礼和带辛荷散心,附带一个小小的任务,那就是霍芳年安排的相亲。

霍芳年世交的孙女,也在剑桥读书,巧的是二人都来参加婚礼。霍瞿庭是男方的同学,对方是女方的朋友。

二人对家里安排的这种相亲都已经熟稔,联系之后,一拍即合,商定边参加婚礼,边把家里交代的任务完成,所以此前一直没有见面。

女孩的名字叫郁文，家里父母都在港城，叔叔经商，在港城算是有名的企业家。

人如其名，她看上去性格文静，不是话多的人，但也并不算内向。作为霍瞿庭此行的女伴，他们的配合还算默契，没多少冷场的情况发生。

一天一夜的婚礼接近尾声，作为伴郎，霍瞿庭帮着送客，郁文在上午新人走过的花门下找到他，说自己要回去了。

霍瞿庭说："路上小心，注意安全。"

"你还真客气。"他穿着伴郎服，身材挺拔，眉目英俊，不是会缺交往对象的人。郁文看着他突然笑了笑，又看了他好一会儿，才问，"我有那么让你不喜欢吗？"

霍瞿庭不太明白，垂眼看她。她继续说："别人都以为我们是男女伴的关系，可没人知道，你从头到尾都没有问过我的手机号码。你给我的感觉总是拒对你有意思的人于千里之外。"

霍瞿庭愣了愣，说了句："抱歉。"

郁文给他的感觉也变了很多，至少不是他想象中的纸片般的性格。

她回头看向一个方向，好像很随意地说："你是和他一起来的？"

霍瞿庭跟随她的目光看过去，发现她说的是坐在已经空无一人的桌边，正在慢吞吞地吃他刚才给的一块慕斯蛋糕的辛荷。

现在到处都很乱，霍瞿庭给他安排好一个位子叫他坐着，他就真的乖乖不动了，低着头对付那块蛋糕，神态认真。

霍瞿庭的视线落在他捏着叉子的细白手指上，又看他的嘴唇，怀疑是不是被伴娘涂了口红，不然怎么会那么红？霍瞿庭很轻易就在这种时候走神了。

郁文并不认识辛荷，甚至还没来得及知道辛荷的名字，看着霍瞿庭的表情，好笑道："别那么紧张，我只是看你好像无论多忙都能分出点儿注意力给他，随便猜猜而已。"郁文微笑着说，"昨晚我问他霍瞿庭去哪儿了，他说单身之夜，可能约会去了吧。"

霍瞿庭沉默。

郁文故作伤心道："有空联系我哦。"

她说得惋惜，但并不是看上了霍瞿庭的样子。

第二天才去 L 市，婚礼结束以后，霍瞿庭带辛荷回住所。

虽然霍瞿庭常在 L 市办公，但辛荷没来过，他一向能对付过去就可以，所以这次只能住在酒店。

辛荷有些累了，靠着座椅好一会儿没说话。他刚要伸手去调广播，才听霍瞿庭说："我没跟人约会。"

"啊？"

刚好红灯，霍瞿庭把车停在等候线内，一只手搭在方向盘上，一只手伸过去，帮辛荷调低了广播的音量，又说了一遍："昨天晚上，我没跟人约会，晚上回来你不是还没睡？只喝了酒，没干别的。"

这不是兄弟间会讨论的话题，辛荷愣了好一会儿，才有些尴尬地说："哦……哦……"

霍瞿庭补充道："以前也没约会过。"

他怀疑辛荷可能并不知道自己的脸很红，所以才一点儿都没有遮掩的意图，只试着转移话题："绿灯，可以走了。"

"听见了吗？"

辛荷转过头看着霍瞿庭，一双黑白分明的眼睛里笼着层雾。霍瞿庭只看见他的睫毛很长，垂下去的时候就像精神不太好，微微颤了两下，求饶似的说："听见了，我听见了。"

　　辛荷当然不会不明白，霍瞿庭是知道了昨天自己对他相亲对象说的话。

　　他第一次干这种事情，本来就一直忐忑，此时被当面揭穿，一时间只感觉无地自容，对不起霍瞿庭，又怕他真的生气。

　　"对不起……"辛荷鼓足勇气，声音还是很低，"我……我……"

　　辛荷想说自己不是故意的，但事实他就是故意的，导致如今一句道歉都讲得磕磕巴巴。

　　霍瞿庭却似乎并不是很在意他对郁文说了什么，只松开握着他的手，捏了一把他的脸，说："懂得还挺多。"

　　辛荷的心扑通扑通地跳，脸更红了。他转过头，看到霍瞿庭似笑非笑的眼神，又涌起些不满："别把我当小屁孩儿，其实我什么都知道。"

　　"嗯？"霍瞿庭打了把方向盘，用余光看他，"那哥就好奇了，你还知道什么，都说说？"

　　辛荷最后一点儿害怕也消失了，把头转向车窗外，不再回答霍瞿庭的问题。

　　晚上要睡觉之前，霍瞿庭惯例来给他量体温，读完数低头记录的时候，他才问："哥，我是不是把你的相亲搅黄了？"

霍瞿庭用不是很在意的语气说："没事。"

"那你和她还联系吗？"辛荷说，"有没有约再见面？"

霍瞿庭把他的药盒、体温计等东西收起来，随口说："手机号码都没留，只加了个工作微信，去哪儿见面？"

好一会儿，辛荷的语气一变，突然不冷不热地说了句："想见的话，怎么都能见到。"

解释完约会的误会，霍瞿庭就不太愿意聊郁文的事情了，推着辛荷的肩膀让他在床边坐下，蹲下检查他脚背上的瘀青。霍瞿庭显然更关心为什么他的瘀青还没散干净，嘴里说："你总提她干什么？脚还疼不疼？"

辛荷说："不疼了。是你相亲，又不是我相亲，你冲我发什么脾气？"

霍瞿庭顿了顿，抬头说："我没冲你发脾气。"

他看了看辛荷的表情，随即又说："我刚才语气不好？那哥给你道歉。我的意思是我和她又不熟，你要是想知道她的事情，我找个认识的同学帮你问怎么样？"

辛荷说："你走开。"

他笑着挠了挠辛荷的脚心，把辛荷的小腿收到自己怀里，往前凑了凑，抓着对方的手说："娇气包，还是个小气鬼。"

辛荷不愿意理他，又被他逗得想笑，抿着嘴忍了一会儿，才硬气说："霍瞿庭，你快出去，我要睡觉了。"

"好，你睡。"霍瞿庭上了床，跪在辛荷身体两边，一把就将他拎到了枕头上放好，跟摆弄个什么玩具一样，吓了他一跳。等他反应过来，霍瞿庭已经把被子给他盖好下了床，然后弯腰摸了摸他的额头，说道，"晚安，好好休息。"

辛荷把盖得紧实的被子往下拖了两下，十分幼稚地翻了个身。

洗完澡以后，他穿了件睡袍，站在床边的霍瞿庭垂眼就可以很清楚地看到他纤细凹陷的锁骨和露出的一小片冷白的胸膛。

房间里的确不冷，霍瞿庭脸上的笑容没剩下多少，他收回要给辛荷重新盖被子的手，很快就走出了辛荷的房间。

单华和余存在机场接到霍瞿庭和辛荷，他们圣诞节才刚见过，当时还有到 D 市参加游学项目的单英。

余存笑嘻嘻地说着好久不见，伸手去捏辛荷的脸，霍瞿庭边拿手背挡开，边问单华："还没问你，酒店订在哪里？"

单华挤眉弄眼道："当然是好地方。想吃什么？"

"不着急吃东西，我们先回酒店，你们自己去转。"霍瞿庭说，"让他休息一会儿。"

单华说："也行，想到是这样了，那我们就自己潇洒去。"

余存绕到默默接受安排的辛荷那边，低声挖墙脚："你哥怎么这么专制？每次出来都这样。休息休息，我都想不通，我们小荷是出来玩的，还是出来睡觉的呢？"

带着辛荷的行程，霍瞿庭总是把计划表排得很宽松，昨天休息得很好，这天出发又晚，飞机只坐了两个小时不到，而且辛荷又小睡了一会儿，其实精神很足。

辛荷倒戈得很快，轻轻地拉了拉霍瞿庭的手，余存说的话霍瞿庭都听见了。他低头等辛荷说话："嗯？"

辛荷小声地说："哥，我不困。"

霍瞿庭理了理他耳畔的头发，边走边耐心地说："飞机上那么吵，我怕你累，回去缓一会儿，你要是真睡不着，再带你出来。下午和晚上玩的也很多，听话。"

辛荷乖乖地应了一声"哦",气得余存念叨他墙头草两边倒,又说他意志不坚定,才这么多年都没有一点儿反抗"暴政"的成果。

说完余存又笑道:"什么时候见你们吵一架,那才叫稀奇事情。"

单华说:"也就这两年没吵。老霍上大学那会儿,不整天被他气得要死要活?"

霍瞿庭上大学那段时间,还老往回跑,一周多半时间都住在那儿,跟高中没毕业似的。

偶尔回港大的宿舍住几天,就是因为辛荷跟他生气。

余存回想过去,叹息道:"小荷这孩子,哪里都好,唯一缺点,就是叛逆期太短!太短!"

霍瞿庭没怎么注意过,被单华和余存一说,才发觉好像真的有段时间——快毕业那年,辛荷对他冷冷淡淡,当面说话爱搭不理,打电话不想接,睡一张床不是嫌他肩膀宽,就是嫌他腿太长。

他笑着捏了捏握在手里的辛荷的手。辛荷低头撇嘴道:"我才没有。"

上了接机的车,放下房卡以后,单华和余存半路下了车,他们回酒店。

霍瞿庭督促辛荷吃药,又给他量体温、测心率。一套既定的流程下来,辛荷被催生出点儿睡意,没过多久,就真的睡着了。

到了 L 市,和之前每一次的集体旅行一样,几人分头行动。

单华有单华的风花雪月,余存有余存的"纸醉金迷",霍瞿庭有霍瞿庭的自由散漫,几人偶尔聚在一起吃个饭。

五天后的滑雪是集体活动,几个人提前入住滑雪场附近的度假酒店。

负责这一次行程的单华在温柔乡里迷晕了头,订房晚,加上旺季住房紧俏,他们只能退而求其次,两两住一个大床房套间。

单华不敢有问题，余存乐得没问题，辛荷举手说："我也没问题！"

见霍瞿庭没说话，单华劝道："出门在外，别摆那些大少爷做派，体会体会人间疾苦，知不知道？小荷都行，你也行，就这么定了。"

晚上入住前，辛荷晚饭没吃多少。霍瞿庭提了好几次给他弄点儿吃的，都被拒绝。最后他洗完澡出来，发现霍瞿庭没在，过了会儿回来了，原来对方借用了酒店的厨房，给他煮了份粥。

霍瞿庭哄他："不烫，只吃几口。"

辛荷只好哀愁地坐在梳妆台边，解决那份煮得软烂的白粥。

霍瞿庭走到他身后，弯下腰两条胳膊伸到前面。他刚僵了一下，霍瞿庭很快就直起身退开了，是帮他系紧了浴袍的带子。

"谢谢哥哥……"他愣愣地说，"你要不要吃点儿？"

"不吃，我去洗澡。"

说着洗澡，但霍瞿庭并没有马上走开，还在原地站着，垂眼看辛荷小口喝粥。

霍瞿庭很快又移开了视线。

等霍瞿庭洗完，辛荷已经到了床上，盘腿坐在床边，拿着遥控器胡乱换着频道。

他打算去梳妆台边看辛荷吃了多少，辛荷就说："吃了一半，碗叫服务生收走了。"

霍瞿庭还算满意，边擦头发边走过去问："刷牙没有？"

辛荷撒娇似的张开嘴给他看，笑眯眯地说："刷过了！"

霍瞿庭也笑，随即捏住他的脸，低头做检查状："刷干净了吗？"

辛荷被他捏得张开嘴，扬起头，说道："很干净。"

二人挨得很近。

霍瞿庭突然松开手，继续擦头发的动作，抬腿走到了床的另一边坐下。

辛荷的大半注意力还在电视上，下意识地追着霍瞿庭往旁边挪了挪，没骨头似的靠在他身上，一边笑一边说："你看这个，好好笑。"

他身上热乎乎的，霍瞿庭心想他是不是有点儿发烧。

霍瞿又给他量了一遍体温，确定他没问题，他们才睡下。

辛荷小时候总是睡不好，霍瞿庭比小心玻璃娃娃还更小心地养着他。最近几年才好了一些，但他的睡眠还是浅。

第二天他们也是同样不着急，约好七点半吃早餐，霍瞿庭九点才带着辛荷到了餐厅，余存和单华也才前后脚到。

他们的女伴一个是华裔，一个是本地人，听说霍瞿庭要找"儿童适宜"的景点，边吃边推荐了一大堆，几个人便熟悉起来。

辛荷睡醒了，但是还有点儿迷糊，没什么精神，一顿早餐几乎有大半是霍瞿庭随手喂进他嘴里的。

他们吃完早餐，回房间准备的速度就快了不少，酒店有专车送他们过去。下车之前，霍瞿庭又检查了一遍辛荷的口罩和手套，摸了摸他的脸，认真地问："有没有不舒服？"

辛荷摇头说："没有。"霍瞿庭这才带着他下车。

关于滑雪，虽然辛荷已经很熟练了，但还是只能上缓坡。他也没说什么，还一直在对霍瞿庭说不需要陪，叫对方跟余存他们去玩。

霍瞿庭不说话，只跟他并排往前走，他就也不说什么了。

辛荷在滑雪中途摔了一跤，滚出十几米远，把霍瞿庭吓得够呛，拎个什么轻飘飘的东西一样地把他弄了起来，站稳以后，他反而一直在笑，霍瞿庭把他的护目镜推上去，眼里也带笑，威胁似的点了点他的鼻尖。

中午也是在一起吃饭，余存说到等会儿换个地方滑，霍瞿庭就说："你们玩，我下午带他回去休息。"

余存又鼓动着辛荷造反，辛荷笑眯眯地转头看了霍瞿庭一眼，对方捏了一把他的耳朵。

"他们真是兄弟？"霍瞿庭和辛荷走后，单华的女伴琳达问，"brother（兄弟）在你们的语言里还有别的意思吗？"

单华问："什么意思？"

琳达说："我也说不清楚，总之有些奇怪……"

"Howard 对待 Andreas，好像有些过于紧张了吧。我没见过哪个哥哥的眼神会一直围着已经十七岁的弟弟跑。"

"不是。"余存说，"不是、不是、不是。你们搞错了，他们从小一起长大，Andreas 身体不好，几乎是被 Howard 一手养大的，所以看起来才会比普通兄弟亲密。"

琳达说："即便是父子，也很少有这样的相处方式。"

"何况——"她的语气并不激烈，深棕的瞳孔也散发着温和的气息，"Howard 本身并不是一个温柔的人，你们是好朋友，一定比我更了解，他只对 Andreas 那样，对吗？"

余存疯狂摇头防止被洗脑，一时间又讲不出什么反驳的话，只好转移话题，继续商量下午的安排。

酒店房间里的霍瞿庭也感觉自己像在遭受酷刑，辛荷不肯自己睡，要他陪着，还跟昨天晚上一样，学小时候说话上了瘾。

出于各种考虑，霍瞿庭拿了条毯子给辛荷盖上，又把边角搭在自己的腰上，才在他身边躺下，一只手臂伸过去，轻轻地拍着他的后背，他才勉强满意，闭上眼睡了。

辛荷的两只手自然半握，叠起来分别放在脸的两边，挡住了下半张脸孔，只露出被风吹过还微微泛着红的眼皮，长睫毛安静地垂下……

辛荷苦苦哀求了几天，霍瞿庭才勉强同意，让余存找了家不太过分的酒吧，晚上带他去玩。

场内声音震天，到处是人，霍瞿庭的表情看上去很平静，但他的手一直没离开辛荷的肩膀，牢牢地把对方带在身边。

单华一整晚话都很少，霍瞿庭好几次察觉到他的视线，看过去，他又转开头。

前前后后有几拨人来搭讪，都被霍瞿庭拒绝。过了一会儿，余存跟他的女伴不知道去了哪里，单华的女伴也被人邀请去跳舞，吧台边只剩下他们三个人。

辛荷面前有一杯香槟，但霍瞿庭不许他喝，只是点来为他充面子的。

"为什么你可以喝？"辛荷不满地说，"我尝一点儿都不行？"

霍瞿庭说："我比你大，我是你哥，就因为这个。"

辛荷不理他，把椅子转过去，面对场内看别人跳舞。

有人靠过来，挤了他一下，他差点儿掉下去，那人手里端的酒洒了一大半到他身上。

辛荷努力稳住身形，那人也伸手来拉他，不停地道歉。

辛荷的毛衣袖子湿了一点儿，一边回头找身边的霍瞿庭，一边随口说没关系。

霍瞿庭的脸色很难看。他没有看辛荷，只是紧紧地靠过来，胸膛贴着辛荷的后背，握住辛荷的手腕对面前的人说："放开。"

辛荷这才发现自己的手还被那个撞到自己的人握着。

"他是你的伴儿？"那人没有松手，反而冲霍瞿庭露出笑容，"我能请他跳支舞吗？"

霍瞿庭又说了一遍"放开"，对方还在笑，霍瞿庭推了一把他的胸膛。

辛荷看得出他用了力气，那人身材高大，露出的手臂上全是肌肉，但还是被推得一个趔趄。

单华和不知道什么时候回来了，余存很快围了过来，一场胜负已分的骚乱在没开始的时候就结束了。

余存怕辛荷被吓到，安慰他说："这种事情很常见，还有你哥在，别怕。"

辛荷的手腕从刚才开始就一直被霍瞿庭攥在手里，霍瞿庭也靠得更近了，挡住他的一半身体，几乎没再让他被别人碰到。

辛荷冲余存笑了一下："没事，我不怕。"

余存又正经地说："还是要怕的，长个记性，你可不能自己到这种地方。"

辛荷点头："知道！"

霍瞿庭严格掐着辛荷的睡觉时间，就算是这晚也不可以超过十二点。

这种地方对余存和单华来说也不新鲜，让辛荷见了见世面，他们就一起回了酒店。

霍瞿庭刚打开房门让辛荷进去，单华就叫他："霍瞿庭，你过来。"

他转头说："干什么？"

单华说："说两句话。"

霍瞿庭看了看他，先回头对辛荷说："先坐一会儿，喝杯水，待会儿再洗澡。"然后他带上门，跟单华走到走廊尽头。

"你……"单华审视般地看着他，半晌才问道，"你怎么回事？"

霍瞿庭反问："你有毛病？"

单华给自己点了根烟，又递给他一支。

霍瞿庭说："不抽。"

125

"怕熏着辛荷？"

"你到底想说什么？"

单华看了外面好一会儿，才试探地问他对辛荷是否过于紧张。

霍瞿庭半晌没有说话。

单华看他那样子，压低声音说："霍瞿庭，小荷长大了，难道你就没想过，应该稍微放放手？"

霍瞿庭的脸绷着，垂在身侧的两只手也握得很紧，能看到手背上的青筋。

他明白单华的意思。他和辛荷是一个屋檐下长大的兄弟，但在别人眼里，更多的似乎是血缘，然后才是他们一起走过的岁月。

他们的感情不仅在他们这种家庭中显得不切实际，在朋友们看来，也不是能够长久维持下去的。

霍瞿庭发现自己也很难回答这个问题，他和辛荷之间到底算什么？

很长时间里，二人都没再说话。

霍瞿庭双手插袋，慢慢儿地靠在走廊的墙壁上，一束吊灯的光远远地倾泻下来，光线扫过他的脸，打造出一半明亮、一半阴暗的区域。

这毕竟是霍瞿庭自己的事情，实在交情太深，单华才有此一问。本来问出这一句，已经超过他们这种家庭长大的小孩儿受到的教育。

良久，霍瞿庭转身，冲他摆了摆手，说道："回去了。"

"你……"见霍瞿庭走出很远的一段路后，单华突然又说，"自在随心吧。"

霍瞿庭回头，两个人都笑起来。霍瞿庭幼稚地冲他比了个国际通用的友好手势。

"干什么去啦？"辛荷已经洗完了澡，躺在床上有一下没一下地擦头发，"聊天儿，聊那么久？"

霍瞿庭没说话，先把他从床上弄起来，带到梳妆台前坐下，开始帮他吹头发。

辛荷的头发已经擦到半干，酒店的吹风机不太好，霍瞿庭速战速决，展示了超高的手艺，两分钟便解决了。

辛荷盯着镜子里自己的爆炸头看了好久，对上霍瞿庭脸不红心不跳的样子，大声喊："霍瞿庭！"

霍瞿庭眼里带笑："别生气，待会儿心脏疼怎么办？"

辛荷起身上床，经过他的时候还故意撞了他一下。

只可惜霍瞿庭这次不做大度的好哥哥，一把捏住辛荷撞自己的那边肩膀，低头看着他。

辛荷一点儿也不怕，还捶他的胸膛："松手！"

霍瞿庭忍着不笑，又把他那只不规矩的手也抓住。

"干吗？"辛荷干巴巴地说，"不服气你就揍回来。"

他笃定霍瞿庭不会揍自己。

胆小鬼辛荷被吓唬了好几年，才完全相信霍瞿庭一个手指头都不会碰自己。

辛荷感觉过了好久，霍瞿庭的目光几乎要把他的脸烧出一个洞，霍瞿庭才慢悠悠地说："你等着吧。"

然后霍瞿庭就放开他，大摇大摆地洗澡去了。

辛荷根本不在意这个既没有时限、也没有具体内容的威胁，在霍瞿庭上床睡觉之前，还伸了条腿到他那一边。

不过霍瞿庭一点儿也没被为难到，抓住了那条腿。

辛荷暗暗用力要收回来。奈何这天的霍瞿庭出乎意料地小气，不肯放水，闭着眼假寐，岿然不动。

"哥哥……"辛荷服软，"我困了。"

"困就睡。"霍瞿庭说。

辛荷凑过去，拉了拉他的手说："那你放开我。"

霍瞿庭说："没抓着你呀。"

辛荷戳了一下他好像根本没用力但自己就是怎么都无法松动半

分的大腿，说："腿。"

霍瞿庭睁开眼睛，似笑非笑地看着他。

辛荷真心求饶："我错了，哥哥，真的。"

霍瞿庭跟着往下看了一眼，然后放开他，转了个身，没多久就发现他睡着了。

他还是小孩儿那样的睡姿，两只手叠在脸的旁边。

霍瞿庭小心地把他的头扶起来，给他塞了个枕头，又给他盖好被子。

剩下一半的 L 市之旅，带着辛荷住遍米高梅连锁酒店，几个人一直待在一起。

余存十分不解单华黏人的态度，找了个没人的时候问单华："霍瞿庭跟你借钱了？"

单华好像看白痴一样地看着他："没有呀。"

余存说："那你跟着他干吗？好像怕他跑路。"

单华挑眉笑了一下："人生短短三万天，朋友聚会有几日？"

珍惜友人的单华在无聊之下第一百次问霍瞿庭："兄弟，什么时候找个对象？"

他上下打量霍瞿庭道："哥，二十六岁了，不容易呀。"

霍瞿庭踹了他一脚，警告道："别想那些不干不净的。"

单华说："急什么？搞得好像谁没看过谁。"

初高中的时候，班里有很能闹的同学，一起上游泳课的时候还带着他们胡闹乱比较。霍瞿庭一向冷淡，不跟他们玩这种无聊的游戏，但见识并不少。

单华故意说："不过都是小时候的事情了，这么多年了，你不会真不行吧？我倒是没这方面的治疗经验，不过我人脉广，可以帮你打听神医。"

霍瞿庭神色平静，根本没被他惹毛，只说："辛荷还小，当着他的面不要胡说。"

单华也十分严肃，只不过语气还是幸灾乐祸的："我看此事简单得很，以前你说不让他娶老婆，他不还跟你使劲儿哭吗？我觉得你不用担心他接受不了突然有个嫂子。"

那时候辛荷还很小，一起吃饭的时候，单华给一众兄弟们爆料单英早恋的事情，把单英羞得满脸通红，但最后单英还是说："我们是要结婚的！"

辛荷被霍瞿庭惯得什么都不落后，当时正认真地吃霍瞿庭给他弄好的一小碗蟹肉，闻言，认真地说："我也要结婚。"

他的声音软，几个人都笑了，霍瞿庭也笑，往他嘴里塞了个腰果，说道："你结什么婚？饭都吃不利索，有哥就够了。"

然后辛荷的眼睛就红了，跟霍瞿庭闹别扭，因为霍瞿庭不让他娶老婆。

霍瞿庭不说话，单华最近其实也挺为他上火的。

他老大不小了，倒不是说急着成家，但一次恋爱都没谈过，小手没摸过……好像摸过，那就是小嘴没亲过，回忆他们鸡飞狗跳的青春期，他唯一的重心竟然只有辛荷。

所以单华希望他在照顾弟弟的同时，能找到"正常"的人生步调。

单华低头看手机，点了几下，霍瞿庭的手机跟着响了几声。

消息里有好几个链接，首先映入霍瞿庭眼帘的是："情感大师教你一句话'暖她一整年'。"

霍瞿庭又踹了他一脚，便抬腿走了。

他手机上还有一条消息，是霍芳年早上发的。那会儿他正在收拾辛荷的衣服，没看见，估计此时国内已经夜深了，他就没再回复。

是问辛荷什么时候回港城，说医生来电话了，通知下周复查。

霍芳年对辛荷的态度一直不冷不热，他大多时间并不在家，对霍瞿庭也说不上慈祥温和，所以对比并不明显。

这应该是霍芳年第一次主动、专程问到辛荷，以前就算有这种事情，一般都会通过秘书来转告霍瞿庭或辛荷。

晚上，霍瞿庭把这件事情告诉辛荷。过了一会儿，辛荷才"哦"了一声，说道："那我什么时候回去？"

霍瞿庭说："不着急，就是跟你说一声。等这边玩完，我再送你回去。"

在单华订的计划里，这次旅行只剩三天，听这话的意思，连 D市都不回去了。

每一次他过来，霍瞿庭都要接送，耗时间、耗体力。这次本来就是为霍瞿庭组织的毕业旅行，回 D 市以后还有大把的事情要做。辛荷知道，三天后他回国，再见面就得等霍瞿庭毕业了。

他答应了一声，在床边坐着继续看电视。

服务生刚把他们洗好的衣服送上来，霍瞿庭走来走去地收拾，又准备辛荷待会儿要吃的药。好一会儿后，他才坐到辛荷身边，问道："不高兴了？"

辛荷一边看着电视一边说："有一点儿。"

"哥找时间回去看你。"

"不要。"辛荷说，"你忙你的事情，有时间给我打电话、发邮件就好。"

"这么懂事？"

辛荷停下换频道的动作，转头看了霍瞿庭一眼，眼神有些奇怪，他形容不出来。

辛荷义正词严道："跟你说不要再把我当小屁孩儿，你就是不听。"

霍瞿庭被他这么认真的一句话逗笑了："早上袜子还是我给你穿的，不把你当小屁孩儿把你当什么？"

辛荷无话可说，每次被霍瞿庭噎住，他就选择性失聪："你快点儿去洗澡，我要睡觉了。"

后面的两天，几个人进入了疲惫状态，每天不再早出晚归，而是在日上三竿后出门，日落西山前回酒店，几乎可以写一篇详尽的《L市超星级酒店大赏》了。

余存第一个离开，要去跟他的父母见面，再过不久单华也要回港城，索性提前了几天，改签到跟辛荷同一班飞机，替霍瞿庭送他回去。

辛荷也想这样，跟霍瞿庭磨了好久，霍瞿庭嘴上答应，但一直没有退掉机票，就怕辛荷最后会后悔。

当晚只有他们三个人住在机场附近的酒店，第二天一早的飞机，霍瞿庭和辛荷早早就回房间了。

十一点多，单华喝了点儿酒刚进门，霍瞿庭就敲响了他的房门。

"又来？"单华拉开门说，"还有多少没交代，护送国宝回国也就这样了吧？"

霍瞿庭塞给他两个药盒，嘱咐道："他很容易过敏，打喷嚏的话，吃白色那盒，起小疹子吃绿色那盒。起了疹子会有点儿发烧，不过不严重，多给他喝些水就行。"

单华一一点头记下，还重复了一遍："打喷嚏吃白色的，起疹子吃绿色的，发烧多喝水。"

霍瞿庭这才满意道："早点儿休息吧。"

回到房间，霍瞿庭把脚步放得很轻。他出门前，辛荷就已经睡着了，偌大一张床，只占一点儿位置。他走到辛荷身边，低头看了好一会儿，才又到客厅，把背包整理了一遍，确保没有落下任何需要的东西。

这天换的酒店套房非常充足，甚至因为单华的积分太高，以至于他们只要了两套大床房就让酒店经理感到非常惶恐，亲自问了两遍是否真的不需要免费升级套房。

霍瞿庭丝毫没有睡意，在离辛荷很近的地方支着胳膊，看着他。

——看他有点儿翘的发尾，乌黑浓密的长睫毛，白到几乎透明的脸蛋儿。

——还有他摆在脸旁边细细的手腕，透着淡青色血管的胳膊和单薄的肩膀。

直到辛荷稍微动了动，改变了两只手的上下位置，发出一声梦呓似的轻哼，他才躺好。

霍瞿庭几乎一夜未眠。黎明前夕，察觉到辛荷醒过来，他才闭上眼，然后看着辛荷下床的背影，听到卫生间冲水和洗手的声音，再次闭眼装睡。

辛荷可能还是很困，并不清醒，所以脚步拖沓，缓慢地爬上了床，霍瞿庭却没等到他躺回床上。

辛荷好像一直坐着，没再动过，所以他只能继续闭眼等待。过了很久，他才听到一声非常低的"哥哥"，辛荷叫得很小声，不像是发现他并没有睡着的样子。

霍瞿庭睁开眼，在辛荷一连串漫长又小心的单方面告别仪式结束以后，对上他有些红的眼睛。

第十七章

讨厌你

霍瞿庭从小就清楚自己和辛荷不算兄弟，没有任何血缘关系，辛荷更不用叫他哥哥，这是霍芳年为了夺占人家的财产才弄出的把戏。

一开始，霍瞿庭看好戏一样到医院去看刚从瑞士接回来就做了场手术的辛荷，心里还恶毒地想过：不知道他能不能活到下一次霍芳年来接他。

后来霍瞿庭觉得辛荷有意思，再加上辛夷活着的时候也从没有让霍瞿庭不好过，就渐渐像逗小狗一样逗辛荷。

可他很快就放不下了，一只真的小狗会摇尾乞怜，哪怕辛荷连记得他都不是很情愿，他也还是放不下。

从那天下暴雨，霍瞿庭从花丛底下把轻飘飘的辛荷抱在怀里，守着他哄了一整夜，只为了让他好好睡地半个小时起，他就没有一天放得下。

辛荷十一岁那年突然住院，高烧好几天，后来心脏差点儿停止跳动，他满心想的都是医生说的那个十二岁的期限，害怕辛荷迈不过去。

霍瞿庭都二十岁了，跟着霍芳年出去，人家都夸他稳重、年少有为，但他就是在病房里哭得眼泪、鼻涕都流出来了。

他的心硬生生地被剜了一大块似的，怕辛荷死了。他的小荷，他总是这么想，是"他的小荷"。

跟霍芳年没有关系，跟霍家没有关系，更和辛家没有关系，只是他的小荷。

霍瞿庭不知道从什么时候开始，那种放不下变成忘不了。他写很多封邮件给辛荷，也看辛荷回复的三言两语，翻来覆去地看。

辛荷是他一手养大的，早上还从热乎乎的被窝儿里哄出来，嘴里塞了支牙刷，他身段全无地单膝跪在床边给他穿袜子。

只要是辛荷在他身边，又有哪一天不是这样过来的呢？

当朋友明里暗里地表示关心时，他也曾短暂地为这样的保护欲困惑过。然而，此时此刻，他终于知道，这并不是单方面的，辛荷接受他的保护，也依赖他的保护。

他反复地想，这不是单方面的。

电话铃响打破了沉默，辛荷提醒霍瞿庭："电话……接电话。"

单华说："小荷醒了没？该走了，他得吃点儿东西。"

霍瞿庭说："他不走，过两天我送他。"

天还没亮，单华也刚醒，闻言有些蒙："啊？"

霍瞿庭说道："小荷今天不走。"

"不是……"单华十分困惑，"为什么呀？"

霍瞿庭厚颜无耻地说："舍不得我，哭了一早上。"

单华"哦"了一声，接着换了一副早知如此的样子："行，那我把你放我这儿的小荷的东西都留在房间，走之前记得来拿。"

第十八章

摩天轮

辛荷迷迷糊糊地睡了一觉，后来越睡越沉，随后的清醒也是一个缓慢的过程。

房间里很暗，没多少光线，笼罩着一点儿很淡的暖香，像冬天被太阳晒过的肥皂，十分干净的气息。

霍瞿庭背对着辛荷坐在床边看手机，辛荷动了一下，他就放下手机转过身，凑到辛荷身边："小荷？"

辛荷很低地"嗯"了一声，半张脸缩在被窝儿里，眼睛还没有完全睁开。

霍瞿庭拿手拨开他有些挡到眼睛的头发，从喉咙里发出低低一声笑，又拿手背来回碰他的脸。

辛荷觉得痒，缩着往后躲。霍瞿庭问："还睡不睡，先吃点儿东西？"

辛荷低声说："我不饿。"

"你永远不饿。"霍瞿庭说，"躺一会儿，哥去叫人送吃的上来。"

辛荷拉住他的手腕，没用多少力气，也没有力气，手指几乎都是酥的，但他立刻不动了。

"我不吃。"辛荷带着困意说。

"不可以这样。"半晌，霍瞿庭说，"要吃东西，不可以耍赖。"

辛荷不说话，眼睛闭着，好像很快就又要睡过去。

霍瞿庭还有满腹的长篇大论等着教育辛荷，关于好的作息习惯、饮食规律和听从长辈教导，但他最终只是看着辛荷保持半睡半醒的状态，连会吵到辛荷的大喘气都舍不得发出来。

好在辛荷没有真的再次睡着，已经十点多，打破的生物钟复原，他休息够了，就缓缓地醒了过来，结束了霍瞿庭内心关于"让他再睡一会儿"和"还不吃东西怎么办"的天人交战。

辛荷在冲澡的过程中，听到服务生送餐的声音，才突然一个激灵，反应过来此刻的不同。

"傻笑什么？"霍瞿庭手里已经拿好了吹风机，在床边等着他，"快过来。"

辛荷已经穿好了睡衣，乖乖地走过去坐下。霍瞿庭先拿拇指蹭了蹭他的脸，拨了两下他的头发，才打开吹风机。

白天可能要出门，霍瞿庭不再以速干为目的乱吹一气，动作还算耐心，又怕烫到辛荷，所以吹得很慢。

二人本来就挨得很近，辛荷的上身微微前倾，脸埋在他的腰间。

霍瞿庭手上的动作没停，甚至一直到帮辛荷吹完头发。

他在抬起头的时候很好地隐藏了脸上的笑容，对霍瞿庭说："现在吃饭吗？"

霍瞿庭板着脸说："嗯，粥和面都有。好几种，你看想吃什么。没有的话，出去吃也可以，反正随时可以出门。"

"哦……"辛荷走到餐车边看了看，"那我吃面。"

新换的酒店粤菜做得还可以，辛荷吃了点儿面，还多吃了两块豆沙酥和凉瓜卷。

霍瞿庭吃饭一向很快，但这天他很沉默，没那么多唠叨，只坐在一边等，时不时给辛荷的碗里夹两个从蒸饺里挑出来的虾仁。

辛荷吃完，他习惯性地递纸巾、湿巾和漱口水。

擦好嘴，辛荷凑过去就着他的手抿了口漱口水，一只手顺势握住他的手腕。他又有点儿僵硬。

辛荷的机票被改签到晚上和霍瞿庭一起回 D 市的那趟航班，他们一整天都没事。

吃完饭也才十一点多，他跑去阳台趴在栏杆上往下望，是所有星级酒店都会配备的千篇一律的碧蓝色泳池，但人逢喜事精神爽，这天就连毫无新意的泳池都好像显得格外可爱。

"我们今天做什么？"他回头问还在房间里的霍瞿庭，"其实我不是很累，要不还是出去逛逛？不过待在酒店也可以，约个按摩放松一下。"

"都行。"霍瞿庭朝辛荷走过去，"今天温度还可以，你想出去我们就出去。"

霍瞿庭的脸上有些湿，好像又洗了把脸。他这天穿了一身偏休闲的衣服，白色衬衣上有一些不太明显的暗纹，西裤也比较修身，搭配起来勾勒出"倒三角"的身形和流畅修长的腿部线条。

他的头发也认真打理过，露出饱满的额头和整齐干净的眉毛，眉骨和鼻梁撑起深邃英俊的面孔轮廓。

辛荷歪头倚在栏杆上冲他笑："打扮得这么帅，不出门太可惜了吧？"

霍瞿庭走到他身边站定，视线落在前方，过了会儿，神情严肃地说："要不要去坐摩天轮？我看很多成年人都去，只有你说幼稚。"

辛荷笑嘻嘻地托着脸说："哥是不是偶像剧看太多？"

霍瞿庭一脸被他"雷"到的表情，一言不发地转身走开。

说定出门，辛荷就去拿自己的背包，没什么重的东西，就没要霍瞿庭帮他拎，自己规规矩矩地背好，咧嘴笑的棕熊一直夹在背包最上面的手环上。

　　霍瞿庭拿一件外套就可以出门。他走在辛荷前面，刚打开门迈出一只脚，辛荷突然叫他："哥哥。"

　　霍瞿庭低头看了辛荷一会儿，看到本来镇定的辛荷也开始有些无措，他突然关了门。

　　摩天轮排队的人不多，他们没等多久，辛荷一直从窗户往外看。等车辆和人群都缩小到无法分辨的时候，霍瞿庭靠近辛荷。

　　辛荷用手捧着他的脸，笑眯眯地问："干吗？"

　　霍瞿庭的眼睛里也有些笑意，不过脸上还端着成熟，在靠过去之前说："永恒约定。"

　　辛荷边笑边躲，说道："我要起鸡皮疙瘩了。"

　　一直到离开游乐园，霍瞿庭都没再离开过辛荷。

　　二人返回 D 市后，第一件事情就是跟港城那边的医生确认好所有需要检查的项目，然后给辛荷约了检查。

　　港城的医生当天就隔着时差回了消息，结果一如既往地好，没大问题，医生只叮嘱辛荷回港城后还是再去一趟医院，确定需不需要换其中的一两种药。

　　霍瞿庭还没到家，电话是辛荷接的。门铃响后，他高高兴兴地去开门，刚打开门，霍瞿庭就双眼含笑地看着他。

　　"检查结果出来没有？"霍瞿庭探身拿了杯水喝，喝完又接了杯水凑到辛荷嘴边。

　　辛荷就着他的手喝了口水，拿过平板电脑，把结果给他看，又把医生说的话说了一遍。

“真好。”霍瞿庭眼里的笑意越来越深。他捏了捏辛荷的耳朵，好像保持得好就是辛荷对他做的最大的好事，“小荷好乖。”

辛荷也很得意，两只手揉捏霍瞿庭的脸，强行把他弄成很丑的样子，又嫌弃起来。

霍瞿庭白天很忙，一整天都不见他，被他欺负了好一会儿才捏着他的脸说：“哥做饭去。”

吃完饭，霍瞿庭收拾厨房，辛荷弹了一会儿琴。做完家务的霍瞿庭走到他身后，跟着在琴键上按下几个音。

辛荷配合得很好，他就把另一只手也放上琴键，险险地完成一段四手联弹。

“好烂。”辛荷停下，仰头笑他，“羞不羞？”

霍瞿庭大言不惭地说道：“你是行家，我有什么好羞的？”

辛荷抿着嘴笑，故意睨他：“嘴巴好甜。”

霍瞿庭一本正经地说：“小荷比较甜。”

过了一会儿，霍瞿庭又给出新的答案：“小荷最甜。”

第十九章

永远

"哪一条？"因为在校外还有个会要开，霍瞿庭穿得比较正式，胳膊上搭了三条领带，手里还拿了两条，问辛荷。

"中间那条。"

霍瞿庭确认好以后，自辛荷寒假过来以来，第一次自己打了领带，走到卧室门口又走回去，摸摸他的头发，说道："走了，中午回来带你吃饭。"

辛荷小声道："哥哥再见。"

霍瞿庭听到这声"哥哥"停住，看了他好一会儿，才拿上东西出了门。

早上八点半走，中午不到十一点半，他就又进了家门。

辛荷起床没多久，吃了霍瞿庭留下的早餐，在沙发上趴着看琴谱，看见他进门还有些惊讶。

"怎么这么早？"

"我不是说中午回来吃饭？"

辛荷看了一眼时间："那也太早了吧？"

霍瞿庭在他身边坐下，随手把车钥匙扔到茶几上，看了看他手里的平板电脑。

他点了几下屏幕，关掉琴谱换了部动漫看，接着随口说："你今天怎么回得那么早？"

辛荷半天没听到霍瞿庭说话，刚打算回头看，就看他到哀怨地说："小荷对哥哥好多不满。"

辛荷没听过他这种语气，结巴着说："哪有……"

"你小时候就没良心，没想到长大也这样。"霍瞿庭像个怨妇似的说，"我一上午都在想着早点儿回家，你呢，竟然嫌我回来得早。"

辛荷被他说得笑得停不下来："你离我远一些，我快喘不上气了。"

霍瞿庭闻言换了个姿势，嘴里碎碎念道："没良心的小荷。"

辛荷说："你怎么这么幼稚，到底几岁呀？"

"不管几岁，反正你没良心。"霍瞿庭撒娇上瘾了。

辛荷小心地看着他的脸色，认真安抚着。

可霍瞿庭表情刚刚好看一点儿，他又说："但你去学校的时间真的很短，最近不是很忙吗？"

霍瞿庭臭着脸说："我是小学生吗，还担心我逃课被叫家长？"

辛荷心说：你当然不是小学生，你是二十六岁的研究生，但那不是不好好学习的理由。

"我错了。"辛荷说完，又问了一句，"那你不会真的被叫家长吧？"

霍瞿庭差点儿被他气死，直挠他的痒痒。

闹了一阵子，霍瞿庭的那点儿情绪也就无影无踪了。

他们一起吃了中午饭，辛荷该午睡了，他才又去了学校。

他在楼下倒车，辛荷从三楼的窗户探头出去跟他说再见，他就在并不算宽敞的停车场很"中二"地来了个甩尾。

下午他打电话回家，辛荷正在写作业，他也忙，匆匆地说了几句话，但还是问辛荷心脏的感觉，约好晚上吃什么，去哪里散步，然后才挂掉电话。

就算不急着回去复查，辛荷的假期本身也没剩下多少，二人抓着假期的尾巴争分夺秒地相处。

回港城的前一天晚上，霍瞿庭十分舍不得辛荷。

二人在机场分开，霍瞿庭一整天都很正常，比之前严肃多了，更像个哥哥的样子，检查辛荷的行李和背包，还把他的作业拿出来看了一遍，确定他不会因为假期不好好写作业而挨骂。

但辛荷进机场之前，他的眼神突然变了，他低声问："小荷，你会想哥哥吗？"

辛荷摸了摸他头发，肯定道："会呀，我每天都会想你。"

"要打电话。"霍瞿庭补充道，"我发的邮件也要回复，必须超过两百字。"

辛荷说："好，我记住了。"

"真的会想我吗？"

辛荷的眼睛本来就有些红，被他的语气弄得更舍不得走了，温柔地说："你好笨呀，我不想你，还会想谁呢？"

"你舍得哥哥吗？"霍瞿庭继续问了一个在辛荷看来非常幼稚的问题。

辛荷没有对霍瞿庭说过这种话，所以一时间有些愣神。霍瞿庭立刻不高兴了，把他抱得更紧，即使弓着身，也几乎使他的双脚离开地面。

辛荷赶紧像哄小朋友一样说："不舍得……最不舍得了。你好好读书，把项目完成，很快就可以回来了，好不好？"

霍瞿庭这才满意。他把一只手放在辛荷头顶，揉了好多下才直起身，看着辛荷的眼睛，说："嗯，哥也不舍得你。"

辛荷抿着嘴笑起来，眼眶有些发热。

离别对十七岁的辛荷来说，简直可以算是人生中最难面对的事情，只有想着不会再有分别的以后，像霍瞿庭说的那样——永远，他们还有很长的永远，才能缓解百分之零点一的难受。

霍芳年的贴身秘书钟择在 T1 航站楼接到辛荷，他是霍芳年最常带在身边的工作人员，一般不会离开，所以辛荷见到他感觉有些奇怪。

"钟先生。"辛荷说，"爷爷还好吗？"

钟择帮他拉开车门，等司机将辛荷的行李搬到车上，也上了后座，温和地说："霍生很好，最近还是一直忙，只不过有时空闲下来，想到您在 D 市贪玩，还没有复查，心里会很担心。"

辛荷抿嘴笑了笑，说道："在 D 市做的检查结果很好，可能是哥哥忘了告诉爷爷。"

钟择说："还是不比从小一直给您检查的地方放心，无论如何，小少爷的复查不好再拖了。"

辛荷也知道还得去一次医院，不过没想到这么急，闻言答应下来。

霍瞿庭的电话很快就打过来了，听到他和钟择在一起，也感到有些奇怪，不过辛荷说马上要去一趟医院，就只嘱咐他回去以后赶快休息，没再多说。

然而，辛荷去了医院，就没再回家。

他一贯听医生的安排，住院检查对他来说也并不算新鲜，但检查项目超出常规，他依稀有印象，前两次做心脏移植配型时，才有过类似的流程。

霍芳年来医院看过辛荷一次，他们不常见面，辛荷甚至跟他并不熟悉，但他这次表现出一些亲切。

不是刻意装出的愉悦，辛荷看得出来，霍芳年仍对他心存芥蒂，但看着他的目光里包含满意的成分。

霍芳年叮嘱他好好保养身体，听起来也十分真心实意。

病房惨白的墙和刺鼻的消毒水味逐渐使人心生恐惧，霍瞿庭在千里之外对他突然又住院的情况感到焦急和无措，越洋电话不断，反复问他感觉如何，但他自己也说不清楚具体的住院原因。

来不及反应的五天里，他刚下飞机就一刻不停地做了很痛苦的检查，吃了很多莫名其妙的药。直到这天下午，护士来通知他晚上要转院，病房门口人来人往，他开始察觉到自己已经失去了自由。

手机昨天早上就被收走了，原因是要他好好休息，避免辐射伤害。

辛荷在换药的时候借了顶班护士的手机，终于在两天后跟霍瞿庭说上了第一句话。

"哥哥，爷爷有跟你说过我还要做手术的事情吗？"辛荷的声音有些抖，"为什么……为什么我要住院？没人跟我说话，我的手机也被收走了。"

他在并不算危急的现实环境里感受到汹涌的恐慌，想让霍瞿庭告诉他，他只是在乱想，霍瞿庭却严肃地安慰他："小荷、小荷，你听哥说，不要怕，哥已经买好机票，现在在机场，很快就会回去。"

辛荷拿着的手机被战战兢兢的护士抽走时，霍瞿庭还在冷静地安慰他"不要怕"。

那样的语气比什么都让辛荷恐惧，他感觉自己开开心心地从 D 市回来，就一脚踏入了看不见铁门的牢笼。

当晚他就转了院，像把他从瑞士接回来的时候一样，霍芳年的秘书钟择全程负责，把他看顾得十分周全，又像只是防止他消失不见。

进了芳年医院的顶楼病房，辛荷才真正体会到与世隔绝，换药的护士不再跟他说一句话，只管扎针和配药。

他把吊针的针头插进病床的床垫里，十分钟以后，新的针头又会回到他的手背上。

第二天早上，霍芳年出现了。

他的脸上还挂着一些笑容，温和底下藏着残忍。

才早上七点，辛荷被未知的恐惧折磨着，几乎一夜没睡。

霍芳年用干皱的手摸了摸他的脸，心疼似的嗔道："听说你最近都不好好休息？脸这么白，这可怎么好？"

辛荷感觉自己在发抖。他靠床头坐着，脸上被霍芳年碰到的地方仿佛被毒蛇舔过，他一动都不敢动。

钟择跟在霍芳年身后，霍芳年朝后伸手，他就递过来一沓报告样的纸张。

霍芳年对它们很熟悉似的粗略地翻动几下，又递回给钟择，他就接到指令般地走近几步，边讲解，边将报告一页页摆到辛荷盖在腿上的毯子上。

"血型一致。

"淋巴细胞毒试验阴性。

"HLA（人类白细胞抗原）位点高度重合。

"您与辛或与先生的肾脏配型可以说完全一致，医生也说，您的身体状况是近十年来最好的时候，是肾移植的最佳时期。"

霍芳年的手盖在辛荷缺少血色的手背上，拍了拍，又很慈爱地握住，温和地说："你外公身体出状况的时间不短了，他心疼你，要不是没办法，也不会这样。你是个好孩子，身体发肤受之父母，你妈不在了，这恩就得你替她报，这个道理，小荷能想通吧？"

"我哥哥呢？"过了好一会儿，辛荷才勉强让自己的声音听起来镇定，"他知道吗？"

霍芳年笑了笑："这是我们之间的事情，你扯他干什么？"

辛荷说："他不会同意的，我为什么要莫名其妙地捐颗肾给别人？他不会同意的。"

"这不是你们玩过家家的游戏。"

霍芳年像看不懂事的小孩子一样看着辛荷，又笑了笑，说道："再说，什么叫别人？那是你外公。你姓辛，霍家养大你，你该记得这份恩情，但本源更不该忘，配型点数这么高，也是在告诉你，血脉是割不断的。小荷，你可不要这么冷血，让我们老人家心寒。"

辛荷看着他脸上已然决定的表情，前所未有地感觉到无助。

霍瞿庭把他保护成一个废物，让他在独自面对任何事情的时候，都第一时间想到"哥哥"，除此，他没有任何武器。他永远在等霍瞿庭来救他，没有霍瞿庭，他连自己最基本的身体都无法做主。

霍芳年没有回头，但确实是在对钟择说话："少爷呢？"

"在飞机上。"钟择恭恭敬敬地说，"预计两点到机场，已经派了车去接。"

"拎不清的蠢货。"霍芳年低声骂了一句，随口问，"他知道多少？"

"小少爷要做手术的事情恐怕已经知道了，多的就不清楚，少爷自己也有人是我们不知道的，打听这么点儿消息不算难事。"

"到时肯定要来见我。"霍芳年不太当一回事，又有点儿心烦地说，"直接送到我办公室，让人带他上来。"

钟择弯腰说："知道了。"

霍芳年坐在钟择从客厅搬进来的小沙发上，靠着沙发背闭目沉思。

过了好久，他才起身，拿指尖敲了敲摆在辛荷腿上的那几张检查报告，最后说：“最近这段时间好好休息，手术可能不会等太久。没有别的选择，你也劝劝你哥，把脑子放清醒一点儿，小打小闹我不管，但不要在这种已经决定的事情上给我添堵。”

　　霍芳年走了，钟择跟着他离开，轻轻地带上了病房门。

　　辛荷把那几张化验单叠好放在床头柜上，隔了一会儿，又拿过来翻着看了看。

　　他也算久病成医，上面的数据对他而言并不陌生，配型检查也做过两次，不过没一次像他和辛或与的这份这样完美，简直是天生的供受体。

　　这十七年来，辛家避他如避火坑，只要想想那个看他一眼都怕脏了自己眼睛的外公，不得不在这种时候承认他的血脉，不能再自欺欺人的样子，还真有些滑稽。

　　不可否认的是，辛荷听到霍瞿庭马上回来，心里的恐惧立刻减少了很多。

　　他翻身躺下，把那份报告翻来覆去地又看了两遍，更多的是在担心去找霍芳年的霍瞿庭。

　　门外传来两声敲门声，霍芳年继续手里的工作，声音温和地说：“进来。”

　　推门进来的霍瞿庭西装笔挺、外形干净、面容严整。他关上门，迈着沉稳的步子走到办公桌前，叫了声“爷爷”。

　　“论文写完了？”霍芳年摘下眼镜，向后靠在办公椅背上，食指轻敲扶手，“这时候回来。”

　　霍瞿庭刚要开口，他又说：“坐下说，刚下飞机，累不累？”

　　霍瞿庭没坐，也不跟他绕弯子，直接说：“小荷的事情我不同意。”

霍芳年说："我没有征求你的意见。"

"您无权不征求我的意见。"霍瞿庭的神情还算平静，可盛怒之下目光如炬，声音平稳，却极其有力，"从他回到霍家，一直照顾他的人就是……"

"他的监护人是我。"霍芳年说，"所以决定他是否进行脏器捐献的人，也是我。"

"辛或与根本不需要肾移植，他那点儿病，隔几个月做次透析就能再活二十年，况且，退一万步说，辛家家大人多，我不相信再找不出一个配得上型的人。"

霍芳年说："有配得上的当然是做移植最好，辛家也有人配得上型，但你知道辛荷是怎么来的，他的匹配度高得离谱，人越有钱越惜命，你设身处地地想想，你知道有一颗跟你这么配的肾，还想要别人的吗？"

"他算什么东西！小荷的命比他高贵一百倍！我告诉你，你也大可以告诉他，再打这种肮脏的主意，我不介意让他立刻体会挖肾挖肺的感觉！"

"霍瞿庭，你不要发疯！什么东西？我才要问你，辛荷算什么东西？婚外情生下来的怪物，霍家养他到现在，已经仁至义尽！还有你！不要以为自己养了他几年，玩了点儿过家家的游戏，你们就是亲兄弟！"

霍瞿庭迈近一步："辛荷是普通的供体吗？他还没成年，身体发育又比同龄人慢，他那个病，您也清楚，到底是我疯了还是您和辛家的人罔顾人命？辛或与就算是皇帝，也不至于让另一个人拼着性命只为了摘一颗他不需要的肾！"

霍芳年突然不说话了，胶着的空气陡然平静。他目光平静地看着霍瞿庭，时间一分一秒地流逝，霍瞿庭渐渐不敢相信他的意思。

"就是你想的那样。"霍芳年说，"辛荷死了最好。"

"我知道你知道一些，信达和宏生都出了点儿问题。所以到时辛或与拿了肾、死人帮我们顶了罪，他跟我绑到一根绳上，剩下的我让他帮着擦屁股，他也得情愿。"

霍瞿庭不愿相信，但也清醒地认识到，从霍芳年开始做这个决定的时候，辛荷在他心中，就已经是一个死人。

在霍芳年眼里，辛荷从来都是一个完美的傀儡，七岁那年把他留在霍家，就留住了辛夷的财产。

不闻不问地等他长到十七岁，恰好碰上这个可以做个商业犯罪替罪羊的机会，还顺便大方地从他腹腔里剖出一颗肾，当成送给辛家的顺水人情。

从头到尾，霍芳年都没有要跟霍瞿庭讨论辛荷手术的可行性。

因为他本就没有想要辛荷活着。

而可以让辛荷死在手术台上的办法简直太多了。

霍芳年看着霍瞿庭像是有些愣怔的表情，突然发自内心、慈爱地笑了笑："我总是忙，你爸爸又走得早，你妈还不成器，没什么人有时间照顾你，但给你请的教师、上的学校，一直以来都是最优秀、最好的。你在爷爷的庇护下才不受风雨地长到今年二十六岁，可还那么小孩子气，做事不过脑子，只凭一点儿意气做主，照这样下去，以后怎么办？

"这么多年，我把他留在家里是为了什么，你是知道的。我也清楚，你本性里有些从你妈那儿来的不值钱的心软，有些话我原本没必要跟你说那么清楚，就像今天，我大可劝你说辛荷只是做个移植手术。

"但是瞿庭，你以后是要接管芳年集团的人，我问你，你最近在 D 市的事情不仅仅是写学校的毕业论文吧？这几天撒开手，谈好的风投撤走，可以说是过去三年来所做的努力就功亏一篑，我本有百种方法阻止你回来，更有办法让你自始至终得不到一点儿口风，但我就是想看看，你到底是不是个能成事的人。

"结果不是。你太让我失望了。可我只有你一个孙子，所以以前的天真就不再去管，我只希望你从今天开始，把它当成分水岭……你也该长大了，信达和宏生的问题一天不解决，等将它交到你手里时就会是定时炸弹，说不定会让你粉身碎骨。"

二人一坐一站，霍瞿庭纹丝未动，也没再开口。

良久，霍芳年起身，亲手给他倒了杯茶，茶汤新鲜，是最近的大红袍。他端到霍瞿庭面前，香气扑鼻："听明白了吗？"

霍瞿庭接过那杯烫手的清香茶水，小臂连同手腕都在发抖，茶杯磕在茶托上，发出清脆的声响。

霍芳年和煦的目光落在他的脸上。很久，他才说："听明白了。"

"算你懂事。"霍芳年拍了拍他笔挺的肩上不存在的灰尘，露出意料之中的表情叹了口气，"这都是为了你，你明白爷爷的苦心就好。"

霍瞿庭到医院的时候，辛荷刚打了一针镇静剂。

他连续好几天没怎么睡，心率忽高忽低，情况不算很糟糕，但也算不上稳定。

不过他还没有睡着，像是等着谁，没什么精神地面向病房门口侧躺着。

霍瞿庭在门边停住，看他好像瘦了很多，嘴唇的颜色也浅，顿时迈不开脚步，心里刀割似的难受。

八天前，他把辛荷活蹦乱跳地送上飞机，也只用了短短八天，辛荷就变成如今这副样子。

只有霍瞿庭知道，如果想让辛荷保持起码的健康，需要做多少琐碎的工作：愉快的心情、适量且可口的饭菜，一切只要人工可以干预的事情，都需要他去小心。

房间必须铺地毯，羊毛的；床品要真丝；毛巾和浴巾都要手洗不可以机洗，因为他对好几种机用的洗涤剂过敏。

房间要朝南，前后都有窗户好通风。他在家的时候，打扫不可以用吸尘器，因为声音太大，但还要保持干净，因为灰尘太多他会难受。

辛荷像个易碎品，被霍瞿庭护在掌心里，家里的保姆连走动都不敢太大声，因为怕吵到他。

而与之相反，叫他半死不活就太容易了。十年的努力，只需要八天就可以崩塌。

辛荷显然一直在等他，门打开以后，他的眼睛就亮起来，叫了一声："哥哥！"

虽然在药物的作用下，他的声音很低，但不影响语气雀跃。

霍瞿庭缓缓地走近，钟择在他身后将房门关上。

最近这几天，钟择在辛荷面前出现的频率大大提高，做得最多的一个动作竟然是关门。再见他的脸，让辛荷有些想吐。

霍瞿庭在霍芳年坐过的位子上坐下，目光克制地掠过床头的那沓化验报告，看向眼神殷切的辛荷，问道："感觉怎么样？"

"很难受。"辛荷的眼眶顿时红了起来，像终于找到了归处，连日的委屈有了发泄的对象，怕霍瞿庭不会心疼似的，仔细地描述自己的不适，"晚上也睡不好，心脏很疼，他们还给我吃很多奇怪的药，抽了好多次血。"

"这都是必须要做的检查。"霍瞿庭好像没看到他伸出来索取拥抱的手臂，垂眼说，"爷爷没跟你说吗？你都这么大了，不是听不懂大人的话。"

辛荷突然很警惕地看了他一眼，没有接话，他又说："别人的话你不听，哥说的话你听不听？"

辛荷小声地说："我听。"

"那你就乖一点儿，配合医生。"霍瞿庭严肃又冷硬地说，"好好吃药，好好休息，这样不管是对你还是对你外公都好。"

辛荷躺在床上，两只眼睛里有层润润的光，眼角微微上挑地看着他，抓着被子的手往上拽了点儿，盖住自己的下巴。好像一只要藏起来的小动物。半晌，他微不可察地"嗯"了一声。

霍瞿庭放软语气，但也依然严肃地说："'嗯'是什么意思？"

辛荷回答道："我知道了，我听你的话。"

霍瞿庭满意地说："早该这样。电话里哭哭啼啼，我以为有什么了不起的大事。"

辛荷红着眼说："要我的一颗肾，难道还不算大事吗？"

霍瞿庭说："那是给你的亲外公，再说，难道你准备眼睁睁地看着他病死？"

辛荷的眼泪慢慢儿地从眼眶里流出来，滑过鼻梁，最后钻进白色的枕头布料。他单薄的身体缩在浸满消毒水味道的白色薄被下，吸着鼻子无声地哭。

霍瞿庭凑近些，哄他："别怕，到手术之前，这段时间哥都陪着你。"

钟择刚要说话，霍瞿庭又握住辛荷伸出来、像要讨他一个拥抱又收回去的手，问他："今天吃饭没有？"

辛荷从不对他撒谎，摇了摇头。

霍瞿庭严肃起来："已经下午五点钟，是谁教你的一整天不吃饭？照这样下去，还怎么做手术？"

辛荷说不出话，霍瞿庭就回头看向钟择，钟择马上说："这是他们照顾不周，我马上去安排。"

病房门再次关上的同时，霍瞿庭立刻起身，弯腰揽着辛荷的背。

辛荷也同时迎上去。

霍瞿庭搂着他，胸腔里心跳如擂鼓，感觉自己根本察觉不到辛荷的心跳，所以只能越贴越紧，去探查、去感受。

他又恍惚觉得辛荷的两条胳膊细得过分，好似缠绵却易断的海草。

怀里的温度和热度全部浅浅的，二人之间的羁绊说深也浅，好像只要有一秒钟他没有拼尽全力，这点儿牵挂就会断裂。

细细的哭声逐渐变得清晰可闻，霍瞿庭最见不得辛荷露出一点儿难受的神情，遑论流着泪。他心如刀绞，额角涨痛，搂着辛荷的手臂要拼命地克制，才能不那么用力。

因为辛荷遭受的这八天八夜的飞来横祸，在回港城的飞机上，他自责到几乎呕血。

良久，霍瞿庭低下头，捧着辛荷脸的手在发抖，怕捏碎他，又怕护不住他。

"不怕。"他哑声说，"刚才说让你好好休息的话要记住，其他的你都别怕，有哥在，小荷就什么都不怕，好不好？

"你相信我，我只让你怕这一次，以后肯定不会再让你受一点儿委屈。小荷，你信我。"

辛荷红着眼睛点头，他吓得不轻，只想待在霍瞿庭的保护圈里。

霍瞿庭也拼命地搂紧他，像安抚一只受惊的幼猫，用尽所有的方法。

可时间终究有限，钟择很快就回来了。

他看了一眼把头蒙在被子里的辛荷，对背对病床站着在看化验报告的霍瞿庭说："少爷，马上就有人送吃的东西过来，我们可以走了。"

"好。"霍瞿庭随手放下化验单，回头对着辛荷说，"小荷，哥走了，你好好吃饭。"

辛荷在被子里"嗯"了一声，很轻的声音，只有霍瞿庭听得出来，他又在哭。

他攥紧拳头，神色平静地出了病房。

电梯下行时，钟择欲言又止，霍瞿庭说："你说。"

"您刚才说，最近都不回 D 市……"钟择说，"我怕霍生会……"

霍瞿庭说："我会自己跟爷爷说。"

钟择犹豫道："但是……"

"我的事什么时候轮到你置喙？"

霍瞿庭平淡的眼神扫过去，钟择先是一愣，接着立刻低下头，连声道歉："对不起！对不起，少爷，我没有那种意思……"

"滚吧，别再跟着我。"

说完，霍瞿庭就走出电梯，没再上钟择的车，在路边随手拦了辆的士，扬长而去。

他在霍宅自己的房间里给霍芳年打电话。他将近三年没有回来住过，房间里的一切陈设都没变化，只是多了很多辛荷的东西。

看来辛荷周末回家，大多时间都是睡在自己的房间。

霍瞿庭走到床边，随手拿起一本琴谱翻看，电话通了，他直接说："爷爷，钟择跟您讲过了吧？最近我都留在港城，陪他做完手术。"

霍芳年一副拿他没办法的样子："还是心软。"

"爷爷，人不是一天长大的，难道您不觉得，我照顾他十年，今天说叫他去死就叫他去死，不闻不问才可怕吗？"

霍芳年好像很低地笑了一声，用混浊的声音说："反正我管不了你，随你去吧。"

霍瞿庭的指尖轻轻地抚过琴谱上辛荷做的笔记，握着手机的那只手却用力到发白。

"谢谢爷爷。"他说。

霍芳年随口叮嘱他要上心学业，还破例问了他的生意情况。

"我会自己看着办的。"霍瞿庭说，"D市还有合伙人在，而且已经接触了那么久，风投没理由只因为我不到场这一个原因就立刻决定退出。"

如果不是因为血脉，他在霍芳年的眼里其实和他那个令霍芳年

157

看不起的母亲一样，但这天吵完那一架，后面又在霍芳年的办公室谈了长达两个小时的心，在他的顺从下，霍芳年对他的态度突然大有改观。

闻言，霍芳年不知是信了还是没信，总之连答了两声"那就好"。

后面的时间，霍瞿庭遵照探病时间每天去医院看辛荷。霍芳年没再叫人跟着他，二人说话才没那么多顾虑。

辛荷全世界只信任霍瞿庭一个人，无条件地相信他可以保护自己，很快就不再像容易被风吹草动就吓到的小动物，但还是慌张，每天只等他来。

时隔几年，霍瞿庭不知幸还是不幸，辛荷竟又有些小时候才偶尔会有的撒娇。

只是时间过得很快，没过多久，护士就会请霍瞿庭离开病房。

为了把身体调养到适合做供体的状态，最近频繁用药降低抗体水平的辛荷有些虚弱。霍瞿庭把他带出医院送去 A 市的那天晚上，车开到一半，他就发起了烧。

出发之前，霍瞿庭给他裹了好几层毯子，春初的港城气温并不算低，他还是觉得冷。

由于走的是夜路，车里没有开灯，霍瞿庭专心路况，没有发现辛荷发烧了。辛荷觉得不算严重，也就没有说，只是把毯子扯高一些，转过头，很认真地看时而被车前灯映亮的霍瞿庭的侧脸。

饱满的额头，乌黑的眉毛干净整齐，那双眼可以严厉也可以多情，嘴唇有温度，凶起来非常吓人。

"小荷。"霍瞿庭又叫他，"有没有不舒服？"

辛荷装作不耐烦的样子，低声回答他："第七遍'没有'了。"

霍瞿庭笑了一下，隔着毯子在他后脑上拍了拍，打量他的余光一闪而过。

辛荷闷闷地说："哥，你不穿西装也好帅。"

"嗯。"霍瞿庭嘴角的笑意一直在，"这种话可以多来几句。"

头有些晕，心脏也闷闷地痛，辛荷假装不想理他，"哼"了一声，将头转到另一边，隔着模糊的车窗，看灯火璀璨的港湾。

车是霍瞿庭买来的，不知经过几手，除了发动机，没有完好的部分。

车窗漏风，暖气时好时坏，电台跟着发动机开启，也随着发动机关闭。除此，没有别的调节方式，连开关按钮都不起作用，属于最没有办法被退到买家的商品。

有着逃亡性质的一路上，他们都没有选择持续地听辛荷非常陌生的粤语老歌。

辛荷陌生，霍瞿庭却熟悉其中的大多数。

他的心情好像很不错，接连逗了辛荷好几次，辛荷都不接他的话，他就断断续续地跟着电台哼起歌来。

除了《生日快乐》，辛荷没怎么听过霍瞿庭唱歌。

辛荷本来想嘲笑霍瞿庭，但一方面他没有很认真地唱，只是碾着曲调的末尾短暂地咬出几个字或词；一方面他声音低沉，在嘈杂的引擎声里，断断续续地勾起辛荷因为发热而时而模糊的意识，让辛荷恍惚以为二人在路上已经过了几十年。

——不然怎么还没开始，就已经有了快乐快结束的错觉。

辛荷不知道自己是什么时候睡着的，只记得睡着之前的那段路面非常颠簸，霍瞿庭还没有跟刹车磨合好，害得他被安全带狠狠地勒回来一次。霍瞿庭奵笑又着急，问了他好几遍怎么样。

辛荷也记得霍瞿庭低声唱的那一句"冷风催我醒，原来共你是场梦"。

辛荷醒来的时候，霍瞿庭正把他抱在怀里上楼，毯子太厚，已经拆掉了一层，但还是包得像个蚕茧。

辛荷很努力地去看四周，但楼梯间没有一点儿灯光，只听到霍瞿庭的呼吸声。

"小荷？"霍瞿庭短暂地停下脚步，拿下巴拨了拨有些挡住他脸的毯子，低头看他，"醒了？"

"我们在哪儿？"

"A市。"霍瞿庭说。

辛荷说要自己走，但霍瞿庭没有把他放下，只说在五楼，很快就到。

果然很快就到，再上半层楼，霍瞿庭就掏出钥匙开门。

是一间很旧的屋子，靠近角落的墙皮都有些剥落了，其实从简陋的楼梯间也可以看出来。但是胜在面积还算大，两间卧室，客厅宽敞，竟然还放了一架看上去有些年代的钢琴。

这一片老房子都属于保护范畴，不允许拆迁，所有权在A市政府，也不存在买卖，只有租赁行为，相比起来，租住人的隐私更有保障，加上霍瞿庭本就没有用自己的名字，所以一般的小动作没法儿查到。

"将就着住一段时间，等我办完事就带你走。"

辛荷还在到处看房间，闻言有些发愣。

霍瞿庭没跟他说过什么，信达、宏生和百隆的事情他更是一无所知。

辛荷以为霍瞿庭只是带自己出来避风头，直到听到霍瞿庭的"带你走"，也没有立刻完全理解他的意思。

"我们一起走，去哪儿都可以。"霍瞿庭站在那盏发黄的白炽灯下，身形被昏暗的灯光衬得更加高大，他温柔而坚定地看着辛荷，眼里的光几乎要淹没辛荷，"小荷，除了你的安全，我什么都不要。"

辛荷站在靠近厨房门口的地方，过了好久，他才说："我也是。"

霍瞿庭问他："我也是什么？"

他就说："我也什么都不要。"

霍瞿庭笑了一下，冲他伸出手："过来。"

辛荷慢吞吞地走过去。

过了一会儿，霍瞿庭说："小荷。"

"我知道。"辛荷说。

他的身体很争气，可能知道此时条件简陋，醒来的时候，他就发现自己已经退烧了。

霍瞿庭仍然怕他不好呼吸，把他抱到床上。

后来霍瞿庭一直很忙，留了人照顾辛荷，此后回到他给辛荷找的那个房了的次数也并不多。有一天，保姆在厨房做饭，煲汤的声音断断续续地传出来，辛荷在练琴的时候抬头看墙上的日历，才惊觉已经过去了一个月。

他认真地回忆这一个月里霍瞿庭回来的次数，加起来不到五次，而且每次霍瞿庭都显得很累，但是脸上的表情还不错，似乎见到辛荷很高兴，叫他再等等。

辛荷没听到过什么来自霍家的有用的消息，但霍芳年肯定很愤怒，至于多么愤怒，霍瞿庭没说过，辛荷也一直没问。

他依赖着霍瞿庭生活，能好好配合霍瞿庭照顾好自己，就算做得很好，也从不会主动去思考潜在的危机和困难，这在他和霍瞿庭的相处模式中，是属于霍瞿庭的分工，霍瞿庭也发自内心地希望他那样。

只是霍瞿庭实在太忙了，这一次他隔了十天才在傍晚带着一个书包进了不知道算不算他们家的家门。

辛荷慢慢悠悠地弹着一首《夜曲》，并不去理会刚进门的霍瞿庭。

他走到辛荷身边，故意显摆似的在辛荷眼前晃了晃那个书包。辛荷才发现那是自己从 D 市背回来的，后来被钟择带着住了院，一切随身物品就随之被收走了。

他把书包从霍瞿庭手里拿过来，一边拉开拉链看里面的东西，一边问："你回家去了？"

霍瞿庭说："回去了一趟。"

辛荷从散乱的小东西中找到了原本夹在系带上的小熊，在手里握了一会儿，而后有些幼稚地说："我以为他们见到你就会把你抓起来。"

霍瞿庭靠着钢琴，斜倚在他身边，闻言笑了一下。

他们没再说几句话，饭很快就好了。保姆吃完就回到自己的房间，一直等霍瞿庭和辛荷吃完，才走出来整理。

只有辛荷一个人的时候，她还算健谈，怕他感到孤单，会经常跟他说一些零碎的小事。

但她好像很怕霍瞿庭，几乎不跟霍瞿庭有目光上的直接接触，当万不得已要面对面的时候，也是局促地低着头。

辛荷问他什么时候可以走，他就说再等等。

他在尽最大努力地将自己手里能动的钱转回来。霍芳年养了他二十多年，而且他收到的消息都说，最近霍芳年的身体确实越来越差，他恨霍芳年没有底线，但也没办法做到说走就走留下那些烂摊子一点儿都不管。

但这些事情他都没有告诉辛荷，他做的所有事只有一个目的，那就是希望辛荷担心的事情越少越好。

霍瞿庭有些出神，等他回过神来的时候，辛荷已经靠了过来："今天不许走，陪着我。"

霍瞿庭没躲开，语气听起来有些无奈："小荷。"

"干吗？"辛荷瞪着圆眼睛看他。

"我好想你，哥，你不想我吗？"

霍瞿庭说："我很想你。"

辛荷就瞥了他一眼："那你这么久不来看我。"

霍瞿庭终于伸手握了握辛荷的手："身体不难受了吗？下午睡那么久，头晕不晕？"

辛荷问霍瞿庭怎么知道自己下午睡了很久，霍瞿庭没有回答，他也不太在意，靠着对方看漫画。

第二天下午，霍瞿庭才离开。他接了通电话，就对正趴在床上看漫画的辛荷露出了熟悉的表情。

辛荷有点儿不高兴地说："你走吧。"

他想说"走了就别回来了"，又舍不得，改成："什么时候回来呀？"

霍瞿庭把他手里的漫画书拿开，拨了拨他的头发，说道："一两天。"

辛荷点了点头："两天，说话算数。"

霍瞿庭答应下来，无意中看了一眼那漫画书，发现是辛荷之前看过的，但没说什么。

辛荷也没再说什么，好像因为霍瞿庭说的"两天"而变得开心了一些，爬回去，跷着小腿看那本漫画。

　　第二天下午，保姆按惯例出去买菜，比平常早回来十几分钟。辛荷没太在意，一边看那本已经翻了好几遍的漫画，一边头也不抬地走过去开了门。

　　接着他听到一声陌生又熟悉的声音："小少爷。"

　　辛荷的头皮一阵发紧，心理上还没有明白钟择出现在这里的含义，只是下意识地关门，却被钟择很轻松地挡住，越过他进了房间。

　　"藏得真好，跟了他大半个月才终于找过来。"钟择好像知道只有他一个人在家，还闲散地到处转了一圈儿，然后攥住了他的胳膊，"该回去了，您出来这么久，霍生是要生气的。"

　　辛荷被他拖着下楼，脚上的拖鞋在中途掉了一只。

　　钟择的车停在路边，刚打开车门，就被身后来的人一脚踹倒，用了狠劲落在他后心上的脚很快就让他吐出血来，等在车里的人也都没什么意识了。

　　被引开的保镖很快把浑身瘫软的辛荷抱回房间，没过多久，霍瞿庭也回来了。他还穿着昨天离开时的那身衣服，领带还是辛荷帮他选的。

　　霍瞿庭进门先走到辛荷身边，把他整个人抱到身上，摸着他的脸的手很大，掌心的几个地方生了茧，骨节粗硬，分明地凸显了出来。

　　他紧紧地抱了好一会儿，才说："没事吧？小荷，你有没有事？"

　　刚才保镖通知他的时候就只说辛荷除了受到惊吓，没什么事，但他还是很神经质地反反复复地问了好多遍。

　　问到后面辛荷的恐惧全部消失了，反过来轻声安慰他："我没事，他只把我拖下楼，还没上车，他就被打晕了。"

　　"他拖你？"霍瞿庭猛地抬起头，眼神中的愤怒剧烈到令辛荷都感到恐惧，"他拖你？"他又问了一遍。

　　辛荷没来得及说话，就被他后知后觉地开始检查身体，胳膊上被攥红的一圈儿和小腿上留下的一道很长但很浅的划痕都让他的眼底变得猩红。

　　他把辛荷搂在怀里，搂得辛荷的骨头都痛，但辛荷没有出声，只乖乖地待着。

　　霍瞿庭转头去看被绑在墙角的钟择和原本在车里等他的人，他们脚边丢着几部手机。保镖说："没联系过其他人，他们不知道我们对面楼里还有人，以为万无一失。"

　　在那间称得上简陋的出租屋里，黄昏时的光线已近昏暗，辛荷经历了在他的世界里算得上荒唐的、一出短得出奇的绑架未遂之后，就亲眼看到钟择的下场。

　　很久以后，霍瞿庭才从那种疯狂中抽出理智，发现辛荷的脸色很白，看向自己的目光也全然陌生。

　　二人都没有说话，房间里不知道什么时候只剩下他们，地板被清洁干净，前后的窗户大开着通风，鼻尖都是空气清新剂的味道。

　　霍瞿庭伸手去碰辛荷的脸，他的目光很沉，身体也紧绷，发现辛荷没有躲开，他才慢慢儿地放松了一些，但也只是一些。他低沉着声音叫了一声："小荷。"

　　辛荷朝一边偏了偏头，他又绷着脸叫了声："小荷。"

　　辛荷突然直起身，拍着他绷紧的背，手又来回抚过他的后脑，手指插进他的发间，像安慰一个受惊失措的小孩子一样，嘴里不断地说着："没事、没事了。"

第二十三章

终于

最开始，辛荷以为他们很快就会换地方住，但是没有，不过很快他也想明白，A市距港城一步之遥，除非他和霍瞿庭人间蒸发，否则就不会有绝对隐秘的住所。

霍瞿庭只是不再长时间地离开，或者说，他想方设法地做到时刻陪着辛荷。

辛荷也听到了霍瞿庭更多的电话，大多数内容不太懂，但他母亲打来的那次，他只说了两句话，辛荷就听了出来。

"别做梦了。"他最后说了这句，便挂断电话。

当时辛荷正在钢琴边坐着。

除了钢琴和漫画，在这间一眼望得到头的房子里，他再没别的事情可做，而漫画已经来回看了超过五遍，所以他只能弹琴，把小时候学过的曲子重新拿出来翻来覆去地练习。

何婉心打电话来之前，他原本在弹《棕发女郎》，霍瞿庭闭目靠坐在沙发上，搭在膝盖上的手指也跟着音符动作。

"她让我带你回去。"霍瞿庭对转回来看着自己的辛荷说，"她说霍芳年说了，就当什么事情都没发生过。"

谁都能想到这不是真的。但他的音调没什么起伏，像是不愿意泄露任何情绪，无时无刻地对辛荷进行一场考验，考验对方追随自己的意愿。

辛荷微微张了张嘴，不知道该说什么。霍瞿庭的眼神突然变得有些陌生，他笑了一下，问辛荷："你想回去吗？"

有了明确的问题，辛荷很快摇头，像最近的每一次那样对他保证："我只想跟着哥哥。"

霍瞿庭却没什么反应，看不出是满意还是不满意，接着对辛荷重复了一遍何婉心的话。

她说他疯了，辛荷身上被用了那么多药，却被他突然带出来，不管不顾地关在 A 市；她说他是在杀死辛荷；她说如果他再这么疯下去，继续跟霍芳年作对，弄到一无所有，辛荷早晚也会离开他。

这么多年来一直等着霍芳年死后做霍家主母的何婉心被霍瞿庭突如其来的背叛打蒙了头，面对霍芳年的震怒，她想不起儿子的安危，只悲哀自己的梦碎。

最初她几乎天天跪在地上给霍瞿庭打电话，求他带着辛荷回家。

但这个她没带过几天的、记忆中沉稳可靠的儿子突然像吃了秤砣铁了心，护着那个和他一点儿血缘关系都没有的、不中用的病秧子，丝毫没有回头的迹象。

就像他父亲，唯唯诺诺地做了三十几年的孝子，突然在一个谁都没想到的夜里，开车带着自己真正爱着的女人直直地飞车进了江里。

那年霍瞿庭还不到八岁。

"你们父子都有病。"她哀求不成，在最后接通的那通电话里，霍瞿庭挂断之前，抖着声音恨之入骨地说，"他弄死了我妹，你早晚也会弄死辛荷。"

辛荷还搭在琴键上的那只手无意识地蜷缩，敲出两个沉闷的音节，把自己吓了一跳。

"她在乱说。"辛荷说，"我什么事都没有，吃那些药才会让我不舒服，而且关着我的人是他们，怎么会是你？我跟你待在一起最开心，你不要听她乱说。"

霍瞿庭沉默地看着辛荷，辛荷并不畏惧他的目光，很平静地跟他对视。

霍瞿庭把手按在他的胸口，力气不算很大，但已经可以很清晰地感觉到他的心跳。

"我不会让他们伤害你的。"他偏头，几乎是用气声说，"我能保护你，小荷，别害怕。"

辛荷摸着他的头发说："我没有害怕，跟你在一起我就不会害怕。"

其实辛荷还想说："你也不要怕，你对我做的事情都是正确的，你不会伤害我，你也永远不用害怕自己会伤害到我。你不在的时候，我不会再随便给陌生人开门，我会学着保护自己，不让自己因为你短暂的离开而受伤。"

还有类似的很多话，但他全部没能说出口，因为霍瞿庭一直表现出不愿听到这种话的样子。

霍瞿庭只希望辛荷相信他无所不能。辛荷确实相信，也知道如果自己这样说了，他会觉得很失败。

所以后来辛荷总会感到后悔。

当时辛荷不知道，钟择来之前的那天早上，霍瞿庭刚刚完全弄清楚信达、宏生和百隆的问题到底有多严重，他曾经天真地以为自己几年下来的积累会对此有所帮助，其实只是痴人说梦。

所以在霍芳年的计划里，辛荷才非死不可，那种决心使他心惊肉跳。

他没有了暂时留下来帮助霍芳年转圜的必要，却在同时发现自己和辛荷离开 A 市的途径几乎为零。

霍芳年不再动作究竟是因为他严密的安保，还是只是静待他们屈服，他日夜都在思考。

当时辛荷不知道霍瞿庭看过了那份详细严谨到堪称完美的计划，从他上手术台到变成死人后顶罪的文件之后，神经就一直处于怎样紧绷的状态。

有时候霍瞿庭看着睡着的辛荷，会害怕他已经死了，会害怕霍芳年突然伸来一只手就把他带走。

霍瞿庭自傲又自卑，痛苦于自己弱小，才会使辛荷陷于危险的境地。

当时辛荷也不知道车祸发生时，霍瞿庭全部绝望的情绪实际上都只是源于对他保护的缺失和中断的恐惧，霍瞿庭不怕死，怕的是死了就没法儿再护着他。

几辆车左右夹击前后追尾时，情绪滔天似黑沉沉的浪潮卷去，砸在霍瞿庭的每一根神经上，比生理上的创口更加致命，仅那一份痛苦就可以让他一败涂地，大脑在全盘崩溃的时候做出趋利避害的本能选择，在失去意识的前一秒钟，他把辛荷忘了个一干二净。

毕竟好像只有这样才可能会有一线生机。

所以后来辛荷才总是后悔。他没照顾好霍瞿庭，看似互相陪伴的十多年里，他其实从没试着那样做过。

从钟择来的那天开始，保姆就没再来过。辛荷问过霍瞿庭一次，得知她回家去了，只是被钟择的人伤到，短时间内无法再做工。

霍瞿庭把他放回床上，摸了摸他的心跳，待了一会儿就去做饭。

要走的消息对辛荷来说算是一个突然的决定。

几天以后，上午他还在想晚饭吃什么，下午霍瞿庭就开始收拾他的背包，告诉他"天黑就走"。

辛荷很快就跟平常一样接受了这个安排，没有任何疑问，直到出发前，才发现霍瞿庭不跟他一辆车，也不同时走。

　　"有人会跟，我先把他们引开，甩掉以后就去找你。"霍瞿庭把背包塞进他的怀里，低头把他的保温杯灌满水，简短地说，"开车的人知道在哪里等我，你乖乖地跟着走就可以，哥很快就会去。"

　　辛荷说："可是……"

　　"你最近晚上总发烧。"霍瞿庭的表情很平静，摸了摸他的头，像他们只是计划一次随意出游，"不能再拖了，出去以后你得去医院检查。"

　　太阳马上就要落山，辛荷坐在沙发上，看站在面前的霍瞿庭低头最后检查了一遍自己的背包，换了名字的护照和通行证、美金、随身携带的药盒缺一不可。

　　霍瞿庭没说"如果"，似乎从没有考虑过他不能守在辛荷身边的可能性。

　　他拉上拉链，重新把背包放回辛荷怀里，拨了一下辛荷夹在系带上的棕熊，冲眼眶红了的辛荷笑了笑，说道："晚上见。"

　　辛荷没有开口，只是握了握霍瞿庭垂在身侧的手掌，因为他怕自己会哭。那样太不吉利，所以他没有开口。

　　所以他见霍瞿庭的最后一面，是他带着跟自己身材相同、戴着口罩的一个人走到楼下后状似不经意地抬头一望。

　　因为霍瞿庭的叮嘱，辛荷藏在窗帘后，看着他上了那辆除了发动机以外没有完好部位的越野车。

　　他们之间也没有过正式的道别，只有霍瞿庭单方面的一句"晚上见"，但再见时已是陌路人。

　　晚上十一点三十分，辛荷在珠市的酒店房间里看到标着"LIVE（现场直播）"字样的新闻：大桥上，救护车和警车的背景音里，记者语速极快地介绍着两死九伤的车祸现场最具有新闻价值的伤者——霍家独子，上救护车时已经失去意识。

比夜更深的黑暗里，手机屏幕上还有霍瞿庭之前发来的消息，叫他点杯热的饮品暖手。

辛荷在撕心裂肺的痛中产生一些微不可察的"终于"的情绪，他们急转直下的结局早有预告，从他把自己完全归附霍瞿庭开始，就用十年的时间亲手为霍瞿庭写下了无法逃脱的灾难。

　　霍瞿庭的伤情吸引了港城小报媒体短暂的注意，但在霍芳年的刻意回避下，最重要的事不算丑闻，与醉驾、豪车和桃色新闻都沾不上边，所以那种注意很快也就消散了。

　　辛荷再见到霍瞿庭，是在他入院的第二十六天，所有的情绪都在短时间内被拉高到顶点，然后因为被迫的分别而悬在高处静止不动。

　　他被霍芳年安排在铜湾的一栋旧楼里，从早到晚都有人守在门外。他犯了三次病，第三次等他清醒以后，下半张脸被坑洼的烧伤疤痕所覆盖的钟择推门进了病房。

　　他走到病床边，冲白着脸的辛荷咧嘴笑了一下，说道："霍生要见你。"

　　辛荷浑身都在发抖。他没来得及起身，就被钟择抓着胳膊拖下了床，几乎被摔在地上直接拖出了房门。

　　拖过长长的走廊，不搭电梯，拖进楼梯间，拖上五层楼，又拖过长长的走廊，中途只要他爬起来，就会被立刻踹趴或推倒。

　　他的膝盖磨出大片印着血的红痕，手骨几乎被捏碎。

　　钟择在霍芳年房间外面把他提起来，像拎一个提线木偶般轻松和愉快。

接着他恭敬地站在辛荷身后，伸手把门推开。

那也是一间病房，霍芳年半靠在床头，手背上扎着吊瓶的针，闭目休息。

辛荷机械地迈开脚步，走到霍芳年身边，张了张嘴，发现不知道该叫他什么，就又闭上嘴。

过了一会儿，霍芳年自己睁开了眼睛。

钟择没有跟进来，霍芳年很快就注意到辛荷两条腿上显眼的痕迹，碎烂的皮肉显出一种生嫩的红，剧痛让他没办法站得很直，即使拼命克制，一双腿仍在发抖。

霍芳年的脸上露出浅浅的笑容。

"他心里有气，你哥招待得可不够客气。"他说，"你多担待。"

辛荷的心跳得很快，快到他开始感觉到另一种疼，声音好像震天响，要震碎他的耳膜。

他几乎立刻就给霍芳年跪下了，同样在被拖拽的过程中磨破的手抓住对方盖在腿上的毯子，几乎每个关节上都有血痕。

"我哥呢？他……他怎么了？他怎么样了？"辛荷的嘴唇抖得说不出话，眼睛里掉出大颗大颗的眼泪，全然由恐惧所驱使，"他怎么样，他怎么样了？"

"早死了。"霍芳年把手里的报纸放在一边，不冷不热地说，"等会儿收骨灰，我想着，他惦记你，带你送他最后一程。"

霍芳年低下头，意料之中地看着辛荷一瞬间惨白的脸，瘦得纸一样薄的身体像一张暴风中的白纸，被卷到空中后撕扯着扭曲翻转，剧烈抖动的程度使人发笑，那些自来水一样成股流出来的眼泪令他感到些许愉悦。

没用。他在心里判断：是个废物。

霍芳年欣赏了一会儿辛荷的崩溃，看他软在地上连动一根手指头的力气都没有，在心理上抵消了一些这几个月来霍瞿庭带给自己的麻烦。

抵消了千分之一。

霍芳年叫钟择进来，看一摊烂泥一样看着跪趴在地上的辛荷，说道："给他哥收尸去吧。"

钟择就原样把他带出病房，然后一路拖着走，下了一层楼，拖过长长的走廊，到了霍瞿庭的病房外。

辛荷浑身冰冷极了，心脏一会儿像是不跳，一会儿又跳得疼。他行尸走肉般动作，等到门打开，只看到一个模糊的身影，眼眶就被厚重的水幕所笼罩。

很久以后，他被用力甩开，霍瞿庭把他推搡到地上重重地摔倒。他还没有反应过来，就见霍瞿庭看着自己的眼神冰冷无比，甚至因为他说的话而显现出厌恶的神情。

"怎么，因为我没死，所以辛蓼不肯给你钱？"

辛荷下意识把蹭破皮的手捂住，眼泪还在惯性地流，跟着他的话问："什么辛蓼？"

霍瞿庭坐在病床上，头上缠了一圈儿纱布，其他部位看上去都还算完好。他居高临下地看着辛荷，脸上露出深思的表情："你在害怕，还是后悔？"

辛荷发着抖又靠过去，克制不住地拿手去碰他搭在床边的手，流着眼泪说："哥、哥，你别这样，我很害怕。哥哥、哥哥，你别这样，你……"

霍瞿庭扬手躲开，指尖扫过辛荷的侧脸，似一个响亮而无声的耳光。他的脸皮既白也嫩，挨了这一下，很快就留下几道红痕。

"哥哥……"

"我不是你哥。"霍瞿庭用陌生的眼神看着他，嘴里说着嘲讽的话，神情却全是克制的痛苦，"你忘了吗？你哥早被你弄死了，那么长的桥，救护车都差点儿送不到。辛荷，你可真是狠毒。"

说到最后，他的眉头皱起，盯着辛荷的目光有如实质。良久，他缓缓地重复了一遍辛荷的名字："辛荷。"

那种落不到实处的语调让辛荷无端地抖了一下，接着他继续本能地凑到霍瞿庭身边。

他忘记自己到底说了些什么，只记得霍瞿庭说过什么，就被霍芳年进来以后带着的人拖垃圾一样地拖了出去。

继续拖着他走的钟择在他头顶用因为掺了愉快而显得诡异的暗哑嗓音说："看明白了吗？他全忘了，哈哈。"

接着，他还好心地对辛荷解释了一遍霍芳年对失忆的霍瞿庭的说辞，最后总结："你还叫他哥？知道他多恨你吗？等他出院，你就离死不远了。"

辛荷被重新带回铜湾的住所。他高烧了几天，心脏也剧烈地疼，一屋子的人看着他，但不再有人送他去医院，最终他自己撑了过来。他这具残破的躯体苟延残喘着，怎么都不肯死去。

时间开始过得不分昼夜，他已经不再记得自己多久没吃过药，似乎吃药和不吃药的作用都是一样的。

有时他还会迷迷糊糊地想，怎么以前霍瞿庭就没弄懂，原来不按时吃药不好好吃饭的辛荷也根本不会死？

但他还是感觉到高兴，因为霍瞿庭看上去不错。

霍芳年对他说霍瞿庭"早死了"的时候，那种彻骨的绝望他这辈子都不敢再回忆第二次。

霍芳年踏进辛荷房间的那天，天空从早晨开始就是灰蒙蒙的。

厚重的阴云笼罩在全港上空，对"百年难遇"的即将来临的雪，狂热期盼的人，只排除死狗一样蜷缩在陈旧房间一角的辛荷。他只感觉到彻骨的冷，阴冷的风从每一个方向冲他而来，钻进骨头缝隙，似乎要割裂他的心脏。

霍芳年在卧室门口站了一会儿，就露出难以忍受的表情。

他转头走到沙发边，钟择立刻拿了块看上去没那么脏的沙发巾铺好，他才坐下。

"弄出来。"

钟择答了声"是"，就进入卧室，扯着辛荷的头发把他弄起来，然后拽着他垂软的手臂将他拖到了霍芳年的脚边。

霍芳年拿鞋尖挑了挑辛荷的下巴，让他抬起头来看他灰败的脸，过了一会儿，饶有兴致地问："再等几天，是不是就能熬死你？"

他笑了笑："那你哥该心疼了。"

辛荷慢慢儿地抬起头，像个年久失修的风箱一样，喘着气说："你把我哥怎么了？你怎么他了？"

"不是你和辛蓼让人用车去撞他的？"霍芳年笑眯眯地说，"这话该我问你吧？"

辛荷坐在原地，通红的双眼看着他，却并不能让霍芳年感到可怖。他只觉得轻松，因为现在捏死辛荷对他来说比捏死一只蚂蚁还要简单。

但死人终究麻烦，既然霍瞿庭肯帮他这个忙，不再要死要活地护着辛荷，很多事情就变得更简单了。

其实他一直不明白，霍瞿庭怎么就为这么个东西突然间铁了心跟他翻脸，到最后还要收集他亏空的证据。

二十几年的血亲，他没想通，就算再不亲，怎么就会比不过眼前这个东西？

霍瞿庭的决心实在令霍芳年都无从下手，直到前两天，辛蓼想办法联系上他身边的人，做人情地送过来他们拿到的照片，其中事无巨细地记录了车祸之前霍瞿庭的动向。

这是辛家求和的信号，他们对辛荷动了杀心，却从没想过真的波及霍瞿庭。

"他是你哥。"霍芳年把照片放在辛荷眼前，"养了你十多年，你怎么忍心帮着辛家的人这样害他？"

辛荷痛苦地闭上眼，已经没有力气多说一个字。

霍芳年和钟择的目光像淬了毒液的鞭子一样抽在他身上，让他战栗，却唯独不能死去。

"这也简单，等霍瞿庭把你弄死，我要他也没什么用，就叫他下去陪你算了。"

辛荷突然猛地睁开眼，爬过去抱住他的小腿，涕泗横流地求他。

霍芳年嫌脏似的踢开他："我留他干什么？你大可以继续去他面前哭哭啼啼，反正他现在虽然恨你，但心里还是想见你，又不大相信我似的，总问些翻来倒去的问题……没准儿哪天你哭得他又记得了……"

霍芳年哂笑了一下："就跟之前一样，不跟你计较了。"

他把平板电脑塞到辛荷怀里，看对方屈辱的表情，痛快道："或者今晚就停了他的药，他脑袋里有血块，死了也不奇怪，没人追究。"

但这次辛荷没再求他。

他低下头，摸了摸画面上霍瞿庭的脸，然后把屏幕关了。良久，他问霍芳年："你想让我干什么？"

霍芳年说："还没想好。不过你要是想让你哥好好的，我想让你干什么，你就得干什么。"

他又拿鞋尖碰了碰辛荷的脸，被对方甩开也不恼，带着笑意说："本来我还有些犯愁，是你哥帮了我这个忙，要是没有这个——"他的目光落在辛荷怀里的平板电脑上，"还真暂时想不出让你闭嘴的办法。"

"你不是才十六岁，还是十七岁？"他看着辛荷。

辛荷不说话，钟择在一边说："过两个月就满十八岁了。"

霍芳年听不出语气地哼了一声，嘴里说："还是畜生一样的东西。"

"你也不用感觉太冤枉。"霍芳年说，"撞他的车就是辛蓼找的，他以为车上有你，急着抓你回去替他爷爷换肾，所以你也不冤。说来说去，他不还是因为你才变成这样？"

辛荷下意识地抱住自己的肚子，恶狠狠地盯着霍芳年说："你想都别想。"

"这只是我想让你做的第二件事情，后面还有。"霍芳年平平淡淡地说，"明天先去跟你哥道个别，他现在躺在我的病房里，门口守着我的人，最重要的是脑袋里空空如也，不是在 A 市占山为王的时候了，该说什么，不该说什么，你应该知道。"

他语气平静地跟辛荷交代了接下来两三年里希望他陆续去做的事情，不像刚才说的"没想好"的样子。

等这场令人作呕的谈话结束，霍芳年起身准备离开，辛荷突然问他："你要我的肾，想让我顶罪，现在也可以，根本没必要拐那么多弯，为什么要等那么长的时间？"

霍芳年因为他这个问题露出一个意味深长的表情。

他注视着辛荷，目光在对方的脸上来回扫视，最后似笑非笑地如实说："他希望你拿钱离开港城，还说你年龄小，可能只是鬼迷心窍，让我不要再为难你。"

霍芳年说："废物永远是废物。明知道你要他的命，他想了两个月，最后还是作出让我别再为难你的决定。"

阴云酝酿了一整天，终于在隔天清晨，港城上空飘下了沙砾般微小的雪花。

辛荷换了身衣服，走之前还洗了个澡。他走进霍瞿庭病房的时候，对方手里正拿着一沓照片在看。

等他走到一半，霍瞿庭抬起头看他，神情紧绷，面上是压不住的震怒。

霍瞿庭扬手扔过来的照片一张张地拍在辛荷的脸上，辛荷低头去看，每一帧画面当中，霍瞿庭的脸都清晰到不会使人有半分犹豫就对得上号。

他们自以为隐蔽的行踪每时每刻都在别人的掌控当中，不出车祸才是意外。

辛荷的腿有些软。他停下脚步，缓缓蹲下，想把那些刺眼的东西翻到背面，颤抖的手却无法捏住其中的任何一张。

霍瞿庭冰冷的声音从他的头顶传来："解释。"

辛荷跪坐在地上，霍瞿庭不知道什么时候从病床上下来了，辛荷才发现他的腿脚也受了伤，走起路来并不利索。

霍瞿庭跌跌撞撞地走到辛荷身边，穿着病号服的身躯显得没有以前那样强壮，而后蹲下来，一只手很用力地捏住辛荷的侧脸，弄得他发疼，让他抬起头来。霍瞿庭看着他流泪的眼睛，说："说话，辛荷。"

"我无话可说。"

辛荷感觉自己的心里在淌血，不是因为被霍瞿庭误会，而是因为对方脸上的表情。

霍瞿庭分明被陌生的自己狠狠刺伤，又克制着不肯泄露一丝情绪，那张英俊的脸上全是痛苦，他以为自己看不出来。

"为什么这么做？我对你不好吗？"霍瞿庭压抑地问他，"我欺负你？"

辛荷说："没有。"

"是我强迫你？"

"没有。"

"那为什么？"霍瞿庭紧皱着眉头，绷紧下颌，问他一个没有答案的问题，"为什么？"

辛荷说："没有什么为什么，我只是单纯地讨厌你。"

霍瞿庭不像他们上一次见面的时候那样只是冷眼看辛荷不说话，这次他问了很多问题，态度是相反的，悲哀和趋近绝望的情绪却是一样的。

换成辛荷没什么好说的了。

他只是不停地哭，泪腺几乎要因为过度使用而坏掉。

霍瞿庭用力地捏住辛荷的肩膀，带着"为什么"的问题一个接一个，那些照片逐渐被他们纠缠的动作弄皱。辛荷躲开霍瞿庭来抓自己的手时指尖扫过照片一角，伤口很快冒出血珠。

他的脸上全是泪，没多久，霍芳年进来了，钟择走过来把他拎起来。

辛荷在被迫退后的同时抬起头看坐在原地的霍瞿庭，发现蓝白色病号服下，他的嘴唇苍白，双目赤红，像一头在黑暗中受了重伤，嗅得到猎物却辨不清方向的困兽。

他的背后是不知什么时候大起来的雪花，洋洋洒洒地飘过窗口，全港城的人都在为此欢呼，庆祝这百年难遇的盛景。

辛荷突然放声大哭。他绝望而无力地意识到这就是诀别，一百年那么长，他们有过缘分，可惜太短，他的归处变成设好期限的死亡，地点不定，可能是手术台，也可能是他乡，总之不再会是霍瞿庭。

他本身福薄，这十多年来，早就已经消耗殆尽。

霍瞿庭跷着二郎腿靠在会客室的沙发背上，西裤微微缩起，露出一截儿黑袜。他探身将烟头摁灭进烟灰缸里，端起手边的咖啡喝了一口。

"他全程很顺从，对我们提的保释没有任何意见。"律师一边把一些文件放到霍瞿庭面前的桌上，一边说，"也很配合，思路清晰、讲话条理分明，没有发现消极和抑郁的情绪。"

霍瞿庭问："他知道是我找的你们吗？"

律师说："知道。刚见面的时候我就说了。"

霍瞿庭突然看了他一眼。

律师感觉自己做错了，但好像只是错觉，因为霍瞿庭那个表情一闪而过，继而好像又转变为愉悦。

面容隐在打火机的火苗和升腾起的烟雾后面，他含混不清地说："他还说什么？"

这大才跟辛荷第一次见面，没什么大的进展，加上师父要出庭没来，充当本案助理的闻律师在来之前也没料到能见到霍瞿庭，所以来了以后一直有些紧张，闻言又愣住了。

他已经把一场时长二十五分钟的对话几乎从头到尾地叙述了一

遍，面对这个问题，他还是一时语塞。

"我们离开之前，他问我下次去能不能帮他带杯冰奶茶，还想喝酸奶，芦荟口味的。"律师想了半天，说道，"没有别的了。"

霍瞿庭沉默。

"带杯热的。"

霍瞿庭大半天没说话，闻律师正等着他吩咐重要的事情，听到这话一时间没反应过来："什么？"

"奶茶，别带冰的。"

"啊……"闻律师说，"好、好，我记住了。"

十天之后，辛荷走出看守所，被闻律师带着上了等在路边的车。

霍瞿庭坐在后座，脸上的表情不冷不热。他靠车窗坐下，中间隔着很大的空隙。

"里面怎么样？"霍瞿庭问他，"感觉好吗？"

辛荷说："你自己进去体验一下，就不用问我了。"

比起上次见面，他的头发有些长。但他没瘦多少，看来真像闻律师说的那样，情绪良好、思路清晰。可能还因为再没有牵挂的事情，所以心宽，身体也没变得更加差劲儿。

但他的态度跟以前大不相同，甚至比他之前去 A 市找自己的那两次态度还要差。

霍瞿庭有些发狠地想，辛荷是不怕死的。以前他在自己面前装得低三下四，但原来是不怕死的。

辛裎说他的心比谁都善，但其实比谁都狠。

二人都没再说话。

辛荷穿了身宽松的黑色运动衣，上身是一件套头的圆领 T 恤，没有拉链，加上头发有些长，又很软，圆领显得他的年纪更小，甚至不像二十岁。

他的两只手都很规矩地放在膝盖上，上身向后靠，就露出一截儿细细的手腕，肤色冷白，随着车身颠簸而微微晃动。

他睡着了。

霍瞿庭压低声音吩咐司机："开慢点儿。"

但辛荷没睡多久，路上的红灯又多，他中途醒来，车还行驶在街道上。

他隔着车窗往外看，密密麻麻的人群在人行横道上快速通过。

回到别墅以后，他熟门熟路地找到自己的卧室，但那间房门锁着，单靠拧门把手是打不开的。

他只好重新去找还留在客厅的霍瞿庭，对方惜字如金："问管家。"

最后管家把他带去了二楼，同样是一间符合他对朝向要求的客卧，但要比楼下那间精致不少，浴室里还装了一个很大的浴缸。

出门前，管家说："您来之前，霍生刚交代过把这里整理出来，床是新换的，也许您晚上可以睡得更好一些。"

辛荷说了句"谢谢"，然后把管家送出了房门。

他慢悠悠地洗了个澡，躺到床上，很快又睡着了，所以并不知道随后霍瞿庭进了他的房间。

他稍微侧着身，两只手放松以后半握着叠在脸的旁边，霍瞿庭在他身边站定，低头看见他浓密的睫毛和脸上细细的绒毛。

他睡得很安静，任谁都看不出他刚从看守所出来，还面临着重大经济犯罪的指控和随后十五年以上的刑期。

房间里空旷静谧，睡着的辛荷不算的话，霍瞿庭的周围并没有人。

他随着自己的心意在辛荷床边蹲下，伸手去碰辛荷没什么肉的侧脸时，才猛然间再次想起船上的第一晚，辛荷趴在床边偷偷地看他。

但他只是停顿了一会儿，并未收回手，继续让掌心靠近，贴住了辛荷泛着凉意的侧脸。

辛荷在这里住过几个月，霍瞿庭逐渐了解到一些，辛荷这样睡觉就是身体很累的情况，所以他很好心地没再继续做干扰他睡眠的动作，起身离开了客卧。

一整个下午连同晚上，霍瞿庭见了不少人，也喝了不少酒。司机把他送回家时，他罕见地失去了部分清醒，脸上的表情很严肃，但其实已经无法自己走路，被司机和保姆扶着上了楼。

到了卧室门口，他就甩开不让人再扶，保姆不敢坚持，只好在门外等着。

良久，保姆没听到他摔倒的声音，打开门看到他已经在床上睡着，才帮他倒了杯水放在床头。

霍瞿庭一觉睡到阳光刺痛眼皮，领带和皮带都没解开，勒得浑身难受。他闭着眼下床，把衣服脱了一路，酒气冲天地去洗澡。洗到一半，有人敲门，敲了两声，问他醒了没有。

是辛荷的声音，霍瞿庭扬声说："进。"

辛荷推门就见满地狼藉，抬眼间看见门大敞的浴室里还有人在冲澡。他有些怕那里头是两个人，但定睛一看——两条胳膊两条腿，确实只有霍瞿庭。

"什么事？"霍瞿庭臭着脸走出来，只在腰间围一条浴巾，胡乱地擦着滴水的头发。

辛荷站在门口，进退两难。霍瞿庭又问了一遍："什么事？"

"保姆说你昨晚喝醉了。"辛荷背着手说，"我来看看。"

霍瞿庭被炽烈的阳光照得太阳穴一抽一抽地疼，拉上窗帘才回头说："看完了，回去吧。"

辛荷也是这个意思，闻言立刻就要走。霍瞿庭又叫住他："最近几天……"

"不出门。"辛荷说，"我不会给你找麻烦的。"

霍瞿庭擦头发的动作慢慢儿地停下来，站在阴影里，看不清表情。

辛荷自己去找话里的缺漏，补充道："已经造成的麻烦没有办法，我尽量不找新的麻烦。"

霍瞿庭发出一个短暂的音节，听不出喜怒，也无从分辨肯定与否定。

辛荷也没话好说，背着的手转开门把手，退了出去。

他在霍瞿庭的别墅里一待就是一个月，但霍瞿庭很忙，大多时间早出晚归，喝醉回家的频率也日渐增高，二人几乎没什么见面的机会。

这天下午，他回家很早，身上还是带着酒气。司机扶着他路过坐在沙发上的辛荷，走了几步，他突然停下，顿了顿，接着推开司机的手，在司机担心的惊呼里跌跌撞撞地往前走。

辛荷很快起身，抓住他的胳膊，尽量扶住他，把他带上了楼。

霍瞿庭很重。其实他根本没怎么去压辛荷，但辛荷还是得出了这个结论。

辛荷把霍瞿庭扶到床上坐下，蹲下帮他脱掉皮鞋。看他的眼睛发亮，眼神深邃，辛荷判断他喝得不少，打算先去倒杯水，但转身转到一半，就被他握住手腕。

辛荷刚开始怀疑他是否真的喝了那么多，进而怀疑他故意给自己难堪。

辛荷的脸上已经涌起血色。面对这种场景，他缺乏经验，在霍瞿庭看来，就是顺从。

所以霍瞿庭的态度更加蛮横。

"霍瞿庭——"辛荷抖着声音问他，"你怎么了？"

霍瞿庭却觉得他不敢看自己的样子有些可笑，喘着粗气，笑了笑，听见辛荷又叫了声"霍瞿庭"，被自己用力捏住的手腕也动了动，他才说："今天还是见律师，你瞒着我那么久，把事情拖到没办法了。"

辛荷立刻就不动了，霍瞿庭没去看他的表情，继续说："每天喝酒，喝死我算了。"

辛荷感觉浑身都冷了一下，彻底失去了反抗的想法。

第二天早上，霍瞿庭先醒来。

他昨天下午本来没喝多少，生物钟还算准时，睁开眼时，辛荷正乖乖地待在一边。

辛荷对他说的第一句话是："谢谢。"

他坐起身时，露出短暂的尴尬神情，不过还是好好地又跟霍瞿庭道了一遍谢。

霍瞿庭的表情并没有多大变化。

"不过原本我外公已经答应我会处理这些事情。"辛荷感谢完没多久，又没良心地说，"但要是你怕给自己留下什么隐患，想保险一些，亲自来做，也可以理解。"

霍瞿庭单手撑着头，闻言脸上似笑非笑，带些嘲讽地说："他答应你怎么处理？给你减刑多少年？"

辛荷有一瞬间的茫然："什么减刑？"

霍瞿庭闭上嘴，只是看着他。他的表情变了，又问一遍："什么减刑？"

霍瞿庭继续盯着他快要藏不住慌乱的脸，心里那种发凉的感觉又深了一层。

原来辛荷去求他的外公，用一颗肾换来的只是这件事情的干净结束，不再牵扯出更多的人和更多的事。

霍瞿庭稍微活动一下，就可以办到。

原来辛荷从来没想着把自己从这件事情里择出来，而辛或与竟然也敢、并忍心做这样的交易——对他来说根本是零成本的交易。

霍瞿庭心里五味杂陈，暂时不想再面对辛荷，起身下床，给自己倒了杯水。

辛荷回到自己的房间，心里害怕的情绪多了很多，感觉自己有些弄不懂霍瞿庭了，又不明白是哪里出了问题。

后来霍瞿庭醉酒的次数慢慢儿减少，找他麻烦的频率却高了很多。

已经过了太长时间，辛荷不知道事情究竟怎么样了，问霍瞿庭也问不出来，他越来越着急。

"霍瞿庭，你是不是不知道这件事情有多严重？不可能的，肯定要有人负责，你不要再掺和了。"

"你在看守所的时候是怎么跟律师说的？"霍瞿庭说道，"你说恨霍芳年和我把有问题的公司给你，说不想坐牢，律师提出先保释，你比谁都高兴，现在又装不下去了。你告诉我，你说的哪句是真的，哪句是假的？"

辛荷的脸有些白，霍瞿庭也没再问他，看了一眼门口，面无表情地说："出去吧，我要睡了。"

辛荷没动，他冷冷地说："怎么了，赖在这儿我不能保证待会儿不撵你。"

"待会儿的意思是这根烟抽完。"他补充道。

霍瞿庭没看辛荷。

过了一会儿，辛荷说："你刚才抽那口烟的时间好长。"

霍瞿庭低头，认真地深呼吸示范了一下："这样？"

接着他用正常的时间长度吸了口气："本来你是这样抽的。"

霍瞿庭定定地看了他一会儿，突然伸手把烟头摁灭，说道："还可以这样。"

辛荷目瞪口呆地看着他。

"你怎么这样？"他干巴巴地说。

二人猜谜语一样"这样那样"了几个来回，霍瞿庭的耐心耗尽，没再理他。

睡到半夜，辛荷的心脏突然开始难受，侧过身忍耐，好半天仍然没缓过来。

这会儿霍瞿庭已经闭眼睡了，辛荷趴了好一会儿，不舒服变成绞痛。他找到霍瞿庭，低声叫他："霍瞿庭。"

霍瞿庭没动也没说话，他声音更低地叫了声"哥哥"，对方还是没反应。他就又缓了缓，慢慢儿地起身。

"折腾什么？"

辛荷不出声，没力气地靠着。霍瞿庭一看，才发现他的脸很白，是没有血色的那种白，刚才还好好的，现在却成这样了。

他只在下了邮轮以后见过一次辛荷这样，有些无措地说："怎么了？要吃药吗？"

辛荷皱着眉说："桌子上的药，麻烦你帮我拿一下。"

霍瞿庭松开辛荷，大步出了房间。辛荷的卧室就在隔壁，霍瞿庭很快就拿了一大盒药回来，照着辛荷的指示从里面拿了一粒喂到对方嘴里，又蹲在床边守了他一会儿，看他慢慢儿地缓了过来。

辛荷慢吞吞地爬回被窝，给自己把被子盖好，对他说："谢谢。"

霍瞿庭不否认自己心软，但这天辛荷这样，大概率是被他气的，又或者是他吸太多烟熏到了对方。他一时也有些愧疚，问道："要不要喝水？"

辛荷半闭着眼说："不喝，睡吧。"

霍瞿庭又站在床边看了他好一会儿，还很贴心地问："好点儿吗？"

辛荷没有说话的力气，只是点了点头。

辛荷小声道："谢谢。"

霍瞿庭说："没事。"

第二天早上，霍瞿庭教育刚醒的辛荷："下次受不了要告诉我。"

辛荷还没从被窝儿里坐起来，大脑百分之八十没有重启，接话："以后我们还会一直见面吗？"

他的问题很长时间都没有得到答复，等他完全睁开眼，发现霍瞿庭已经穿好了衣服，正在喝水，看他醒了，就说："我发现喝水比较好。"

——比咖啡好。

辛荷没有听懂，点头说："哦。"

二人一起吃完早餐后，准备出门。

这天辛荷要和辛裎见一面，这是前几天就定好的。霍瞿庭问他要不要见，他觉得既然霍瞿庭不抵触，那就没什么不可以见的，所以就定在霍瞿庭不工作的日子。

他们约在一家西餐厅，辛裎到得早，面前的柠檬水已经喝了半杯。辛荷先说了句"不好意思"，然后跟他打招呼，说道："辛先生好。"

辛裎对他笑了一下，让他坐在对面。

霍瞿庭挨着辛荷坐下，服务生很快过来点餐。

其实辛荷也不知道辛裎见自己的目的，想了想，没有想出他们之间可以进行的话题。

他们并不熟络，见面的次数屈指可数。

有一次霍家和辛家人都在的聚会上，辛蓼试图把饮料泼在辛荷身上，反被霍瞿庭拎起来作势要揍吓得差点儿尿裤子，两边的大人围了一圈儿。辛荷远远地看见辛裎站在宴会厅门口，距离太远，看不清对方的表情。

霍芳年羞辱辛荷的时候，曾经提到过一次，在辛夷的婚外情暴露之前，辛裎很受辛或与的重视，本身也有能力，又因为皮相风流，所以在当时备受追捧。

但后来不知为何，他突然被辛或与冷淡，二十多年来庸庸碌碌。

辛荷通过霍芳年为了证明他出生带着倒霉的一番话，才第一次知道了他名义上舅舅的一些微小的过往。而当初他设计霍瞿庭差点儿命丧大桥的事情在港城流传开以后，辛裎也默默地接受并跟着相信了。

他和辛裎关系的寡淡，由此可见一斑。

辛裎先问了问他身体的状况，他如实说了，其实就是不太好。

他以为大家都有这种默契，不深入地聊，就不会造成场面的尴尬，但辛禋紧接着就说："我听说你去了 A 市以后还住了院，那次……"

辛荷不想太没有礼貌，但最后还是打断了他的话："我没事。"

辛禋有些愣住，很快又说："好、好，没事就好。"

辛荷对他笑了一下，气氛一时间有些尴尬。

霍瞿庭一直没说过话，放下手里的刀叉对辛荷说："我出去一下。"

辛荷起身让霍瞿庭出去，桌上就只剩下他与辛禋两个人。

这下辛禋好开口了，英俊的眉眼间好像自然地笼着一丝淡淡的哀愁，语气跟他的气质一样，是温和的："我们要不要聊一聊那三家公司的事情？"

辛荷说："我都跟律师讲过了，没有说假话。"

"我知道你没有说假话。"辛禋说，"我是想问你，接手之前，你知不知道它们有问题？"

辛荷瞪大眼睛问："为什么这么问？"

辛禋给了他一个少安毋躁的眼神："我重新查了那场车祸，没发现你参与过的痕迹，当初霍芳年给霍瞿庭看的东西，不是你找人拍的。你没有那样的关系网，根本做不到那种级别的监视，你自己知道。"

他不想太刺激辛荷，握住对方放在桌上的那只手，语气更轻了："这里只有我们两个人，你不要害怕。"

"霍瞿庭知道吗？"辛荷问。

辛禋想了想，反问："你想让他知道吗？"

辛荷以为自己一定会说"不想"，但辛禋这种活了五十多岁的人知道怎么拿捏他，因为当他真的面对这个问题的时候，才发现自己说不出那两个字。

"你没害过他，那你有没有想过，等他万一有一天想起来的时候会怎么样？”

辛裎说："我猜，以前你谁都不说，对我也不敢说，就是怕霍芳年把他怎么样。可到现在你们不是没有机会，事情也没到绝对没有转圜的余地，你为什么还要把所有的事情都背在自己身上呢？"

辛荷和他面对面坐着，眼神有些茫然，好像聚不起焦的失真镜头。过了一会儿，他把手从辛裎的手里抽出来，轻声地说了句："太晚了。"

他没有再和辛裎谈下去，服务生把他的外套送到门口，霍瞿庭在那里等。他匆匆地跟着上了车，连声"再见"也没说。

霍瞿庭一路上也只是沉默，到家以后，辛荷先去洗澡。水打开没多久，霍瞿庭敲了他浴室的门。

"开着门洗。"

前两天辛荷洗完澡出来有些喘，到晚上还没缓过来，最后吸了点儿氧才好。辛荷这时候开始觉得霍瞿庭也没有那么健忘。

"厨房煮了面，洗好下来吃。"霍瞿庭又没什么表情地说。

刚才的牛排他几乎没动过。

辛荷正式确定霍瞿庭经历过车祸的脑袋没有后遗症，而且记忆力很好。

第二天，辛荷发起了烧，医生忙完以后走了。霍瞿庭在他的房间里待了很久，来回踱步，一会儿叉腰，一会儿远眺，最后回到他床前，看着他烧得通红的脸，憋出一句："你最近怎么总生病？"

辛荷差点儿两眼一黑，闭上眼虚弱地说："我也不想呀。"

霍瞿庭看上去很生气地离开了他的房间。

相处时，辛荷试探着问他："你什么时候清理好跟你有关的事情打发我回去坐牢？你要提前告诉我，现在的生活比起看守所和监狱还是要好上不少的，我好有个心理准备。"

霍瞿庭每次都应付得很明显，一副懒得搭理的样子。

辛荷问急了，霍瞿庭也只会消极应对。

二人在辛荷的房间说了会儿话，霍瞿庭把他气得不轻，才准备起身回自己的房间。他不愿意了，以为霍瞿庭要带自己一起，所以推对方的肩膀："别出去。"

"我睡你的房间？"刚才辛荷一直在拒绝，霍瞿庭说，"本来打算过去睡觉。"

辛荷有些发愣，霍瞿庭催促："说话。"

"不要。"辛荷说，"你出去。"

"我习惯自己睡。"他又补充了一句。

霍瞿庭的力气很大，又有些恶趣味，喜欢逗辛荷，没听见一样打算把辛荷扛起来。一直口头拒绝的辛荷突然非常恐惧地大动作躲了一下，一脚实实踩在霍瞿庭的胸口，但很快就缩了回去，小声地道歉："对不起、对不起，我不是故意的。"

霍瞿庭像被定住了，保持着那个动作，半天没动。辛荷紧张地看着他，过了会儿慢慢儿地挪过去，拿手揉了揉自己踹到的地方，嘴里说："真的对不起，但是你突然来扛我，我都跟你说了不走的，是你自己……"

"是我自己。"霍瞿庭突然说，"不怪你。"

他爬上床，紧张得动不了，霍瞿庭面无表情地看了他一会儿。他又想道歉，就感觉霍瞿庭的手隔着睡衣，放在了他刚才躲开的地方。

那里有一道连接腰背的斜切疤痕，那道疤痕在霍瞿庭眼里很明显，但辛荷自己并不经常见到。

辛荷不太敢动，这在霍瞿庭眼里是他伙同辛或与谋霍瞿庭财产的证明，就算最后拿到的东西有问题，但本质不会变，他见识过霍瞿庭翻脸如翻书，所以在这种时候不会再去惹他。

"疼不疼？"霍瞿庭说。

辛荷"啊"了一声，想抬头看霍瞿庭，却被对方盖住了眼睛。

那只手很大，干燥、滚烫，又好像真的比他自己的手厚上不少，遮在他的眼睛上方，就连房间里的光线都挡掉大半。

辛荷有点儿发抖，故作轻松地说："你说呢？你试试就知道了。"

但霍瞿庭很久都没再说话，辛荷也沉默了。

好一会儿，辛荷才拿开霍瞿庭的手，对方没有用力，也没有坚持。

霍瞿庭也坐了起来，二人面对面，辛荷脸上的表情让霍瞿庭有些看不懂。

这是很罕见的情况，不过霍瞿庭并不觉得意外，因为一直以来辛荷只是装得很懂，辛荷一直在骗他，对他从没有过一句真话。

但此刻辛荷好像打算说一句真话。

他看了霍瞿庭很久，突然开口说："霍瞿庭。"

霍瞿庭没说话，他又说："你不会又对我心软了吧？"

霍瞿庭的瞳孔紧了紧，张开嘴的时候，连自己都不知道自己的答案。

辛荷很轻地笑了一下，仿佛讨论一件无关紧要的事情，又好像其实是真的用了十二万分的真诚去说："要是真的，那你好蠢，就算不说我做的那么多坏事，你再相信我也没用呀。"

辛荷拿手指抠了抠自己的脸，像做了错事的幼儿园小朋友，手足无措，又想解释清楚："我活不了几年，就算改过自新，以后做个不贪慕钱财、不谋财害命的人，也没那个空余的时间给你。你对谁好都好，就是千万别再跟我搅到一块儿。"

霍瞿庭刚打算张开的嘴巴又重新闭得紧紧的。他发现辛荷在说到自己"活不了几年"的时候甚至用了点儿期待的语气，让他不愿意再回忆第二遍。

他想到那天通过跟辛裎接通电话的手机，听到辛荷那句叹息似的："太晚了。"

的确太晚了。

最近这段时间，霍瞿庭一直不太敢问自己，他车祸后，辛荷离开港城不久，做第二次心脏手术的那天晚上，给他打来、又被他挂断的电话到底是想说什么。

很不合理，过去好几年，那个过程的每一个细节他都还记得很清楚。当晚他刚签完一个合同，因为据当时的秘书随口所说，他与对方公司的负责人过去认识，所以全程他都非常警惕，防止露出破绽，结束以后已经非常疲惫。

回到平山顶以后，保姆照他的喜好准备好了一缸热水，还放了放松助眠的药包。他脱掉浴袍，一只脚已经踩进热水里，这时候手机响了。

车祸后，他没换手机号，电话来自谁都有可能，归属地不详。他没有犹豫多久，还是将它接起，很快就听到一声带着试探的、很轻也很软的："哥哥？"

霍瞿庭没能及时反应过来，辛荷就又开口了，声音还是很低，带着微弱的哭腔，不令人烦躁或厌恶，只让人感觉他当下是真的痛苦和思念。

那声音似被热水泡破的药包，洒出混浊的不知名的草药根茎，顽强又不肯被轻易干净地贴在霍瞿庭身体的每一处皮肤。

"我今天又要做手术了，最近都特别难受，我感觉这一次很可能会死，你能来看看我吗？我真的很想你……哥，以后可能真的再也见不到了，你能来看看我吗？想见你一面，求求你了，哥……"

那边远远地传来一声"辛荷"，应该是身边有人跟他说话，他拿开电话回答了两句。霍瞿庭看了看通话界面，电话被挂断了。

辛荷没再打来。

很长一段时间里，霍瞿庭偶尔会想起他，有时还会费心去想，不知他有没有挺过那一晚。

可能挺过去了，也可能死了。不过霍瞿庭告诉自己，那些都跟他没关系。

当时霍瞿庭觉得那些都跟自己没关系，如果辛荷死得够干净，还算做了点儿好事。

霍瞿庭还想了想最近几个月查到的东西，霍芳年漏洞百出的说辞，他用了点儿特殊手段就找出来视频的真正来源后，感到十分荒唐。

因为霍芳年从没打算留给他一个完美的谎言，在他短时间内不肯相信辛荷，辛荷绝对不再试图自证的情况下组建起来的赌局，筹码是时间，谁都可以等，唯有被迫上场的辛荷等不了。

他手握一点儿可怜的小额筹码，还是庄家为了赢得更彻底而施舍给他的。

车祸的真相，只要想，连辛裎都能查到。但当初霍芳年放出风声以后，不相干的人自然不会理会细节，血亲都轻而易举地接受了这个解释，可想而知，辛荷孤立无援，所以只能等待污蔑兜头浇下。

他拖着病体在陌生的医生那里做的手术糟糕至极，胸口又添新疤，跟七岁那年留下的伤疤交叠在一起，组成一个微妙的叉号，像提前给他的人生画上了句点。

接着他又丢了颗肾。

说霍芳年算到了一切，不如说他算到了辛荷的死亡。

的确太晚了。

那个晚上，那个胆大包天但直面生死还是屄了一刻的辛荷在冲动之下给他打电话的那个晚上，要是他听了那一句恳求，信了"很想你"，回应了"求求你"，答应了"见见你"，与现在相比，他们之间会有多少不同，他不敢去想。

霍瞿庭走到门口，又折回去，把他抱到床中央，重新帮他把被子盖好，说："睡吧。"

辛荷没再纠缠那个问题，歪着头对霍瞿庭笑了一下："晚安。"

霍瞿庭没说话，转身走了。

他本来无意去管辛家的家务事，又过了两个月，辛裎突然再次抛出橄榄枝，表露出愿意出面插手辛荷的事情。

对霍瞿庭来说，解决辛荷的麻烦本身不算一件容易的事，多一个人帮忙，总比少一个人要好，所以最近他和辛裎见面的次数逐渐增多。

而辛荷不太提起辛裎，或者说他从来不主动提起辛裎。霍瞿庭觉得在他的认知里，是从来没有父亲这个概念的，所以也就不主动说起。

他忙得脚不沾地，被律师搞得头痛，整天早出晚归，见到辛荷的时间一度没有辛裎多。

而这次见面后，辛荷变得话很少。霍瞿庭偶尔想到辛荷第一次回港城来接手遗产的时候，突然有些不太明白，为什么当时的自己总会被气到跳脚。

明明都不算什么值得生气的事情，甚至大多数让这一刻的他觉得好笑。

"辛荷。"霍瞿庭捏着他的下巴，"你是不是哑巴？"

他日复一日地照例询问："问你呢，下午在家无不无聊？"

"哦……"辛荷说，"无聊呀，一个人都没有，可以跟谁聊呢？"

霍瞿庭简直要无语望天。

辛荷在家里待到快要发霉，沉迷逗弄霍瞿庭的幼稚到极点的小游戏，而霍瞿庭的不给反应，又让他不知收敛。

又过了几天，霍瞿庭到家很晚了，听保姆说辛荷整个下午都待在卧室，于是霍瞿庭猜他的心情不是很好，轻手轻脚地进了门。

辛荷的呼吸很轻，还听得出来哭过，想起他流眼泪不讲理的样子，霍瞿庭感到有些头疼，下意识地拿手摸了摸他的脸，顺便捏了一把。

辛荷立刻反应很大地叫了一声，霍瞿庭就不敢捏了，感觉对方是个水龙头，谁碰谁倒霉。

霍瞿庭在床边坐了挺久，久到快要睡着了，辛荷放在被子里的手拿出来，按在他的手臂上，小声说话："你头发里是不是有烟味？我闻到了。"

霍瞿庭觉得他说话幼稚，但也可以再听几句。

"没抽多少。"他答道。

辛荷问："为什么抽烟？心情不好吗？"

"你少惹我——"不知道为什么，霍瞿庭突然变得很耐心，语气和辛荷的幼稚程度有得一拼，"我心情就好一点，知道吗？"

辛荷说："知道了。"

"身体不舒服？"过了一会儿，霍瞿庭问，"哭什么？"

辛荷沉默了好久，最后把脸藏进被子里。

霍瞿庭没再追问。

接近新年，各公司都在做"尾牙"，霍氏也不例外。

霍瞿庭中午回家吃了顿饭，下午出门晚。辛荷起床下楼时，正赶上他换鞋，二人面面相觑，最后不知道怎么回事，辛荷就被催着换了衣服，跟他一起去了年会。

但辛荷身份特殊，还是个取保候审的"罪犯"，所以没去宴会厅，只在他们做"尾牙"的酒店房间里等霍瞿庭。

老板到场后，免不了要讲几句话，霍瞿庭还看了两个节目、开了特等奖，是一辆大奔，宴会的气氛也随之顶到最热。

霍瞿庭上楼，到了辛荷等他的房间时，意料之外地发现对方没在睡觉。

单英开的是个大套间，所以辛荷并没有听见霍瞿庭进门的声音。

他推开卧室门，看见辛荷正趴在露台的玻璃围栏上往下看。

露天的草坪上正在进行霍氏的酒会，人来人往，盛装的男男女女手里都端着香槟。天黑了，灯陆续亮起来，一派热闹。

辛荷在楼上看，房间里没开灯，只有一丝外面的光线映着他，霍瞿庭觉得他很孤独。

霍瞿庭抬手按下门边的顶灯开关，辛荷才愣了愣，转过身来，接着对他笑起来："你回来啦？"

"饿不饿？"霍瞿庭说，"去吃点儿东西。"

辛荷从看守所出来以后反而又瘦了一些，吃得不多，最近刚住过一次院，用了些药，所以胃口尤其不好。

但他这天没有一口否决吃东西的提议，似乎因为看了会儿别人的热闹，心情也好了很多："吃什么？"

霍瞿庭尽量多说了几种选择："法国菜、日料、私房菜，韩餐也可以，你想吃什么？"

辛荷说："我们去吃牛腩面吧，在港大附近，有一家很好吃。"

霍瞿庭就要开口答应，但听到后半句，脸又垮下来："折腾什么？吃个饭跑那么远。"

"哦。"辛荷倒没什么受挫的感觉，习惯性地说了句"好吧"，又抓了抓头发，冲他笑着说，"那你想吃什么？今天新年，我们吃两个人都想吃的东西。"

霍瞿庭也没想出来，于是带着他下楼，之前他就让司机先回去了，所以他自己开车。快到时，辛荷才发现是去港大的方向。

霍瞿庭不怎么搭理他的样子，他却一直笑眯眯，牛腩面端上来以后，他还用热水帮霍瞿庭冲了一下筷子。

"快吃。"辛荷喝了口汤，"可好吃了。"

他很少评价吃的东西，"可好吃了"这四个字被他说出来，霍瞿庭不明白为什么会那么可爱。

"不是说好吃？"霍瞿庭敲敲他的碗沿，示意他多吃一些。

辛荷摇了摇头，抿嘴冲他讨好地笑。

霍瞿庭把自己的空碗推过去，从碗里分出一筷子面，挪到辛荷面前："再吃这么多。"

辛荷很为难地看了一会儿，但没说什么，很听话地吃掉了。

霍瞿庭有些后悔刚才没有多分一点儿。

吃完饭，他们又去了旺角，无所事事地在商场闲逛，二人都没什么话。

经过一个柜台，霍瞿庭突然说："要不要买块表给你？"

辛荷头也不回地说不要，霍瞿庭就说："你不是很喜欢钱？钻石表要不要？"

辛荷回头看了他一眼，想起了自己贪财的人设，说道："那就要吧。"

霍瞿庭刷了几次卡，辛荷手里就多了几个小袋子。

他把其中一块最闪的戴在手腕上，举到霍瞿庭面前，松松垮垮地，几乎要掉下来。

霍瞿庭说："挺好看的。"

辛荷低头观察了一会儿，肯定地说："就是。"

他们还路过很多钻戒柜台，辛荷笑嘻嘻地看了看，咂舌："真漂亮。"

商场里开着空调，人又多，比较闷，辛荷只待了一会儿就想出去。

霍瞿庭带着他往外走。

新年夜的港城街头人头攒动，没走几步，辛荷突然被拖着行李箱的游客撞了一下。拉杆顶到他的肋骨，痛得他说不出话，但他只摆了摆手，对道歉的游客表示没关系。

霍瞿庭站在他旁边，手伸出去好几次又收回来，怕弄疼他，还是让他自己捂着。

"怎么样？"霍瞿庭紧张地问，"要不要去医院？去医院吧。"

辛荷简短地说："不用。"

他身上没有多少肉，那一下又撞到实处，所以痛感更强烈，但也不至于需要去医院。

二人在原地站了很久，在节日里，最不缺的是街头卖花的商贩，而停住脚步的行人则是他们不可放过的目标。

几分钟内，霍瞿庭就遭遇了不下三次推销，终于等辛荷的脸没那么紧绷的时候，又有人问他："先生，玫瑰花要不要？"

他迟疑的一瞬间，手里就被塞进几支简单包装过的玫瑰："买来送朋友、送亲属、送同事，很暖心的，先生。"

他没再多说，掏钱包付了钱，转而将花儿随手塞给辛荷。

辛荷低头认真地看着，然后从后面拉了拉他的手，笑眯眯地说："多谢你的花儿。"

"不谢。"霍瞿庭说，"强买强卖来的。"

"你还没送过我花儿。"辛荷又珍惜地看了片刻，说道。

霍瞿庭沉默了一会儿，才冷声说："刚认识没多久，当然没送过。"

辛荷也不反驳他，说道："那你今天是在跟我逛街吗？"

走在他前面的霍瞿庭的脊背好像更加挺直了几分，但霍瞿庭没有回答。

"吃饭、逛街、买礼物、送花儿。"辛荷说，"啊，好烂。"

霍瞿庭回过头来："为什么？"

"什么为什么？"

"为什么好烂？"

辛荷说："没有为什么呀，我不想赞美，就说好烂。"

霍瞿庭略显僵硬地转了回去。

晚上回家，辛荷发现自己肋骨处晕出了一片淤青，霍瞿庭很好心地为他上了点儿药。

沿海港湾的灯火比平常更加璀璨，窗帘拉开，风景尽收眼底。

开始放烟花的时候，辛荷才反应过来零点到了，几根神经乱搭，他想到一个绝妙的笑话。

他讲完笑话后自己笑了好一会儿，觉得真是好笑，好久才看见霍瞿庭一言难尽的表情，问道："不好笑吗？"

霍瞿庭整晚没再听他说话。

这终干让辛荷认识到，霍瞿庭的笑点太高可能是他情商低的另外一种表现。

下一次霍瞿庭愿意为了他很烂的冷笑话而弯一弯唇时，辛荷忍不住感恩道："你真是个大好人。"

霍瞿庭发出一声类似笑的声音，不过很短促。

辛荷忍不住想，他真的很奇怪，该笑的时候死活不笑，随便讲句话，他反而会笑。

一天下午，等辛荷发现霍瞿庭一脸不高兴地瞪了他不知道多久的时候，他才意识到霍瞿庭在跟自己说话。

"什么？"辛荷认床地说，"再说一次吧，我太累了，你不能怪我。"

"要不要留在港城？"他听见霍瞿庭好像很随意地说，"反正，你也没有给我造成多大麻烦。"

辛荷想说"这是我很努力克制的结果"，又不太敢说出口，于是只好沉默。

霍瞿庭又捏了一下他的脸："说话。"

辛荷说："说话。"

"留下来，留在港城。"霍瞿庭又说了一遍。

"我上次不是说……"

"我像是会随便信任别人的样子吗？"霍瞿庭打断他说，"我劝你别太自作多情，只不过你死在外面，我怕丢脸。"

辛荷说："哦。"

霍瞿庭顿了顿，又装作很不在意地问他："'哦'是什么意思？"

"留在港城。"辛荷慢慢儿用手指捏住被角，咽了咽口水，也假装不在意地说，"听你的话。"

"知道了。"霍瞿庭说。

辛荷想了一会儿，突然说："那你今天不就是在挽留我？吃饭、送礼，好烂。"

又被说好烂，但这次霍瞿庭没有表现出很生气的样子。

可能是二人约定好了随便待在港城，然后其中一个去坐牢等死这件事情让他的心胸宽广了一点儿。

临近过年，霍瞿庭一天比一天忙。

辛荷又住了次院，不过不是因为什么大问题，单纯是霍瞿庭觉得他在家待着也是待着，就把他弄去了医院。

天天被医生和护士围着，霍瞿庭下班以后偶尔会来看看他。

辛荷想到了在家长上班期间要被送到托管所的小朋友。

霍瞿庭没有否认这个说法，把小桌上的汤碗朝他面前推了推："喝光。"

辛荷拿勺子搅了搅，握着他的手腕跟他商量："吃一块排骨，汤喝光，好不好？"

霍瞿庭的表情像是不耐烦，但没把手抽走，答应道："可以。"

汤里有老参，他喝了几口，过了几个小时，身体就明显地燥热起来。

辛荷倒没什么反应，只是嘴唇好像多了一丝血色。

"你今晚留下？"辛荷坐在床上问他，"明天不用上班？"

霍瞿庭边在柜子前弯腰拿东西去洗澡，边说："没事。"

辛荷没懂这个"没事"的意思是留下不妨碍上班，还是没有事所以不用上班。

但霍瞿庭说话一向这样，他也没再问第二遍，只是"哦"了一声。

第二天早上起床，医生查过房以后，霍瞿庭带他出门。

辛荷问了两遍，霍瞿庭才说是去庙里逛逛。

单英在副驾驶座上说："是之前算好的日子，今天拜佛很灵。"

辛荷左右打量了一遍自己坐的车和霍瞿庭本人，都不像是搞封建迷信的样子，嘴里发出干巴巴的"哈哈"和"哦"。

他没有想到，竟然还会有很正式的流程。

流程持续了半个多小时，听完诵经，主持才给辛荷的脖子上戴了条金镶玉挂坠的项链，又说了挺长的一段话，不过呆若木鸡的辛荷，只听懂最后的那句"阿弥陀佛"。

辛荷低头扒拉脖子上的坠子，又转头看了看立在自己身边，从头到尾木着张脸的霍瞿庭，朝对方说了句："谢谢。"

霍瞿庭比他高不少，既不低头，也不转头，只是垂眼看他，不太耐烦的样子。

他们留下吃了午饭，吃完以后，霍瞿庭被寺庙的几个"领导"围着谈话。辛荷觉得无聊，就在别的地方逛了逛。

在一片竹林后面，碰到一个正在扫院的、跟他年龄差不多的小和尚。他很长时间没和外人说过话，感觉没过多久，霍瞿庭就找过来了。

这一程可能来回也就两个小时不到，把辛荷送回医院，霍瞿庭走了，单英没跟着，时间还早，他自己又没事，就留在辛荷病房陪对方一会儿。

"他平时也这样吗？"辛荷八卦地问，"拜佛什么的。"

"没有呀。"单英在帮他的加湿器加水，说道，"前阵子有个酒会，亨垣的老板娘闲聊，说起她小孙子小病不断于是去拜佛最后平安了的事情，你也知道，人多的时候，这种话题最好聊。

"那天老板问了句拜的哪座寺庙，我当时只当是场面话……他给的香火钱，都可能够再建一座庙。"

辛荷晃了晃腿，说道："哇。"

"那你知不知道，检察院那边的事情怎么样了？"辛荷问道。

单英闻言顿了顿，才说："比较复杂，所以我也不好说，只能说暂时还没有提起公诉的消息。不到最后，谁都不知道结果怎么样。"

"我还想问，我什么时候会回去？"辛荷慢吞吞地说，"就是……回看守所。"

单英说："不确定。"

辛荷抿了抿嘴，低头拿食指抠刚换的床单。

单英不知道霍瞿庭失忆和辛荷捐肾这些属于秘密的细节，但也不忍心告诉辛荷，霍瞿庭已经知道了车祸不是他和辛蓼谋划的真相，所以会努力让他不再去坐牢。

但他感觉辛荷没那么笨，霍瞿庭也一直没有瞒得很严实，只是不明说。尤其霍瞿庭最近对待辛荷比以前好了很多，所以他觉得辛荷也不是一点儿都没感觉。

他能想到这几年辛荷大概受过哪些折磨。当初辛荷离开港城，是他哥单华送的，做手术的时候，单华刚好路过广州，留了一晚，第二天等辛荷醒了以后才走。

当时所有人都把他当成霍瞿庭的敌人，那已经是多年的情谊之下最大的施舍了。

所以真相大白后，单英觉得有些滑稽，尤其跟辛荷已经遭遇过的不好的事情对比，会让人有"不值得"的想法。

如果他真的做了坏事，还可以称为报应。但他分明没做过，却被简单轻易地冤枉。

所以他才"不忍心"把事情跟辛荷讲明白，不然那好像在说：

"你是清白的，你的苦难白遭啦。"

有时单英会疑惑，从前霍瞿庭不是很疼辛荷吗？为什么会因为一点儿明明可证的错误就把他赶出霍家？

单英不太相信，霍家如此势大，现在可以查到的事情，前几年就查不到？那时候只会更容易查。

因为时间总在掩盖，不论是好的还是不好的东西，像车祸的真相和辛荷的生命，时间都会将它们慢慢儿抹去。

离开霍家就是对他最大的惩罚，与放任他致死没有差别。他的病需要钱，又不只是需要钱，就像离开港城的那两年，余存和单华没让他缺过钱，可他就是变成了这副很虚弱的样子。

单英对霍瞿庭没有任何意见，只是想，可能在他们这种家庭，人与人之间的信任从来都只是浅薄的吧。

护士来给辛荷打针，让他离开病房，所以他没再多留。

最近霍瞿庭下班就会过来。

辛荷休养了一段时间，看上去好了一些，虽然身子还是单薄，但好在脸色不再跟纸一样白。

"过年可以回家吗？"天已经黑了，辛荷还趴在窗子上看外面，"你忙不忙？"

霍瞿庭手里正削着一个苹果，闻言问道："不想在医院？"

辛荷回头看了看他，最后说："都可以，没有什么想不想。"

霍瞿庭割下一小块苹果，拿刀尖扎着喂他。

辛荷走过去，小心地咬到嘴里，看他胆子小，霍瞿庭才起身，将苹果全部切好。

等他放下了刀，辛荷才小心翼翼地坐过去。他把牙签插上去，让辛荷自己拿在手里吃。

"长了点儿肉。"

辛荷点头炫耀道："重了四斤。"

霍瞿庭问："还要长多少肉才合格？"

差得太多。辛荷不想说，给他喂了块苹果，问他："甜吗？"

"甜。"霍瞿庭又问他，"还差多少？"

辛荷说："你别问了。"

"为什么不能问？"霍瞿庭说，"知道我请来多少人照顾你吗？写食谱的就四五个，你不长肉，我的钱找谁要？"

辛荷感觉他有点儿像养猪的，在质问自己为什么吃了饲料体重没达到预期目标。

那应该去问饲料，而不是问猪。

所以辛荷说："总之别问我。"

"好。"霍瞿庭意外地好说话，"什么时候回家？"

辛荷有点儿激动："你同意了？"

霍瞿庭说道："今晚吧，怎么样？"

辛荷举着水果盒，感恩道："好人！"

但是与"好人"住一起也不是什么美妙的体验。深夜两点钟还没办法入睡的时候，辛荷混乱地想着。

旁边的霍瞿庭习惯性地点了支烟，辛荷侧身躺着，嘴里嘟嘟囔囔。

过了一会儿，霍瞿庭把烟掐了，冲他伸出手。

辛荷有点儿害怕，屄巴巴地说："没有骂你。"

"难不难受？"霍瞿庭问。

辛荷说："还可以。"接着又说，"有一点儿，赶快睡觉就好了。"

霍瞿庭把烟掐掉，承诺道："好。"

辛荷感觉他最近过于好说话，二人拌了几句没有意义的嘴，快要睡着了，辛荷突然想起来问他："霍瞿庭，你认为我们之间有多少感情？"

霍瞿庭说："一点儿。"

"算不算很少？"

霍瞿庭说："算。"

"哦。"辛荷放心地说，"好。"

过了一会儿，霍瞿庭推了推他的肩膀，他迷迷糊糊地问："什么？"

霍瞿庭沉默了一会儿，开口说："别再想着回去坐牢，好不好？"

辛荷的身体有些僵硬，过了半晌，问道："什么意思？"

霍瞿庭摸了摸他的后脑勺儿，低声说："我觉得有你在港城的感觉还算不错，而且对你来说，如果有办法，不坐牢也比坐牢好吧？"

辛荷在回到港城之前，甚至一直到被抓进看守所，脑子里都是霍芳年告诉他的那个想法：这件事情无解，一定要有人承担责任，不是他，就是霍瞿庭。

但最近一系列事实又告诉他，事情有转圜余地，差别是霍芳年愿意付出的代价和霍瞿庭愿意付出的代价不同。

霍芳年想献祭一个无关紧要的辛荷，完美地填上窟窿，霍氏便可以独善其身。

但霍瞿庭愿意拿出一块自己的蛋糕来填补窟窿，那块蛋糕对霍芳年来说不可分割，但此时的霍瞿庭显然愿意承受失去它的代价。

辛荷流出一点儿眼泪，过了一会儿，低声地问霍瞿庭："难不难？"

是难的。但霍瞿庭不想说难，因为辛荷会很担心。

可他也说不出不难，因为那样会显得辛荷付出的一切都没有意义，虽然那些付出是为了另一个人。

"有点儿难。"霍瞿庭低声说，"但世界上没有不难的工作，像你弹钢琴，也要练习很久才可以弹好。"

"这个难度刚好够我有耐心保护一下野生弟弟。"他又说。

辛荷还在流泪，但他不想让霍瞿庭发现，所以霍瞿庭装作自己没有发现。

　　辛荷吸了吸鼻子，说道："好。"

　　他本来已经很累了，不一会儿就睡着了。

　　霍瞿庭碰了碰他还湿着的眼睛，感觉他真的很爱哭，好像还没有长大，很幼稚，没什么心眼儿，还爱骂人，也很笨。

　　他会怕别人为他付出太多，因为他觉得自己活不了几年；也会怕自己的付出和牺牲其实都没有意义，因为对他来说无解的问题在霍瞿庭手里开始有了答案。

　　霍瞿庭一直记得带辛荷去庙里那天，在竹林后面找到他时，发现他对着一个扫地的和尚也能哭起来。

　　对方故弄玄虚，讲了句似是而非的话，他就抽泣道："可是我没有很爱护自己呀，以前我想快些死掉算了，不能吃的东西吃了很多，也没有好好休息。夏天吹了很多空调，经常不好好吃药，现在是不是太晚了？现在怕死太晚了吧？"

　　"我不知道。"他哭着，没头没脑不停地说，"我不知道、我不知道。"

　　霍瞿庭叫他，他就傻乎乎地低着头擦脸，拖拖拉拉地跟在后面，还以为没被霍瞿庭发现。

　　霍瞿庭不懂自己几个月前怎么会被他骗过。

　　他知道辛荷说的"不知道"是什么意思。

　　不知道霍瞿庭还会在乎他，不舍得他去坐牢；不知道事情严重但也没有严重到那个地步，只要霍瞿庭愿意，就还会有机会。

　　"心脏和肾都是无法挽回的，可要是在那两年里好好地照顾自己，也会比现在好太多吧。"

　　霍瞿庭知道他那个容量很小的脑袋里一定在这么想着。

可早在离开港城的那天，他就认定了自己会死在监狱里的命运，剩下的时间都是在为保护他的哥哥而倒数，他注定不会好好照顾自己。

没有谁可以先知，而辛荷这个倒霉的小孩儿总是晚一步。

所以他哭着，说了太多遍"太晚了"，也不是没有道理。

霍瞿庭有些发狠地想。辛荷不知道，什么都不知道，他被丢下的时候还未满十八岁，被保护得什么都没关心过，他当然不会知道。

所以现在给霍瞿庭的，只剩下一个半死不活的辛荷，他怕自己第二天就醒不过来，所以怕霍瞿庭太在乎他，所以才只敢跟霍瞿庭"随便地待在一起"。

凭什么呢？

因为辛荷睡着了，加上霍瞿庭也没有把这个问题问出来，所以就没有人跟他翻旧账，提起车祸后他对待辛荷的态度和手术前夜挂断的电话，所以才让辛荷自此再没抱过一分希望。

辛荷自己又不肯回忆，于是就单方面赢了这场辩论。

辛荷对不起他。

霍瞿庭想着这一次自己十分大度，也十分贴心，心胸也难得宽广。

第二十九章
对我很好

　　还剩几天就要过年了，霍瞿庭好心地没打算再送辛荷回医院。他每天下班回家的时间早了点儿，但本质上还是忙，所以辛荷大多时间仍然一个人待着。

　　不过他没能等到过年，还是被迫去了医院。

　　腊月二十七那天，辛荷晚上好好地睡了一觉，睡觉前，二人还说了会儿话。但早上醒来时，他就突然开始心悸，到医院的时候，意识已经不太清醒了。

　　霍瞿庭跟在救护车上，看着辛荷由痛苦转为平静的脸，想伸手去握握他的手，但被医生阻止。下救护车时，霍瞿庭没发觉自己的腿很软，几乎从救护车上摔了下去。

　　幸好辛荷很快就醒了。

　　"你没去上班？"辛荷问他的第一句话是，"几点了？你怎么不去上班？"

　　霍瞿庭僵着身体坐在病床边，机械性地低头看表，随后说："一点半。"

　　辛荷又问了一遍："那你不去公司？"

　　霍瞿庭烦躁地说："你管那么多？"

辛荷倒没怎么觉得害怕，只是迟钝地感觉到他心情不好，于是把嘴闭上了。

霍瞿庭按了铃，又起身，好像要亲自去叫医生。辛荷看着他的背影，心里突然觉得慌张，叫了一声："霍瞿庭。"

霍瞿庭停下脚步，但没转头。

辛荷说："你别走，医生自己会来的。"

霍瞿庭在原地站了一会儿，在辛荷以为他还是要走的时候转了回来，重新坐到椅子上，木着脸。

辛荷其实很累，醒来以后说话的声音也很低，看他不动了，才把半睁的眼睛闭上，嘴唇轻轻地抿了一下，像是在笑。

他一直住到开春，过年那天，医院里也很热闹。

辛荷期待了很久，可能过一年，就是他自己又挣了一年的时间。但那天他没醒，不知道是睡着了还是晕过去了。

病房里放了很多红鸡蛋，有家里的保姆探望他时带的，也有单英他们拿过来的。

他很会讨人喜欢。霍瞿庭心想。

大年初一下午，单华和单英又来了一次，辛荷刚吃过饭睡着了。他们看了一眼，就到走廊里跟霍瞿庭说话。

所有人都长大了，不再像小时候那样亲密，车祸以后，霍瞿庭就减少了跟他们的来往。

单华曾经问过霍瞿庭，车祸前霍瞿庭联系他，让他在 D 市等自己和辛荷是什么意思。

霍瞿庭也只说没事，然后单华就听到了辛荷被赶出霍家的消息。倒是事件的另一主谋辛蓼，在两家人的消磨和协商下，事情越拖越淡，最终什么事都没有了。

只要有心，成年人的疏远是很容易做到的，即使彼此在酒会和高尔夫球场上碰到，还是会拍着肩膀笑着打声招呼，但也仅限于此。

单华和余存一向理解，并将其归因于一朝被蛇咬，十年怕井绳。

等到终于被确认没有"毒液"的辛荷回到港城后，他们才又慢慢儿又开始碰面。

他们聊了几句辛荷的病情，刚住院两三天，医生还没有给准话，所以没几个来回，就又都有些无话可说。

"刚是谁在病房抽烟？"单华突然想起那股烟味，"你？"

没等霍瞿庭说话，他就皱了皱眉，看向霍瞿庭的眼神里有没经过掩饰的不满，但没多少敌意："小心点儿吧。"

然后单华又说："先走了，小荷醒来麻烦你带声好。"

单英跟在单华后面，冲霍瞿庭弯了一下腰："老板，过年好，好过年，再见！"

他们走后，霍瞿庭也没再在医院待多久。他没法儿推掉年关前后的交际，他需要大量人情。

晚上九点多，医院打电话说辛荷醒了。刚好他也要结束应酬，在回去的路上顺便买了份牛腩面。

"单华来看过你。"霍瞿庭还穿着正式的西装，两条腿分开，坐在病床前，上身前倾，一只手帮他护着碗，看他慢吞吞地吃面，"还有单英。余存比他们来得早，给你带了水果。"

辛荷点点头，说道："哦。"

"余存说你们不怎么见面。"过了一会儿，辛荷说，"他结婚的时候，你送了份大礼，但是人没有去。"

霍瞿庭说："那时我人在国外。"

"他邀你当伴郎，你也没有同意。"

霍瞿庭说："我不方便。"

"嗯。"辛荷喝了口汤，说道，"确实应该少接触。"

霍瞿庭像是没想到他会这么说。

"秘密之所以叫作秘密，就是知道的人越少越好。"辛荷边吃面边随口说，"我也懂这个道理。"

"对了，我的卡还是余存给的。"辛荷抬起头，眼睛里有一丝笑意，"所以以前买东西的时候刷卡签字，也要签余存，他能看到消费记录，在 A 市每次去吃快餐，都要用现金。"

霍瞿庭顿了顿，没想出要说什么。

过了一会儿，他掏出钱包，抽了几张卡丢在辛荷的腿上。

辛荷愣了愣，低头看那几张卡，又抬起头看霍瞿庭，说道："我不是这个意思。"

但霍瞿庭只是收起钱包，好像是说这件事情已经这样决定了，不会再跟辛荷商量。

辛荷只好把那几张卡叠起来，放在自己吃饭的小桌子上。

霍瞿庭觉得他的动作像小朋友收拾玩具。

"以后签什么？"

辛荷用了点儿时间才反应过来，拿指尖碰了碰银行卡的棱角，说道："霍瞿庭。"

"好多笔画。"他突然笑了，"你每天签那么多字，好累。"

"不累。"霍瞿庭的语气里有带着严肃的坚持，"习惯就不累。"

辛荷想了想，只能说："哦。"

像打开了话匣子，辛荷很有兴致地跟霍瞿庭说了很多以前的事情，他、余存还有单华，青春期的故事讲不完。

打球输了或赢了以后都会吵架，在学校一起追余存喜欢的女生，没考好集体改成绩，约好集体旅行但余存总是要陪女朋友……

霍瞿庭默默地听，没有问他为什么不说自己。

过去的霍瞿庭和辛荷之间也有回忆，辛荷从来没有提过。

"我变了很多？"最后他很不情愿地问。

辛荷看了看他，突然笑了，说道："没有。"

霍瞿庭的脸色很臭，辛荷知道他觉得自己在敷衍他。

"真的没有。"辛荷说，"单华和余存是跟你最熟的人，如果性格变了很多，怎么都会有感觉。"

他抿嘴笑了一下，眼睛也弯下来，像在偷偷讲别人坏话："你以前的脾气就不好，不怎么说话，单华和余存经常被你骂。"

"你说我对你很好。"

辛荷说："就是对我很好呀。"

霍瞿庭想说如果没变，难道现在这样就叫很好吗？但他觉得这样说是在打自己的脸，所以没有反驳。

"你忘了呀？"辛荷慢慢儿收了脸上的笑容，但也不像是很难过的样子。

霍瞿庭觉得更多的是叫作"我也没办法"的无奈。

"像我自己不会照顾自己，你忘记了，所以肯定也不会呀。"

霍瞿庭因为他说的"不会"而有些生气，所以没再说话。

吃完饭，霍瞿庭带辛荷洗漱好，在病房里走来走去地收拾东西。

他脱掉西服外套，黑色衬衣的袖口卷到手肘，露出肌理分明的小臂，表情认真，但整理的工作并没像预期中那样顺利。

他先是打不开加湿器的盖子，在辛荷的远程遥控下，才勉强加好水。病房里并不算太干，辛荷又把他叫回去，调到一个适当的挡位。

然后他又摔坏了辛荷的加热饭盒，打不开消毒柜，找不到晾干的毛巾。

"等护工来做吧。"辛荷小心地说，"今天太晚了，你该回去休息了。"

霍瞿庭冷着脸，叉腰站在原地，闻言转头看他。

辛荷安抚他："今晚用不到饭盒，我也洗过澡了，不需要毛巾，没关系。"

"我要用。"过了一会儿，霍瞿庭说，"今晚陪你。"

辛荷说："我很困，你留下也是看我睡觉，不如回家休息得好。"

霍瞿庭说："你管我那么多。"

最近他这句话出现的频率太高，辛荷好脾气地说："好，我不管你，那边桌上的名片有电话，你问问护工毛巾放在哪里，顺便问他消毒柜怎么开。"

灯早就关了。

"不是说很困？"霍瞿庭的语气好像在指责他骗人。

辛荷说："不舒服。"

霍瞿庭沉默了一瞬。

"哪里？"他询问，"要不要叫医生？"

"不用，你把床摇起来一点儿。"

霍瞿庭没有嫌他事多，把床头调到他舒服的高度。

辛荷碰了碰他的手背。

"你今天怎么没有抽烟？"辛荷的手指有点儿发凉，"晚上都没有抽。"

"不抽了。"霍瞿庭硬邦邦地说。

"哦。"

辛荷看样子是要睡了。

霍瞿庭觉得辛荷没有明白自己的意思，所以又说了一遍："以后都不抽。"

"好。"辛荷夸奖似的，很不走心地拍了拍他，困倦地说，"对身体好。"

霍瞿庭感觉自己有些生气，但看辛荷表现出很依赖自己的样子，生气的感觉就又少了很多。

他想，辛荷很笨，也很迟钝，这都不能怪辛荷。

隔天，霍瞿庭通知辛裎来医院。

辛荷不知道，他坐在病床上，双眼无神放空的时候，辛裎站在病房门口，露出沮丧的表情。

霍瞿庭没让他跟辛荷说话，很快就把他带了出去。

霍瞿庭说："如果辛夷还活着，会让他变成现在这样吗？辛荷也是你们辛家的人，你看他现在还有什么人样。"

辛裎脸上的表情更显灰败。

"已经过了年，马上又要提交材料。"霍瞿庭说，"他很可能还要回看守所。"

过了很长时间，辛裎说："你需要什么？"

霍瞿庭直言："钱。"

辛裎缓缓地抬头看他。

霍瞿庭说："之前我不着急，打算跟检察院慢慢儿磨，但我现在改主意了，辛荷很害怕，这件事情一天不完，他就一天记得自己是个罪犯。

"我想让他开心点儿过，但要我在这么短的时间内拿那么多钱出来，不现实，他现在这样，有你儿子辛蓼的一份大功劳，你们不能见死不救。"

辛裎刚张口，霍瞿庭就接着说："别说你不管事，我告诉你，今晚平山飞车要了辛蓼的命，明天你们辛家就只剩辛荷一个继承人，所以别逼我把事情做绝。"

霍瞿庭的脸色很平淡，甚至微微带着笑意，衣着光鲜，姿态端正，却无端使人胆寒，好像这样的处理结果，已经是对辛家的施舍。

辛裎的脸色一直很难看，过了好久才缓慢地说："我来想办法。"

"尽快。"霍瞿庭笑着说。

辛荷有惊无险地住了次院以后，发觉霍瞿庭对自己的态度又好了很多，多了很多耐心。

霍瞿庭有时也会愿意对他说些案子的进展。

——就是一直僵持着，没有什么进展的进展。

"你把事情拖到没办法了。"霍瞿庭会臭着脸拿这句来做总结，像全是辛荷的错。

辛荷便会向他道歉："对不起。"

霍瞿庭大度地说："没关系。"

辛荷只知道霍瞿庭的脾气变得越来越好，脸上很多时候都带着笑意，但家里的气氛越来越压抑。

这让他想到几年前在 A 市的时候，霍瞿庭那么亲切，保姆在他面前却噤若寒蝉。

"没有呀。"霍瞿庭说，"我白天都不在家，上哪里对保姆发脾气？"

辛荷有点儿紧张，但看他没生气，还是硬着头皮说："我听说……我听说厨房一个阿姨前天下午少炖了一次汤，就被你开除了。"

霍瞿庭的动作停了一下，续道："你不用管这些事，知道吗？好好吃饭，好好吃药，其他的事都不用你管。"

辛荷本身不是很坚持的性格，霍瞿庭又说起别的话题，他还是又说："你不要太紧张。"

霍瞿庭的表情有些不好了，辛荷便主动凑过去，像哄小朋友一样地说："我不会轻易就出事的，你自己想想，是不是你太紧张了。你让我待在家里，我也听你的话待在家，对不对？

"而且我一直吃得少，你也知道，我们不说这件事情，但是下

220 ⑥

一次你可不可以不要这么紧张？你想想，要是保姆忘了炖汤，你会因为这个就开了他们吗？"

霍瞿庭不肯回答这个问题，还因为不想跟辛荷对话，索性闭上眼睛，一副拒绝沟通的样子。

辛荷知道他听进去了，就没再继续烦他，自己睡了。

到了需要提交材料的时候，霍瞿庭和律所都脚不沾地地忙了几天，不光应付这个案子，还有股东大会要开。晚上终于要回家的时候，单英把从医院拿来的资料整理给他，放在一个牛皮纸袋里，鼓鼓囊囊的一包。

霍瞿庭下午给辛荷打过一通电话，说晚上十一点肯定会到家，这一刻已经十点半，霍瞿庭匆匆忙忙地拿上那个牛皮纸袋。等回家以后，保姆才说辛荷一整个下午都没下楼。

保姆被他脸上的表情吓到，慌忙解释辛荷以前也经常有长时间睡午觉的习惯，所以才没有去叫他。

保姆说的确实是真的，霍瞿庭也知道，但不知为什么，霎时就有使人摇摇欲坠的慌乱从脚底升起。

霍瞿庭只记得辛荷叫自己不要跟保姆发脾气，所以什么都没说，抬脚上了二楼。

推门的时候，霍瞿庭感觉自己的手有些发抖。辛荷确实在睡觉，他打开灯，走过去看到对方睡得平静的脸。

"起来，别睡了。"

辛荷慢吞吞地在床上动了几下，翻了个身，拿手胡乱地扒拉糊在脸上的头发，睡眼蒙胧道："干吗呀？"

"吃饭。"

辛荷昨天晚上一直折腾，难受得睡不着，上午也没睡着，感觉自己刚睡下没多久，霍瞿庭就来戏弄他了。

"几点了？"他拿被子盖住半张脸，求饶似的说，"你不睡吗？"

霍瞿庭轻声哄他："起来吃点儿东西，听话。"

辛荷虽然不情不愿，但还是乖乖地从床上爬了起来。

他歪斜着身子，盘腿坐着，被子还纠缠在身上，整个人显得困倦不已，揉着眼睛说："你把灯打开。"

霍瞿庭愣了愣："什么？"

辛荷好歹睁开了眼睛，视线茫然。霍瞿庭从没见他那么困过，好像真的睡得很香。

但他后悔叫辛荷起床的情绪初露出头，就被另一种荒唐的猜测完全覆盖。

"把灯打开。"辛荷根本不看他，目光直直地看向前方，好像并不知道他的具体方位，"真的要吃东西吗？现在几点了？"

霍瞿庭保持着那个单膝跪在床边的姿势，看辛荷摸索着去按床头灯。

"十一点多。"霍瞿庭的声音没有一丝起伏地说，"灯开着，你看不到吗？"

辛荷看不见了，医生没有过多惊讶，只说是因为脑部供血不足，所以导致视力受影响。

医生又一次否定了霍瞿庭换心的提议，辛荷的身体无法再支撑大动干戈的手术，更换对他来说是个伤筋动骨的大工程，只能一次次地修复。

当晚辛荷要留在医院观察，二人都很沉默，霍瞿庭觉得他会不习惯看不见的生活。

辛荷对他说了实话："其实最近偶尔会这样，不过每次都是马上就好了，我才没有说。"

他表现得很镇定，如果霍瞿庭半夜没听到他在梦里哭，一定也会相信。

"辛荷。"霍瞿庭拍拍他的脸，轻声叫他，"辛荷，你在做梦，醒一醒。"

辛荷还在抽泣，好像醒了过来，又好像还没醒，反手很轻地抓住了霍瞿庭的手，含混不清地叫他："哥哥。"

"嗯。"霍瞿庭说，"别哭了。"

辛荷的眼泪惯性地掉出来，好一会儿后，他才小声地说："梦到跟你一起睡午觉，在宿舍。"

霍瞿庭说"好"，辛荷接着说："我跟你吵架，不让你住我的房间，后来你生气，就跑回港大，四天都没来。我去找你，还以为你会骂我，没想到你问我这么热想不想喝冰水。

"我说想，你就带我去买绿豆水，喝一杯，带一杯。那天第一次去你的宿舍，你的室友我都不认识，你说'这是我弟弟，叫辛荷'。

"他们就说'小荷，你哥把你穿裙子的照片给我们看了'。

"我想，我明明没穿过裙子，结果照片上是八岁的时候，单华买的那条。"

"后来呢？"霍瞿庭摸着他的背低声问，"又吵架了？"

"没有。"辛荷说，"我忘了，不知道怎么样，后来就跟你一起睡午觉，别人都睡着了，你小声地对我道歉，你说'小荷，对不起，哥哥错了'。

"因为哥哥总是犯错，所以我说……我说'没关系，下次还要喝冰水好不好'，你说'好'，我说'买两杯'，你说'不可以'。"

霍瞿庭没有问他这有什么好哭的，他也好像还没完全清醒。没过多久，就被霍瞿庭拍着背重新睡着了。

霍瞿庭摸了摸他不知道还能不能看见的眼睛。

霍芳年已经死了，钟择死得比霍芳年还早，拿了一大笔钱回家以后，就照着霍芳年的意思，自己开车从高架上冲了下去，还祸害了另外两辆车里的三个人。

霍瞿庭轻轻摸着辛荷的后脑勺儿，耳边是他因为刚才哭过而有些重的鼻息。

辛荷看不见的第三天，仍是自己在医院待着。

到了下午，霍瞿庭刚进门没多久，就洗了手削苹果。电视机开着，正在播晚间新闻。在嘈杂的背景音里，辛荷听到一条早已经传遍港城的消息。

"什么？"辛荷剧烈地抖了一下，他什么都看不到，又问了一遍，"新闻上说什么？"

"辛蓼死了。"霍瞿庭给他喂了块苹果，说道。

第三十章

比烂

★

☾

　　辛蓼的车祸结案很快，唯一的孙子轻飘飘地死了，辛或与似疯似癫。

　　但案情的确简单，为了排查他杀的可能，当天一起堵车的人都接受了调查。警方给出结论：出事当天，辛蓼开的那辆车超过了检修期限，后轮松动，刹车片磨损严重。他爱玩，常参与地下赛车也不是新鲜事，甚至一再因副驾驶座频繁换嫩模而登上小报，没有任何保护措施，速度又太快，从半山腰上冲下来，那样的情况，不死反而奇怪。

　　单华和余存先后跟霍瞿庭见了几次面。他拿了钱，也承了情，把所有独自办不了的事情摆到台面上说清楚。单华分头找人，余存继续跟家里弄钱。

　　他们最近一次一起吃饭，只喝了一点儿酒，但在停车场分开的时候，余存突然过来揍了他一下，实打实的一拳，叫他险些掉了一颗后槽牙，嘴里出了很多血。

　　听说辛或与在病房怒吼，要他付出代价，但结果也只是自己又进了一趟抢救室。

就像当初跟进霍氏分家的过程，讨论别家财产这回事，总是下饭利器，永远不会疲惫。一时间舆论哗然，说的也都是辛家后继无人，没有一个人把它当成一桩凶杀案。

　　辛荷出院以后，霍瞿庭出门就少了一些，虽然还是很忙，但待在家里的时间确实比以前多了很多。

　　他总喜欢把辛荷从一个地方带到另一个地方，好像辛荷不只是眼睛看不见，而是连腿脚都需要他代劳。

　　"讲你巨富压身。"他陪辛荷坐在沙发上晒太阳，一边给辛荷念新闻，念完自己笑了一下，"也没写错，真要那样，到时你比我有钱。"

　　辛荷习惯握着他的一只手，听完以后也配合地跟着笑了一下。他捏辛荷的脸，说道："敷衍。"

　　天并不冷，但辛荷还是穿了件白色的薄毛衣。他向后靠在沙发背上，侧身面向霍瞿庭，一边脸贴着沙发，一边脸在阳光里。他晒得舒服，半闭着眼，睫毛微动，懒洋洋地问："那怎么才算不敷衍？"

　　"本来也没有多好笑。"他补充道，"我怕你被警察抓走。"

　　"跟你说过多少遍了？"霍瞿庭说，"不关我的事。"

　　辛荷靠在沙发背上，轻声说："我不信。"

　　霍瞿庭看着他的脸，没有在上面找到恐惧的情绪，似乎他们只是在说一件很小的事情。

　　"真的。"他说，"就算死人会说话，也不关我的事。"

　　辛荷缓缓地点了点头，说道："那就好。"

　　二人安静地坐着，霍瞿庭一会儿没说话，他就有些紧张地确认了一下握着的手，叫了一声对方的名字。直到头上有触感，他才假装生气地说："你下次不要再这样了。"

　　霍瞿庭伸手捏住了辛荷，问道："不要怎么样？"

辛荷抿抿嘴说："算了。"

"不会让你找不到。"霍瞿庭把他没说的话说了一遍，"记住了。"

"你也不可以让我找不到。"过了一会儿，霍瞿庭加了一句。

午饭好了，霍瞿庭打算带着辛荷去餐厅，但刚弯下腰，就被他拒绝："自己走。"

他抓着霍瞿庭的手腕，睁开的眼睛里茫然的视线没有落点，即使已经走过很多遍，他仍有些害怕，不太敢迈大步，脸上的表情很严肃。

走到一半，单华默不作声地进了未关的前门。

霍瞿庭对他扬了扬下巴算打招呼，保姆从他手里接过包和外套，又帮他拿鞋。

辛荷专注自己脚下的路，听到单华叫自己，才发觉房间里多了个人。

"来得刚好，午饭正准备端出来。"

他抬起头笑的方向有些偏，单华就调整了一下自己的站位，应道："路过，就想着来看看你。"

"你朋友呢？"最近霍瞿庭给辛荷读了很多新闻，可信的不可信的，有什么读什么，让他觉得自己比失明之前还要紧追时事要闻。他八卦道，"怎么没有带过来一起？"

单华说："好事不出门。"说完他又笑，"下次带他过来。"

霍瞿庭带着辛荷往前走，辛荷也不再急着记路，只抬脚跟着霍瞿庭走，一直在跟单华说话，讲对方新交的对象。

单华而立之年的厚脸皮很快被他问到脸红，仅仅需要三个问题："对方多大""那还在上学吧""你对象家里人知道吗"。

"先吃饭。"霍瞿庭把勺子递到他嘴边，让单华松了口气，"你比人家小一岁，操那么多心。"

227

辛荷脸上喜气洋洋，好像是自己新交了对象："我好奇。"

单华接触过的人不少，但这么害羞还是第一次。

霍瞿庭说："多来几次，就都一样。"

"唉。"尽量减少存在感的单华突然说，"不会的。"

辛荷被他的语气逗笑，偏过头躲开霍瞿庭递过来的下一勺饭，夸单华好甜。

但霍瞿庭在吃饭这件事情上非常霸道，辛荷争取到自己吃饭的权利，碗里就又多了两块鱼。他来不及再八卦，等他勤勤恳恳地"打扫"干净碗里的食物，单华也要告辞了。

霍瞿庭上楼去拿辛荷要吃的药，让单华先带他去沙发上坐着。

这个工作已经不是第一次做，但单华仍然很紧张，一只手腕被辛荷抓着，另一条胳膊护在他后腰，挨得很近，似乎随时准备把他双脚离地拎起来。

好在辛荷没有摔倒，安全抵达了客厅。单华松口气，也在他对面坐下，喝了口水，突然说："小荷，我问你个问题。"

辛荷点头道："好。"

单华问："如果你跟你哥生气，你哥是怎么道歉的？"

辛荷说："我不跟我哥生气呀。"

"要是他做错了呢？"单华说，"我不信他没惹你生气过。"

辛荷想了想，说道："那我就原谅他。"

单华说："你再想想。"

辛荷努力地回想，最后说："真的。"

霍瞿庭的声音在他身后响起："你看，我骗你了吗？"

单华憋气地看他一眼，说道："你欺负小荷脾气好。"

霍瞿庭把配好的药放进辛荷手里，试了一下水的温度，又把水杯递给他，一边看他吃药，一边背对着单华说："是我命好，你羡慕不来。"

单华走后，到了晚上辛荷想起来，又问霍瞿庭单华怎么了，是不是跟对象吵架了。

霍瞿庭说："第一次谈恋爱没经验。"

辛荷想问为什么他的语气有点儿幸灾乐祸，但他显然"脾气不好"，已经开始怪罪辛荷太关心别人的事，把辛荷一顿收拾。

辛荷很有眼力见儿地乖乖睡了，隔天，趁霍瞿庭不在的时候，才打电话给单华，向他传授丰富的经验。

"我哥先带我去吃饭，然后一起逛商场，买了几块钻石手表，最后送了花。"单华阴阳怪气地学了一遍辛荷认真的语气，说道，"我还以为你有什么可牛的，真没说错，就是命好，比烂谁比得过你？"

霍瞿庭阴着脸说："还有事吗？"

单华说："没了，就是心情不爽。"

霍瞿庭便说："挂了。"

"等等。"单华的语气严肃了点儿，"下周二晚上出来吃饭，时间地点之后定，上次你说的那个人约到了，十几个人一起，鱼龙混杂不惹眼，方便见面。"

霍瞿庭答应了一声，两边沉默一会儿，便挂了电话。

辛裎安静了一段时间，紧接着通过多方联系不再见他的霍瞿庭，被忽视了几天，霍瞿庭才答应在公司见他一面。

前后不过一个月，辛蓼葬礼的那天，霍瞿庭还在报上见过他的脸，他突然就老得没了骨头，皮相再没有风流这一层光。

不过他还是比辛或与好一些，据说辛或与从出事那天进医院以后，就没能再出院。

霍瞿庭的秘书泡了杯咖啡给他，二人面对面坐着。他干瘪的手发抖，连杯子都拿不起来。

"辛先生找我什么事？"还是霍瞿庭先开的口。

辛裎的嘴唇哆嗦，好一会儿才说出话："你说的，你要钱……为什么又要去动他？"

"听不懂你在说什么。"霍瞿庭说，"不过最近辛蓼的事我有听说，事情太多，葬礼就没有去，还请见谅。节哀。"

辛裎死死地握着那杯咖啡，良久后，说道："他不会这么算了的。"

这个"他"指的是辛或与，霍瞿庭知道。他看着辛裎笑了一下，说道："巧了，因为我也不会这么算了。"

"霍先生，我一直以为你是很理智的人，所以我才想当然地以为你明白，现在利用一切力量把辛荷从案子里保出来才是首要的，我答应过你会弄钱，并不是在敷衍你，相信你查得到，所以我想不通……"

他脸上的表情很痛苦。

即便辛蓼再坏，没有正形、花天酒地、挥金如土、以众多桃色新闻横空出道后长居小报头条，但失去这个儿子，辛裎仍然感到十分痛苦。

那痛苦中或许还有对自己无用的挫败和对过去的悔恨，如果没有辛荷，他现在十拿九稳是辛家的话事人，所以他把对自己的悔变成对辛荷二十几年的漠视。此时辛蓼的死令他痛苦，而辛蓼因辛荷而死，则相当于在他的伤口上喷洒化骨毒药，令他痛不欲生。

"一个时期有一个时期的处理方法。"霍瞿庭诚恳地说，"你也知道，辛荷看不见了。"

"他只是看不见！"辛裎忍无可忍，眼眶因愤怒而发红，"严重到需要一个人的命吗？！"

辛裎握拳起身的动作顿住，因为他被突然抬头的霍瞿庭的眼神吓到。

发现辛荷看不见的那天晚上，霍瞿庭一整夜都没有睡着，隔天到律所去，才发现没有带需要的材料。

他拒绝了单英回去拿的提议，直接回了医院，陪在辛荷身边，没再出门。

当天晚上，辛荷睡着以后，他走到病房的外间，第一次把塞满的牛皮纸袋里的东西一样样拿出来细看，发现医院按流程批下来用作证明辛荷病情的材料里，还包括辛荷换肾手术的录像。

光盘上，分视角总共有四张，手持 DV、手术室的监控镜头和主刀的头戴式 DV，还有用作教学存档的剪辑版。

前三张光盘的时长相当，从手术开始到结束，总共六个小时二十分左右，笔电放在霍瞿庭的膝盖上，黑暗里，只有屏幕和他的脸是亮的。

在手术室的监控录像中，他找到辛荷惨白的脸，最初麻醉逐渐开始生效，主刀医生似乎跟他说了句什么，他轻微地点了点头，然后就闭上了眼睛。

那已经是两年前的录像，第一次得见天日，被两年多以后的霍瞿庭看到，仍使他从头到脚发凉，仿佛每一根头发丝都渗入寒意，每一根血管都阻塞。

他看到录像里的辛荷闭着眼，觉得浑身都像灌了铅，绝望盈满胸腔，好似亲眼所见辛荷的死亡。

隔壁手术间的辛彧与成功地进入监护病房后，辛荷还在手术台上待了两个小时，而病历也清楚地说明，手术之所以用了那么久，并不是因为取肾不顺利。

是因为手术即将结束时，辛荷的心跳停了三分四十二秒。

文字记录手术的每一条细节，每一个字都客观、真实，也都冰冷、无情。

"晚八点二十一分，缝合结束，病患心脏骤停，除颤无效，胸外按压无效，静脉给药 1mg（毫克）肾上腺素，20ml（毫升）生理盐水冲管。无效。

"晚八点二十三分四十秒，持续除颤、CRP（C 反应蛋白）无效，静脉给药利多卡因 75mg，30ml 葡萄糖液内推注。无效。

"晚八点二十四分五十一秒，心跳恢复，伴随充血性心衰，仍有停跳预兆，静脉滴注利多卡因六小时。"

他在 ICU（重症监护室）待了三天，差一点儿就没醒来。

霍瞿庭看到辛荷徘徊在生死边缘的其中一次，又像冰山一角，仿佛已经看过太多次。

太晚了。原来太晚的不只有辛荷，还有他。

辛荷在屏幕里向死亡靠近，他能做的只有旁观。

霍瞿庭想到做第二次心脏手术的那天晚上，辛荷在离港之后第一次打电话给他，是因为"感觉这次可能会死"。

辛荷麻木地问自己，为什么那天晚上，在电话里，自己连一个字都没有说。

即便当时有再多的误会，他也该想到，辛荷如果真的只是预谋要见他，不会在手术开始前三十分钟才打那通电话。

辛荷只是感觉到了死亡，而那一瞬间，十八岁的辛荷对这个已经让他受了太多挫折的世界竟然还有牵挂。

霍瞿庭连一句敷衍的"加油"都没讲。

他突然意识到，如果那一天辛荷死了，那就成为他从自己拼命也要保护的人身上得到的最后的东西——几声电话被挂断的忙音。

而后他将被草草埋葬在他乡、霍芳年提前获得顶罪人选，而霍瞿庭或许此生都不会再有想起他的一天。

在霍瞿庭的生命里，他将永远是一个利益至上的背叛者，一个彻头彻尾的恶人，生来带着原罪，死后也不干净。

那通电话里，哪怕自己只讲一个字也好呀。

到了换肾的那天，难道辛荷就不怕吗？

直到现在，霍瞿庭不小心要碰他肚子的时候，他还会吓得发抖，他怎么会不怕？

辛荷只是从那通被挂断的电话中，真正明白了自己只能咬牙硬着头皮独自往前走的道理。一切苦难发生在别人身上，是苦难，发生在辛荷的身上，就是寻常的。

他甚至连一些无用的同情都没法儿得到。

终于挺过心脏手术、被挖开腹腔夺走一颗肾脏，辛荷重回港城，来领自己最后一桩名叫"入狱等死"的任务时，在那栋老旧的住宅楼里，狭窄的楼梯间，他们再次见面，辛荷将冰奶茶藏到身后，而霍瞿庭对他说的第一句话，是不许他叫哥哥。

霍瞿庭曾以为辛蓼的死可以带给他一段时间的平静，但毫无预兆地被辛裎简单的"只是"两个字激怒。

可他握紧拳头，最后也只喝了口水，便叫秘书送客："你的精神不太稳定，回家休息吧。"

辛裎被请出办公室之前，还抖着声音对他说："你会有报应的。"

霍瞿庭并不反驳："我们都会有报应，我和你。"

——我们都不干净，我们都死有余辜。

霍瞿庭在办公室静静地坐了二十分钟，直到秘书来通知他开会。最近运转的资金金额太大，他忙得脚不沾地。

霍瞿庭晚上到家以后，辛荷已经睡了。

霍瞿庭在黑暗里叫他的名字："辛荷。"

"嗯？"辛荷小声地答应。

霍瞿庭说："没事。"

辛荷迷迷糊糊地凑到他跟前，胡乱地揉了揉他的头，安抚似的："很累就赶快睡觉，睡吧、睡吧。"

隔天早上，辛荷先醒。他坐在床边，霍瞿庭板着脸走来走去，换衣服、拿领带。

"今天忙不忙？"

"哪天不忙？"霍瞿庭语气平平地反问。

辛荷"哦"了一声，又问："那你几点下班？"

霍瞿庭答道："说不好。"

辛荷脸上笑嘻嘻，问完惯例关心的问题，送走惯例不高兴的霍瞿庭，开始了惯例无聊的一天。

不过下午霍瞿庭回家早了点儿，他没要阿姨帮忙，自己做了顿饭，跟辛荷挨着坐在一起吃。

吃完饭，霍瞿庭去帮辛荷拿要吃的药，兑了杯温水，放在辛荷手里，叮嘱他："有点儿烫，慢些喝。"

辛荷顿了顿，说道："哦。"

过了一阵子，霍瞿庭偶尔会提前下班，回家自己做饭。

晚上回到卧室，辛荷闭眼躺了一会儿，突然叫道："霍瞿庭。"

"嗯？"

"你最近都没骂过我。"

"你什么毛病？"霍瞿庭语气不太好地说。

辛荷说："就是这个语气，你好几天没有用这样的语气讲话了。"

霍瞿庭没说话，辛荷就笑嘻嘻地拉了拉他的手，好像他对自己太好会不舒服。

次日早上，霍瞿庭出门前都没跟他说话，不到十一点的时候，就接到了家里打来的电话。

他怕辛荷有事，所以接得很快。

"我打碎了一个杯子。"辛荷有些紧张地说。

"割伤没有？"霍瞿庭问，"身边有没有人？"

辛荷说："已经被收拾好了，我就是跟你说一声。没有割到。"

霍瞿庭松了口气，已经在盘算应该把他的水杯和碗都换成塑料材质的。

辛荷试探地问了句："今天几点下班？"

霍瞿庭觉得自己总有一天会被他若即若离的态度弄疯。

不理他的时候，他会一直很有耐心地示好，但只要发现霍瞿庭对他的态度变好，又会立刻表现出惊恐和退缩。

他的每一天都在演练濒临死亡，严格地将霍瞿庭拦在那条"一点儿付出"的警戒线外。

"你管那么多。"

听到这句，辛荷已经单方面认为没事了，警报解除，三言两语挂了电话，声音软绵绵，说要去喝汤。

下午六点，霍瞿庭提前回家，单华和余存都在，还有余存的老婆和单华的对象，除了余存，其他人都不在客厅。

"单英呢？"单华从厨房探出头问。

霍瞿庭边换鞋边说："下班回家。"

"臭小子。"单华说，"昨晚才跟他讲我今天过来。"

余存在露台上大爷似的倚着，高声说："他知道你过来才不来。"

辛荷正坐在沙发上吃水果，听见声音以后就对着门口扬起笑脸，跟平时有些不一样，带点儿讨好的意味。

霍瞿庭走到他身边，弯腰吃了一口他又起来的苹果，问道："药吃过没有？"

辛荷点头说："吃了、吃了，余存拿来好大一条鱼，晚饭还要好久，你等等。"

霍瞿庭本来表情不太好，但一则辛荷看不见，二则伸手不打笑脸人，于是顺着话题问他："你怎么知道鱼很大？"

辛荷说："摸的。"他张开手给霍瞿庭比画，"有这么长。"

他还记着霍瞿庭生气的事情，所以撒娇都比平常明显。

霍瞿庭在沙发上坐下，习惯性把他拉到一旁。

因为家里有别人在，辛荷有些不好意思，但也没有拒绝。他用牙签叉水果给霍瞿庭吃，怕戳到霍瞿庭，所以手每次都停在碗的旁边，叫他："你吃。"

霍瞿庭低头，碰了碰他的手背："臭的，摸过鱼没洗手。"

"洗过！"辛荷自己闻了一下，"明明不臭！你问小方。"

他的头转向沙发一边，是空的，没有人，可能小方刚才走开的时候他没有发现。

霍瞿庭不让他说话，嘴上说："是、是。"

过了一会儿，单华的对象小方，拿了杯水从厨房出来了。霍瞿庭冲着对方做了个噤声的手势，又指了指辛荷身边。小方有些疑惑，不过还是走过来坐下以后才开口说话："小荷，你要不要喝水？"

辛荷笑眯眯地说："喝一点儿。小方，谢谢你。"

小方是第一次来家里，以前出去吃饭的时候，单华没带过小方，所以除了那次上报，不光辛荷，霍瞿庭和余存也都是第一次见。

来之前，单华已经在背地里警告了一百遍，说他媳妇儿脸皮薄，谁都不许开玩笑。

但他有些白操心，因为余存有家室，霍瞿庭不至于上赶着去他对象面前没事找事，他们不过骂他两句老牛吃嫩草。

头一回露一手的单华给从没露过手的余存老婆打下手，一群人等到八点，才终于上了桌。

听了曲军歌似的生日快乐，吹完蜡烛，巴掌大的蛋糕就撤了下去。单华拿杯子碰了碰辛荷的水杯，说道："小荷，生日快乐，又长大一岁，今年以后都平平安安。"

辛荷被霍瞿庭摸了摸后脑勺儿，点头说："会的，谢谢单大哥。"

酒杯里都有酒，但霍瞿庭不喝，单华和余存开车，也不喝，所以闲聊比较多。

最近事情多，辛荷定好日期的手术、检察院那边还不确定会不会提起的公诉和辛家平静之下的混乱，他们越聊越严肃，一直谈到辛荷被霍瞿庭先送上楼睡觉，都还没散。等余存老婆发现的时候，不怎么说话的小方的酒杯已经空了。

"小方是不是醉了？"

小方身板还挺得很直，但低着头，被单华捏着后颈抬起头来，发现对方的眼圈都红了。

单华叫小方的名字，小方还答应，声音很平稳，表情也很正常，一身学生气，就是脸发红，眼睛不聚焦。

"醉了。"单华板着脸，眼睛里露出点儿笑意，站起身把小方往怀里搂，喝醉的那个倒是很听话，乖乖地跟着走。

刚好时间也不早了，余存一家也跟着一起离开。

余存的老婆看了他们两眼，突然说："我看小方不比小荷大，单华，你该不会是不好意思说人家到底几岁吧？"

单华愣了愣，然后也笑了："我倒不怕小方小，要是更小点儿，我天天养孩子似的养着小方。"

余存的老婆努了努嘴，一脸看不上的表情，一边上车，一边说："得了便宜卖乖。"

余存幸灾乐祸道："她最正义，最近一直担心你，你小心点儿。"

车已经开走了，余存的老婆看了一眼后视镜，见单华不知是哄还是吃豆腐，贴小方贴得很近，又笑了，说道："你们几个，一个赛一个不要脸。"

霍瞿庭看单华哄着人上车，又费劲儿地探身到后面不知道找什么，就提议让他干脆住一晚。

单华还在跟手里的人较劲，闻言，说道："小方明天还要去学校，要回去拿东西。"

霍瞿庭便不再多留，只说了句"路上小心"。

单华又叫他："我跟你说句话。"

六月的气温已经很高了，他把车门关好，打着火以后开了空调，才重新下车。

霍瞿庭站在门口，单华立于几级台阶下，一个人倚着门，另一个倚着车，中间隔了两三步。

单华一只手撑在车头，一只手叉腰，衬衣卷到手肘，闲散地抬头看了一眼天空，又望山脚下，过了一会儿，才说："他在手术之前在我这里放了一些东西，说如果他没醒，就让我给你。后来他醒了，我又急着走，就一直留在我身边，他也没再提这件事情，一晃就过了这么长时间。我想今天给你。"

单华嘴上说着给，却没动。

霍瞿庭说："来。"

"你想要吗？"单华说，"先想想，我怕你揍我。"

霍瞿庭冲他伸出手，他就从放在车里的包里拿出一个信封。

信封上印的抬头还是辛荷做手术的那家医院的名字，很薄，只在底部有一个硬硬的东西，像个 U 盘。

单华递到霍瞿庭手里，对方问道："你看过？"

单华说："那时候你们闹成那样，我不可能不看。"

过了一会儿，他又说："其实我没看。我知道他害不了你，害自己还差不多。"

他开门上车，抬手碰了碰副驾驶座上睡得乖巧的人，冲霍瞿庭扬了一下下巴："走了。"

霍瞿庭在书房拆了本就没封口的信封，可能辛荷也没想过这个东西可以保持神秘地到达霍瞿庭手里。

他先打开那张没写几个字的纸，发现并不是什么剖白，反而像是一封道歉信，因为辛荷写了很多个"对不起"，又没说因为什么。

四五行之后，末尾写了句话，说："希望能补偿你一些，我也很后悔，所以少恨我一点儿吧。"

字迹不是很整齐，"后悔"的地方原本写的是"痛苦"，被他胡乱画掉，然后改成"后悔"。

U 盘里是一些 PDF（便携式文档格式）版本的签过字的文件，

辛荷对自己的遗体做了非常严密的安排，只要他一死，所有的脏器都会得到严密的保护，并且处置权在霍瞿庭手里。

他在那封不像样的道歉信里教唆霍瞿庭拿着它去找急于换肾保证健康的辛或与谈条件，以便在合作中得到好处。

霍瞿庭想了一下那种可能。如果辛荷真的死在那天，这份文件又被单华带回给他，或许他真的会这么做。

辛荷睡得不熟，霍瞿庭推了他几下，他就醒了过来。

"疼不疼？"霍瞿庭俯下身问，"嗯？"

辛荷说："不疼。"

他身上是一种不见天日的白，最近被很精心地养着，所以肚子和胸脯上稍微有了一些肉，不再露着肋骨的形状，但霍瞿庭还是摸到了他薄薄的后背上两片明显的蝴蝶骨。

辛荷看不见他红了的眼睛和略显阴鸷的神情，只听见他低喃道："你的心怎么会这么狠？"

在真切认为自己会死的当下，留下的只言片语竟然也是欺骗，他没给也许会恢复记忆的霍瞿庭留下一条退路，从他做决定让一无所知的霍瞿庭拿他的身体去交易的那一刻开始。

霍瞿庭真的很迷茫，又叫了两声辛荷的名字，问他："你怎么能做到这么狠心？"

看着大半夜把自己弄起来，然后阴阳怪气的霍瞿庭，辛荷没来由地感到害怕，脸埋在掌心里，吸着气哭。

"好了、好了，服了你。"没等他哭多久，霍瞿庭就换了副好像是他无理取闹一样的语气说，"别哭。怎么，弄疼了？"

辛荷哽咽着说："没有。"

过了一会儿，辛荷带着微弱的哭腔说："可以睡了吧？"

"不道歉吗？"霍瞿庭用不是很严厉的语气低声说。

辛荷问："什么？"

霍瞿庭没说话。他也没想出辛荷该为什么道歉。

"对不起。"辛荷迷迷糊糊地说，"打碎了你的杯子，对不起。"

确实应该为此道歉。霍瞿庭把薄被扯到辛荷肩头盖好，手背贴了一下他的脸颊，没有发烧。

过了好一会儿，他低声说："原谅你了。"

隔天，辛荷醒得有些晚，发现霍瞿庭在房间里。

"几点了？"

霍瞿庭说："九点半。"

辛荷的头一扭："你迟到了！"

霍瞿庭没说话，辛荷爬起来的时候说："起床，我要洗漱。"

霍瞿庭一言不发地带他去洗澡、换衣服。他已经比较熟练了，所以动作很快，霍瞿庭不耐烦地催了他两句，也没在他脸上看到伤心的神色。

"以后就这样吗？"霍瞿庭没头没尾地问了一句。

辛荷问："什么？"

霍瞿庭在他的肩膀上推了一把，让他在床边坐下，动作不太客气："这样，你就喜欢这样是吧？"

没等辛荷说话，他又大步走过去，从床头柜拿过昨晚就一直躺在那里的那张皱巴巴的纸和U盘，塞进辛荷手里："你真伟大，死也要让身体得到最大化利用，我该说谢谢吗？你告诉我。"

辛荷愣了好长时间，才反应过来霍瞿庭给自己的是什么。他捏着那些东西的手有些发抖，过了好一会儿才说："不是……"

"不是，那是什么？"

辛荷慢慢儿收起脸上的表情，垂着眼努力平静地说："我做了错事，难道不应该做自己能做的补偿吗？"

霍瞿庭意识到，直到此刻，辛荷也不肯直面他虽然没有恢复记忆，但已经知道了事情真相的事实。

辛荷仍把自己放在背叛者的位置上，接受他偶尔的好态度和大多数时间的不耐烦。

一瞬间，霍瞿庭突然感觉自己陪着辛荷演的这一出自欺欺人的戏没有任何意义，他们都拒绝说透他已经知道了真相的重点。也许不是辛荷害怕自己随时会死掉让他难过，而是因为其实辛荷从来没有真正在乎过他的感受，所以才能永远清醒地提醒他们之间都保持在"一点儿付出""一点儿努力"和"一点儿麻烦"。

可辛荷真的在乎过那个拥有记忆的霍瞿庭吗？如果真的在乎，那他是怎么递出那把锋芒刺目的剑，甚至试图亲手指引着霍瞿庭刺向他？

霍瞿庭沉默了很长时间，最后说："辛荷，你真让我失望。"

辛荷的付出的确显示着他的无私，但那是多血腥的无私呀，带着会粉碎霍瞿庭的力量。

"你只爱自己。"霍瞿庭一说，"你真可怕。"

辛荷惨白着一张脸坐在床边，双眼无神，嘴巴微张，似乎无法消化霍瞿庭的那几个字。

霍瞿庭又看了他一眼，转身出了门。

他睡得还算好，也没有喝酒，但就是走得像一条丧家之犬，失魂落魄。

他将近一周没有回家，案子要处理的事情也多，单华跟着他连轴转，有一天想起来问他，辛荷给他的到底是什么，他含糊其词，蒙混过关。

晚上九点多，辛荷照例给他打电话。他看了一眼手机，随它在手边明明灭灭。

跟往常一样，辛荷打了两通就没再打。霍瞿庭的视线集中在电脑屏幕上，过了一会儿，手机上又收到一条消息。

是辛荷发的，内容是："霍瞿庭，你不要不接我的电话。"

霍瞿庭恨他的绝情和狠心，即便脑子里已经完全想象出他拿着手机叫智能工具发消息给他的动作、神态和声音。

霍瞿庭最后还是没有接那通跟着短信再次打进来的电话。

全部麻烦解决的那天，负责跟他对接的人在所有文件上盖章、签字，接着检查、存档，最后告诉他，结果会在五个工作日内公示。

这件事情结束了。

仿佛笼罩头顶几百天的阴云散开，所有人都喘出憋在胸腔里的一口闷气，单华和余存都在，霍瞿庭却没有庆祝的心情，让随行律所的人先走。三个人开了一辆车，汇入车流，走上街道。

走了好一会儿，余存才捶了把方向盘，眉飞色舞地骂了句脏话。

霍瞿庭跟着笑了一下，手机就响了。

是家里的座机号，最近辛荷也试过用座机给他打电话，平时他都是忽略的。

但这天这件事情对辛荷来说意义重大，他想着通知一下总不算是妥协，接通却是家里的保姆在说话："霍生，小荷不太好，我先叫了救护车，马上就给你拨了电话。"

是救护车先到，所以他中途掉头，又赶往医院。

霍瞿庭早已经联系好医生，定好的手术提前开始。他到医院的时候，手术室的红灯已经亮起，家里的保姆等在门口，神色惶恐，已经落下泪来，神态十分不忍。

霍瞿庭几乎站不住，想到这天早上，辛荷还给他发语音，语气软绵绵的，被冷落了这么久，辛荷仍然没多生气似的，只说："你回家来我就给你道歉。"

他靠在墙上，脸色灰败，听保姆断断续续地讲事情的经过。

辛荷好好地吃完药，前一刻还说要吃云吞，三分钟不到，就晕倒在客厅里。

单华也是从保姆的话里才知道，霍瞿庭已经将近二十天没有回家。

他难以置信地转头看向霍瞿庭，见对方的眼睛赤红，嘴唇发白，他攒不住要揍霍瞿庭的手，不由分说拎起对方的衣领，最终却没揍下去。

余存拉着单华，扯开好几步，单华才发觉自己的嘴唇在抖。

单华说："霍瞿庭，你干脆把他弄死算了，他就不用再受你家的折磨了。"

霍瞿庭缓缓地滑到地上坐着，什么都不想说，胸口刀绞似的痛。只想着许久之前，他定好了手术时间，当时在医生办公室，他站在辛荷旁边。辛荷拉了拉他的手，说道："这次做手术要你陪着。"

当时他还记得有关于"一点儿"的约定，并没有贪心地想要更多，所以装作不耐烦地说："知道了。"

辛荷就笑了起来。

他忘不了那个笑容——辛荷的眼睛很弯，是好像很容易就感到非常幸福的小孩儿。

但是他没有做到。辛荷进手术室之前，听到他说的最后一句话是："你真可怕。"

手术做到第四个小时后，单英来了。

最近霍瞿庭跑律所比较多，所以他一直负责公司这边的事情，刚听到霍芳年留下的烂摊子完全收拾好的消息，接着就听到辛荷住院。

单华回了一趟家，霍瞿庭跟余存分别坐在走廊的两边。单华跑了几步，然后走到霍瞿庭身边，把前阵子霍瞿庭让他拿去给律所看的文件重新递给他："我走之前，律所刚送过来，我就一起拿过来了。"

是辛荷 U 盘里的那些关于遗体器官处理的文件，霍瞿庭麻木地从单英手里接过来，视线落在别处。

他已经完全不在乎了，只要辛荷没事，以后不管是"一点儿付出"还是不能再付出，他全部听辛荷的。

单英说："律所说，这些文件全部无效。"

霍瞿庭愣怔了好一会儿，才突然抬头看他。

单英吸了几口气，才继续说："不只是因为不规范，你看，文件最下面那一行水印里，有别的东西，我们自己看是不会注意到的。律所的人说是一个邮箱，后面是密码，我试了一下，登录成功了。"

霍瞿庭的手抖得厉害，戳不准那些不知道怎么回事在突然间变得异常小的键盘按键，单英就把自己还没有退出登录的手机递给他。

能看出前面是他和辛荷之间的往来邮件，但到后面，就只有标红的"99+"的未读邮件，不再有已发邮件。

霍瞿庭一条条地打开，看到辛荷跟以前一样懒散，在邮件里自说自话，从来没有符合过他在邮件中重申过很多次的两百字的要求，全是一些零碎的，没有上下文的句子。

"梦不到你，身体难受。"

"吃饭了吗？笨蛋霍瞿庭，有时候真想冲回港城用力敲你的脑袋。想到你就生气！"

"士兵霍瞿庭，快来汇报近况。"

"死了算了！全部清净！"

…………

"一百年好长，好难等到"。

霍瞿庭花了很长时间才看完这些东西，眼眶酸涩，胸腔闷痛。

第一封不只有只言片语的邮件出现在辛荷做心脏手术的前一天。

他写了很长很长的邮件，把自己的委屈和痛苦全数倾泻，最后让霍瞿庭帮他报仇。

霍瞿庭痛哭流涕地想，他怎么那么幼稚，最后用了"报仇"两个字。

但他没死成，所以东西也没让单华交给霍瞿庭。

五天以后，才有了新邮件，是辛荷从心脏手术中醒来后恢复了一些，他说："世界上有没有后悔药呀？上一封邮件撤回不了了。"

从那以后，他没再说过痛苦，一直到做肾移植手术，他都没再试过联系霍瞿庭。

他破罐子破摔过一次，但是命运让他活了下来，让他彻底屈服了，从此没再生出第二次说出一切的勇气。

霍瞿庭滑到末尾，日期是前年的四月三日，看过录像的霍瞿庭清楚地记得，那是肾移植手术的前一天。辛荷写下了最后一封邮件。

"失忆的霍瞿庭，今天你好吗？

"其实最近我也在港城，不知道你忙不忙。应该很忙，偶尔见辛蓼来一次，没有一次是不骂你的，你讨厌他是对的，因为他就是很讨厌！

"今天我想，可能人在快死的时候，都会想到下辈子，因为多少能有一些还没彻底结束的安慰。如果真的有，希望到时候我是一个健康的小孩儿，你就可以不用做一个压力永远很大的哥哥。

"然后，还想说一句'对不起'，我还是选择让自己做那个心安的人。

"对你做了这么残忍的事情，我不敢想如果有一天你想起来以后会怎么样，可能永远不会原谅这样子的我。我也不敢奢求你的原谅，只希望那时你能有一丝丝理解，理解我只是一个懦弱的人，被时间推着走，没有本事，又太害怕你会出事。

"你应该不至于那么笨，笨到不怪我反而去怪自己吧？你没有做错事，做错事的人是我。

"希望你每天都好，都这么久了，真的不用再想起我。

"最近都比较累，头痛，也不喜欢道歉，所以只写这么多。可能还是不够两百字，我想你。哥哥，以前骂了你很多，感觉还是要对你说一次才好。（字数够了，开心。）"

辛荷没有残忍到要霍瞿庭拿着他的遗体去交易，把所有想说的话都放在那个被霍瞿庭遗忘的邮箱里，只是没有机会在还来得及的时候被霍瞿庭看到。

最近辛荷哄着他回家，对他说了那么多好话，就是因为这些东西。辛荷应该是想面对面地解释，等他待在自己身边的时候让他看到。

想听到他说："对不起，小荷，是我误会了你，对不起小荷。"

真的太晚了，为什么一切都这么晚？

辛荷心里藏了很多委屈，他不是不会痛，他只是太在乎，所以很能忍。

他意识到自己做的事情可能会伤到霍瞿庭的时候，已经先痛了一百倍，他从来没有要彰显自己的伟大。如果可以，他宁愿自己做个小人，做心脏手术的时候，他下了在他自己看来那么自私的决心，让霍瞿庭带着悲痛去复仇，可命运总是捉弄他。

命运总是捉弄他，永远要他走在最多苦难的路上。

"之后视力应该也会恢复一些，要小心，房间里的光线不要太强。"

辛荷的主刀大夫站在病床旁边，跟护士叮嘱了一些注意事项以后，最后对等在一边的家属说："不用太担心，就这几个小时，不过就算今天不醒，明天也是会醒的。"

霍瞿庭脸上的表情很平静，只说："他已经这样睡了快两天。"

医生点点头，说道："他太累了，肯定要多休息一会儿，醒得太快反而对恢复没什么帮助。

"所有的体征都正常，虽然很难，但他很坚强，挺过来了。这次修复手术做完，起码近几年内不会有什么大问题。醒来的时间……他只是太累，再多点儿耐心。"

霍瞿庭坐得很直，视线一直落在辛荷的脸上，看不出情绪，不像非常担心的样子，只垂眼"嗯"了一声。

查房的医生和护士刚走，单华就带着小方来了。

他们给霍瞿庭带了饭，放在桌子上叫霍瞿庭过去吃。单华站在床边看了看，没问什么时候醒，只说："你要不要去一趟公司？我也还有事，去的话让小方留一会儿。"

霍瞿庭喝了口汤，说道："不用，公司有单英。"

单华看了看霍瞿庭，过了两晚，霍瞿庭早平静下来了。情绪收拾得很好，已经看不到前天辛荷的手术做到晚上十点的时候、浑身肌肉都紧绷的模样。

单华也不坚持，说道："那我先走，有事打电话。"

霍瞿庭"嗯"了一声，目送他们出门。

他又等了一下午，辛荷还是没有醒。

六点的时候，下午家里来送了一次饭，顺便带换洗衣物。霍瞿庭把带来的饭都吃光，晚上十点半，他按时去洗了个澡，换了睡衣上床睡觉。

隔天一早，医生第一次查房，看了一遍昨天的记录，跟护士讲明两种需要换的药以后，照例对霍瞿庭说："再等等。"

霍瞿庭刚去洗完帮辛荷擦脸的毛巾，手上还有水珠，一边把衬衫的衣袖放下来，一边随口问："没事吧？"

医生对他笑了笑，说道："一般来说是没事的。"

霍瞿庭就说："好。"

这天余存过来，顺便又帮他带了午饭。

霍瞿庭坐在沙发上吃，他就靠窗站着，有一句没一句地闲聊。

"没说什么时候醒？"

霍瞿庭脸上的表情很平静："说再等等。"

"哦，也正常。"余存顿了顿，看他的状态良好，便也轻松地说，"毕竟这么大个手术，又没怎么提前准备，等几天也算正常。"

霍瞿庭说"是"，然后又等了两天。

他一早起来，照例帮辛荷擦了擦脸，就见坐着轮椅的辛或与被几个人簇拥着出现在病房门口，人群中还有辛裎，说想看看辛荷。

很久以前，霍瞿庭就处处跟辛家过不去，最近尤为激进，有不计后果的疯狂。

所以辛家人本以为这次见辛荷也要大费周章，甚至见得到的概率十分低。

但霍瞿庭什么话都没说，看了一眼辛或与，就转身进去，门没关，看来并不是拒绝的意思。

病房里的窗帘拉了一半，天本身是阴的，显得更加冷清。

辛或与被推到辛荷的病床前，他是离辛荷最近的人。

刚才霍瞿庭给辛荷剪了指甲，一只手搭在床沿。辛或与看了辛荷很久，突然伸手去握他的手，被一直沉默的霍瞿庭一把打开："别碰他。"

又待了不到两分钟，霍瞿庭向前跨一步，挡在辛或与面前，做出生硬的送客姿态，他们只好原路出去。

辛或与坐在轮椅上被人推着，只剩下辛裎迈不动脚步。

他的表情扭曲，似乎极力压抑着痛苦，眼眶红了，眉头紧皱，又是那种奔丧似的神态。

霍瞿庭冷淡地在他肩上推了两把，推搡着他出了病房。

辛或与的轮椅停在辛荷的病房门口，辛裎曾经对霍瞿庭说辛或与"不会就这样算了"，但事实上他已经不中用了，情绪稍微起伏过大就无法呼吸。

"滚吧。"霍瞿庭平淡地说，"让你们看的意思是他没事，比你们都活得长。"

辛或与的脸色发白，闻言也没有被冒犯的反应，只颤巍巍地说："你好好看着他。"

下午，保姆来送饭，霍瞿庭吃光以后，保姆开始打扫卫生，顺便收拾房间，他出去打了通电话。

单英把堆下来自己不敢决定的事情统一汇报，讲到一半，保姆突然冲出来，嘴唇哆嗦，满脸喜色，叫了他一声，磕磕巴巴地说不出下半句。

霍瞿庭愣了一下，紧接着，攥紧未挂断的手机拔腿跑了两步，擦着保姆的肩进了病房。

辛荷的眼睛半睁着，但应该已经比较清醒了。看见他进来，还冲他微微笑了一下。

霍瞿庭定在原地，几乎迈不开脚步。保姆跑去叫了医生，很快呼啦啦地进来一堆人，越过霍瞿庭，给病床周围留出足够的空间以后，围在辛荷身边。

辛荷接受了细致的问询，不过手术本来就很成功，医生没多担心，只是他睡的时间有些长。等检查完，医生收起笔，说道："好了，有不舒服就叫护士，先跟你哥哥讲两句话，他很担心你。"

突然间装满的病房又突然变空，辛荷的视线不再受阻，再次落到还立在门口的霍瞿庭身上。

"好啦。"辛荷冲他抬了抬手，垂眼看着他说，"对不起。"

霍瞿庭一步步地走到他面前，面孔紧绷地在他床头单膝跪下，伸出只手，先把他的额发拨开，然后去碰他的眼睛，动作很轻，他痒得笑了一下。

"对不起什么？"霍瞿庭开口，才发现自己的嗓音沙哑，几乎说不出话。

不等辛荷开口，他接着又沙哑地说："你到底有什么对不起我的？"

好一会儿，辛荷的手放在他的后颈，摸了摸他的头发，低声说："让你难过了，应该早点儿解释的。"

他的声音还算平稳，也有精神："是我太……"

霍瞿庭突然低下头，像是忍无可忍，轻而慢地蹭了蹭，碰他眼皮的那只手滑下来，抚着他的另一边脸。

霍瞿庭似乎用了非常大的力气，但等动作落下来，又轻得像一片羽毛。

湿热的感觉很快就透过病号服碰到辛荷的皮肤。辛荷想，霍瞿庭的眼泪一定流得很多很多，比自己任何一次哭鼻子都要多，所以他也肯定很后悔，因为没有接自己的电话。

过了一会儿，霍瞿庭还没有抬头，他就又想：待会儿把这件上衣脱下来，一定可以拧出点儿水来。

"我知道了。"霍瞿庭好像很难说出这四个字，讲得很慢。

辛荷想了想，慢慢儿地明白他说的"知道了"是什么意思。代表很多东西，以前他们都不愿意说破的，还有辛荷没来得及解释的，他都知道了。

"好。"辛荷说，"我还想再睡一下。"

霍瞿庭又碰了碰他的脸，把他脸上的泪擦掉，动作缓慢地退开后说："你不要哭，眼睛呢？难受吗？"

这些刚才医生都问过了，霍瞿庭也听到了，但辛荷还是又说了一次："没什么感觉，看得不太清楚，不过医生说是因为睡了太久。"

霍瞿庭咬了咬牙，露出个不像样的笑容，又去擦他的眼泪，说道："别哭了。"

辛荷把脸往他的手里蹭了蹭，感觉到困倦，很快又睡着了。

一小时后，他一醒来就看到霍瞿庭在自己床边的椅子上坐着，双臂抱在胸前，低着头，也在睡，还能看出无声哭过的样子，眼眶很红，短发有些凌乱，整个人的气势又狠又凶，又好像很累。

没过多久，霍瞿庭就醒了过来，表情变得温和起来，问辛荷要不要吃东西，难不难受，然后起身去外面看炖了好几个小时的汤。

他们和谐、甚至有些生疏地相处了一下午。晚上十点半，霍瞿庭按时洗漱好，坐在辛荷病床的一旁。

谁都没有说话。

过了很长时间，霍瞿庭才说："对不起。"

辛荷说："你以后不要再不接我的电话。"

霍瞿庭那只手紧紧攥着，小臂上肌肉紧绷，好半天才说："再也不会了。"

辛荷却不太相信似的，闷声问："你保证？"

霍瞿庭严肃地说："我保证。"

辛荷好像哼了一声，霍瞿庭说："真的。"

"好吧。"辛荷习惯性地说，接着又补了一句，"反正你经常说话不算话。"

霍瞿庭想要反驳，又想起护士跟自己说过的，到医院时，辛荷还有意识，准备手术的时候，还一直在问"哥哥来了没有"，但直到麻醉生效，得到的答案还是"没有"。

见他不说话了，辛荷又说："你生气啦？"

霍瞿庭说："怎么会？"

辛荷就说："也不算经常，一次而已。"

霍瞿庭感觉自己变得脆弱了，喉头一阵哽咽。他控制着力道搂了搂辛荷，掌心按着对方的背。

辛荷在乎他，害怕失去他，从没有把他当成谁或是代替谁。他查到辛荷为他顶罪之后就应该明白，可惜他没有。

过去的几天，他怕自己懂得太晚，但好在不晚，辛荷还愿意给他机会，辛荷睁开了眼睛，就代表还愿意给他机会。

"不会再有第二次。"霍瞿庭说。

辛荷出院的前一天，余存、单华和单华的对象，还有单英都在。

辛延也来了一趟，不过没久留，放下探望的东西就走了。

好几个人陪着他，霍瞿庭上午才第一次出去了一趟，回公司开了个长达四小时的会，跟十几个高管，从早晨开到中午。

十一点多的时候，余存的老婆来送了一罐汤，辛荷端着碗坐在床上喝。中途，她出去了一次，把辛荷这段时间的医药费结掉，让第二天一早利索地出院。

"老板住院也是要走账的。"余存从老婆手里接过账单随意地看了看，说道，"打电话没？他几点结束？饿了。"

单华说："快了，在路上。"

这天辛荷只是留院观察，不需要再输液，也会跟着出去吃午饭，已经在跟单华的对象看附近的餐厅。

余存突然说："小荷打镇静剂干什么，止痛？"

帮辛荷量体温和血压的护士说："没有呀，给他止痛不是打那个。"

余存给她看单子，指着其中几条问："我记得这就是镇静剂吧？以前家里人打过。"

护士思索片刻，说道："哎，这是霍生打的吧？"

余存愣了愣："三次？"

"是呀，他太紧张了，自己放松不了，袁医生才建议他打，不然心率和血压都不正常。"

病房里安静了一瞬，余存的老婆突然笑骂道："医院难道会骗你的钱？"然后她跟护士讲了两句话，送护士出去，又问辛荷想吃什么，她来打电话定位子。

没过多久，霍瞿庭终于回来了。他一进病房，就感觉所有人都在看他，他挑眉，问道："怎么了？"

余存说："饿了，都在等你。"

"小荷吃东西没有？"霍瞿庭边走过去边问，"不是说送了汤过来？"

辛荷原本在跟单英说话，没有接他的话，看了他一眼，又很快低下了头。

"怎么了？"霍瞿庭公文包都来不及放下，在他面前弯腰，伸手去捏他的下巴，看他的脸，又回头问其他人："怎么了？"

辛荷本来打算等没人的时候才问他，但看他神采飞扬地进门，眼角还带笑，又想到余存说他前几天在人前没事人一样，却被医生严肃建议打了三次镇静剂的样子，忍无可忍，情绪就一股脑儿地翻涌上来。

霍瞿庭摸不着头脑地哄了几句，病房里的人不知道什么时候都先去了外间，辛荷才不再推他。

"说话。"霍瞿庭知道他不是身体不舒服，就放松了很多，看他闹别扭的样子还有点儿可爱，声音带笑，"是不是不想吃午饭，故意的？"

辛荷说："你讨厌。"

霍瞿庭认下："好，我讨厌。"

辛荷说："讨厌你。"

"嗯。"霍瞿庭说，"讨厌我。"

辛荷很幼稚地撇着嘴看了他一眼，自己下床走了。

直到吃完午饭，霍瞿庭都不知道辛荷突然别扭一下是为什么。

晚上睡下，他问辛荷，辛荷很幼稚地又捂他的嘴，说道："你不要说了，笨。"

霍瞿庭露出有点儿无奈的表情。辛荷凑过去，挪开手，轻轻地摸了一下他的头，他又笑了，好像拿辛荷没办法地"哎"了一声。

辛荷心想：没关系，如果这样霍瞿庭能感觉好一些。

那时候霍瞿庭一定非常非常害怕，原来他醒过来以后霍瞿庭没出息地哭鼻子不仅仅是因为后悔，还因为很害怕。

辛荷心想，霍瞿庭真的很怕他会死。

"霍瞿庭。"辛荷叫他。

"嗯？"

"你辛苦吗？"

霍瞿庭知道自己应该说"一点儿辛苦"，在辛荷没有醒的时候，他一直是这么想的，什么都顺着辛荷，如果这样会让辛荷感觉好一些，他甚至愿意说"根本不辛苦"。

但他说不出口。

就像辛荷对着辛裎说不出不想让他知道过去的事情一样，他说不出不在乎辛荷。

他们一起度过的少年时光对辛荷来说是无价的珍宝，可对霍瞿庭来说，返港后的辛荷在他心里同样重要。

"想要你很在乎我。"辛荷说，"不想要一点儿，我觉得以前我好笨，你也很笨，竟然会听我的话。你还是很疼我吧？因为我也很疼你，哥哥。"

霍瞿庭的心跳快得他几乎听不到辛荷说闲话似的声音，但他知道自己"嗯"了一声。

辛荷好像满意了，过了一会儿就开始犯困。

"明天就可以出院了。"他小声道，"开开心心。"

霍瞿庭没什么说的，捧哏似的"嗯"了一声。

辛荷出院没多久，辛或与联系他，说想见他，他没去，过了几天，辛或与死了。

他遗嘱里很大一部分都是给辛荷的，余存在吃饭的时候问霍瞿庭："钱怎么办？"

霍瞿庭说："白给为什么不要？"

下午三点，辛荷在床上翻滚，企图跟霍瞿庭耍赖，但很容易就被抓住："老实点儿！"

"好，我老实。"辛荷放弃挣扎，"那你还会收拾我吗？"

提前下班的霍瞿庭压着他的肩膀，咬牙说："你先告诉我，外卖是谁点的？"

辛荷转眼瞥见放在床边地板上的一份奶茶外卖，发誓道："不知道！"

"好。"霍瞿庭拎起袋子，念上面的收件人姓名和电话。

辛荷露出"我听不到，我听不懂"的呆滞表情。

霍瞿庭拍他的脸："说话。"

辛荷垂眼看了他一眼，表情变了，有些委屈："喝一口都不行？"

霍瞿庭也看辛荷，那个表情肯定不算亲切，但也不算凶，让他一时间有些捉摸不透。

突然，霍瞿庭松开他下床走了，那杯冰奶茶还被留在床边。

但给辛荷十个胆子，他也不敢再喝，趴在床上装死，拖拖拉拉地下楼，在厨房里找到霍瞿庭。

他戳了戳霍瞿庭："喂。"

霍瞿庭面向锅灶，无动于衷。辛荷凑近了点儿，打算哄他，又被用手臂挡开。

"你怎么这么小气？"辛荷强词夺理，"我又没有喝，你哪只眼睛看到我喝奶茶了？"

霍瞿庭依然不说话。

不肯服软的辛荷一直被晾到晚上，自己打游戏、看漫画、弹钢琴，不过该吃的饭和药倒是一顿没少，霍瞿庭讨债一样地跟着他。

洗完澡，辛荷趴在床上，喊他："霍瞿庭，这里好疼，你帮我看看怎么了。"

霍瞿庭三两下冲掉剃须水，从浴室出来，皱着眉问："哪儿疼？"

辛荷笑嘻嘻地说："理一理我，不然难过就会心痛。

"我跟你说实话，真的只打算喝一口，我不会乱吃东西的，只是太馋了，自从出院都没喝过，你……"

霍瞿庭立刻收了担心的表情，作势要走。辛荷缠住他，立刻又求情："别生气了，都跟你说我错了。"

"自己说，刚出院多久？"霍瞿庭不为所动，"最近刚长点儿肉你就作，我今天是不会理你的。"

辛荷本来就不是会说好话的人，写邮件道歉都很难写到二百字。他也生气了，胡乱地推霍瞿庭，说道："出院一年多了！不理就不理，你走。"

霍瞿庭却把他捞回来，板着脸。

辛荷也板着脸："不理你。"

虽然辛荷才是做错事的那一个，但霍瞿庭还是有点儿劫后余生的感觉，刚才真的被吓了一跳。

"还生气吗？"辛荷小心翼翼地问。

"你这个招数又好到哪里？"霍瞿庭答非所问，"还说我烂。"

"辛荷。"霍瞿庭问，"知道错了没有？"

辛荷抵抗了一阵子，最后说了实话——其实上周也点过外卖，但是真的只喝了两口。

霍瞿庭严肃地说："不许再犯。"

辛荷一副委屈巴巴的样子。他的奶茶被放在冰箱冷藏室，霍瞿庭到楼下拿上来，递给他，他却不怎么敢接。

"喝吧。"霍瞿庭淡淡地说，"不是想得忍不了？"

辛荷试探地从被子里伸出一只手。

霍瞿庭皱眉道："起来喝。"

"哦。"辛荷坐着喝。

冰块早就化完了，辛荷大口喝了一口，鼓着腮帮子分几次才咽完，然后转头小心翼翼地看霍瞿庭。

"还想喝吗？"霍瞿庭说，"继续。"

辛荷抖了一下，把奶茶塞给他："不想喝了。"

"想喝就喝。"霍瞿庭真诚地说。

辛荷更害怕了，心里觉得他很变态，脸上的表情却很乖，于是连连摇头，诚恳地说："不想喝，真的不想喝。"

霍瞿庭又确认了两遍，听他说真的不想喝，才重新把他塞进被窝儿，转过身把奶茶放远的时候，脸上才露出点儿笑，但在转回去的时候，又换成那副严肃的表情。

一个月后的辛荷还处于被教训后的老实阶段，单华他们来家里吃饭，余存逗他，也有点儿真心实意给他解馋的意思，背着霍瞿庭只给他一小瓶不到两百毫升的瓶装丝袜奶茶，他连连摆手。

晚上人都走光了，辛荷耍赖，被霍瞿庭背上了二楼。

辛荷问："我做什么好事啦？"

霍瞿庭不知从哪儿摸出了那瓶奶茶，在他脸上碰了一下，放进他手里，说道："没有管你那么严，但你不能偷偷乱吃东西，要告诉我，好不好？"

辛荷罕见地有些安分，说道："哦，记住了。"

他睡得很香，第二天早上八点钟，霍瞿庭要上班去了，领带尖在他的鼻尖上轻扫。他胡乱抓了几下，睁开眼睛，看了一会儿，迷糊地说："右边。"

霍瞿庭自己系上，出门了。

中午十二点，辛荷做完有氧运动，征得同意之后去冰室点了份冻柠茶，突然接到电话。

"辛荷。"霍瞿庭没头没尾地问，"我的水杯去哪儿了？"

辛荷有些愣住，半响，心跳得很快，说道："我不小心打碎了，不是跟你说过吗？"

"你只说打碎一个杯子。"霍瞿庭突然翻起旧账，语气让人听不出情绪，"没说是什么杯子。"

他喝东西一直用的都是同一个杯子，不管喝白开水还是喝咖啡，车祸出院后搬家时整理行李一并带过来的，但从没有特别注意过。

那个杯子并不算精致，形状甚至也不算规整，有手工的痕迹。现在想来，和他办公室里成套的杯子格格不入，的确不可能来自哪个柜台或哪个品牌。被辛荷打碎以后，他也只是很自然地换了个水杯喝水，没有提起过。

那是他过二十岁生日，辛荷在陶馆亲手做的。

辛荷按照叮嘱一直在冰室等到霍瞿庭来，在霍瞿庭进门之后，他从座位上站起来。二人中间隔了十几步，冰室人多，服务生和客人不断地经过。

但辛荷没再往前走。他感觉很蒙，又不可思议，甚至过去的几年都突然像一场梦，蒙着层不真实的滤镜，里面的景是光怪陆离的，人是行尸走肉的，吵吵嚷嚷。

辛荷的脸上没有表情，只是待在原地看着霍瞿庭的脸，看着他走近一步，又走近一步，皮鞋踏过冰室大块的地砖，像在不断地回溯，迈过那座大桥、迈过 A 市、迈过 D 市，又迈过 L 市。最后回到港城，他们少年游开始的地方，共同走过的十年。

等霍瞿庭走到他面前，就还有以后期望中的余生厮守。

飞机在金湾机场降落的节点，天空跟着降下又一场瓢泼大雨。

这里距离港城不远，单华还是第一次踏足。

他来得匆忙，一路充满各种不顺利，在最后一程赶上了大雨，他心里无数次暗骂脏话。

单华推开航站楼门，身后还留存着冷气，带着厚重水汽的热空气便迎面扑来，仿佛有一双无形的手拂过皮肉，穿进发丝，透过衬衣，裹在身体的每一处。

放眼望去，是水洗过一样的蓝和绿，白云像刚从一部线条简单的动画片里飘出来，随意地团在天边。

大滴的雨水砸落脚边，溅起的水花湿了鞋子的皮面。

单华几个大步走到接机的车边，拉开车门上了后座，短短几秒钟时间，已经满头满脸是水。

他用手抹了一把，水珠顺着手指滚下，淌过掌心，不知道是雨还是汗。

车子驶向五院，车窗左右两边的天空是迥异的颜色，有雨的一侧显出一种压抑的灰。

在下一个路口，司机打开左转向灯，径直驶入暴雨中。

下车后，单华用了少许时间，才弄清楚心外科的方向。

他穿过一段很长的走廊，站在偌大的电梯里，随着人流走，因为个子高，所以一直被抵着肩膀推挤。

单华被雨水打湿的肩头不知在什么时候又干了，等他终于顺着箭头与编号找到辛荷的病房，看到匆忙进出的医护人员与患者家属，头上是亮着绿灯的"心外科"灯牌，拎着西装外套的手不自觉地攥紧，手背上能看到明显的青色血管。

下午四点多，辛荷醒着，睡在靠中间的一张病床上，正面朝上，脸上扣着氧气罩，没什么表情，睁着眼睛看吊瓶。

看到单华以后，他露出片刻的呆滞神情。经过一段时间的迷茫，随之转为偏向冷淡的平静，看在单华眼里，还有些想不出自己为什么会来的莫名其妙。

辛荷眨了眨眼，黑色的眼珠习惯性地转了转，微微抿起嘴唇，神态好像回到了十岁左右的时候，是一个标准的被宠坏的贵公子，只会在对着霍璀庭的时候有一些好脸色。

而单华从D市出发，为了赶时间，经过两次转机才匆忙抵达，看到辛荷还清醒着没有动手术的当下，好像才挣脱了迷茫。

下一秒，辛荷问他："你来做什么？"

"开会路过。"单华的眉头微皱，顿住脚步，"听余存说，你要做手术，顺路来探望你。"

"多谢你。"

单华刚回"客气"，辛荷就又说："我不要人探病，而且马上要进手术室了，护士也不许再见人。"

这是霍璀庭车祸之后，他们这群朋友里第一次有人与辛荷见面。辛荷离开港城那天，单华去送，也只看到他的背影。

隔着长长的通道，单华喊的"小荷"几乎破了音，辛荷也没有回过头。

当下，他当作没听懂辛荷的逐客令，随手拉了把应该是陪护用的椅子，靠近辛荷的床边坐下。

"几点的手术？"

"九点。"说完，辛荷又补充，"也许会提前，都说不准。"

"手术时间只有推后，哪里会提前？"单华笑着说，"你当医生不要休息？"

辛荷不置可否。

单华拿过他床头柜的手术通知单，正反面看了一遍，又拿出手机，搜索主刀医生的名字，很久没说话。

先忍不住的人是辛荷。他翻过身来，瞪着单华："你看什么？"

单华放下通知单，说道："这医生是不是不太好？没经手过多少大手术，你住进来多久？他对你的情况了解多少？"

辛荷一副无所谓的态度："差不多。"他又说，"你该走了。"

单华也用无所谓的语气说："今天不忙，大概可以陪你做完手术再走。"

"不需要。"

"饿不饿？"单华自问自答，"哦，手术前应该吃不了东西，怎么办？给你做手术的医生那么差，可能职业生涯第一次遇到你这样的情况，要是他研究的兴致上来，几小时都不给你下手术台，岂不是饿也要饿坏。"

辛荷瞪着眼睛看他。

单华继续说："你说有没有这种可能？"

"死了就好了。"辛荷突然说，"你以为我怕死吗？"

单华有一会儿没说话，气氛不知道为什么好像变得非常压抑。

过了好一会儿，辛荷听他好像笑了一下，接着用一种求知的语气说："哦？我没见过不怕死的人，你是第一个，能谈谈这种大无畏的心态是怎么形成的吗？"

"单华。"辛荷闭上眼睛，"出去。"

"可以，你是不是把我们的手机号码全部拉进黑名单了？新手机号码给我，我现在就出去。"

单华作势去拿辛荷的手机，被辛荷挡开。

"那你跟我去广州。"

单华顿了顿，伸出手去，想握住他搭在床边的手，最后只戳了戳他的肩膀，语气也变得正经不少："你需要做手术，为什么不说？我联系到你之前的医生，他最近一直在广州开刀，大半年前就约好的，临时改不了，但是可以走后门，去广州做手术，好不好？"

辛荷有一会儿没说话，等单华又叫了一遍他的名字，他才说："我走不了。"

单华应该是没听懂，辛荷耐心了一些，对他解释："这在 Z 市已经算是很好的医院了，约手术没有那么容易。我等了四个多月，昨天检查，医生说我的视力下降了很多，还有一些别的并发症。不说了，总之，我还是今天在这里顺顺利利地把手术做完比较好。

"你很好心，可惜我不需要，也不想要。别把机会浪费掉了，留着给别人吧。

"被他知道你们这样，应该也不是什么好事。"

接着，他意有所指地对单华说："也不用太担心，你有没有听过，恶人寿命长？"

单华罕见地沉默了，因为不想跟他讨论那些事情。

大桥的车祸以后，他跟霍瞿庭通过几次电话，短暂而简洁，不过足够让他相信，霍瞿庭真的与辛荷决裂了。

辛荷则拒绝跟他们联络。

"你哥没那么……"单华的眉头紧紧皱着,半晌才说,"没那么想赶尽杀绝。他叫你离开港城,一定是希望你开始新的生活,而不是看你自暴自弃。"

"新的生活"四个字在辛荷的脑袋里回响了很久。单华讲得太过于理所应当,甚至令他感到有一些希望,好像他真的会有所谓的新的生活。

单华挨着病床又坐了一个多小时,被同病房的老大爷指挥,催了一趟去打水的陪护。催促无果后,他搀扶大爷上了趟卫生间,才等到那位他其实看不上的辛荷的主刀医生有空。

这里与港城不同,单华刚表明自己是辛荷的朋友和来意,医生就把全部状况说了。

带着方言口音的普通话没那么好懂,但足够让单华明白,辛荷为什么说他自己走不了。

所以再次回到病房的单华安静了许多,窗外的雨下得断断续续,二人都没有再说话。

辛荷平躺在床上,眼睛闭着,呼吸也很轻。单华有时候分不清他是睡着了,还是只是在休息。

有人来通知术前检查的时候,将近七点钟,辛荷用一只手撑着坐起,护士扶了他一把。

单华也从陪护用的椅子上站了起来。

路过他身边时,辛荷停了一下,对他说:"我想吃牛腩面。"

扶着他的护士大惊失色:"你吃什么牛腩面?做完手术再想这些。"

单华安抚地冲护士笑,又用大拇指指了指身后,悄悄示意辛荷自己马上去买。

医院外的餐车很多,但单华想到,这些快餐应该大都味道不好,就还是开着手机导航找了很远，打车来回用了四十分钟，买回一碗勉强是港城味道的牛腩面。

为了不让面坨掉，他专门让老板把面和汤分开打包。

等他回到医院，辛荷已经做完了检查，不过不在病房，到了术前的准备室。

里面等着进手术室的病人不少，单华在离他两张病床远的地方等了一会儿，叫了他一声，等他挂掉电话，在病号服的袖子上蹭干了眼泪，才拎着牛腩面走到他面前。

辛荷的眼睛很红，还是臭着一张脸，看上去非常伤心。

单华说："喏，你要的面。"

辛荷沉浸在自己的心碎中，薄薄的眼皮紧闭，又长又密的睫毛全部湿着，眼泪又掉下来，落进两边的鬓发，没有看他，只说："神经，做手术之前不能吃东西。"

单华假意叹了一声，说道："那我只好自己把它吃掉。"

后来过了很多年，单华还记得，准备室的灯很亮，辛荷没有亲属去听麻醉危险事项告知，他也不够资格，所以医师助理专门来到准备室对着辛荷本人走程序。

他躺在病床上，脸色白得不正常，显得放在正常人身上会苍白的唇色都多出三分鲜艳。

单华买来的面也随之被发现，在医护的训斥声中找到垃圾桶往里一丢，另一只手拿着辛荷留给他、余存以及霍瞿庭的东西。

"要是我死了……"辛荷是这么说的。

属于单华和余存的是他们的三张银行卡，一个装着 U 盘的大信封是给霍瞿庭的。

被推进手术室之前，单华对辛荷说："你要是还想见他，就活下来。"

辛荷反应了几秒钟，没来得及因为他偷听自己打电话而生气，就被推出了单华的视线范围。

手术可以称之为大失败，运送病人转院的直升机从早到晚一直很忙，终于辛荷也成为其中的一位顾客，历经一个小时进了人民医院的手术室，又在里面待了近四个小时。

医生说，他求生的意愿非常强烈。

单华离开时不像来的时候那么匆忙，候机时，单英来电话，问他辛荷的手术做得怎么样。

单华说不上好还是不好，只告诉他辛荷还活着。

单英因为这样的答案沉默良久，才又找话题说："他另外和你讲了什么呀？"

单华回忆辛荷清醒后对他说的第一句话，原样讲给单英："讲我莫浪费光阴，陌路人不必再相见。"

辛荷走出通关大厅，来接他的车子已经等在外面了。

港城三月中下旬的傍晚，气温还不算太高。辛荷坐在车里，隔着车窗的暗色玻璃膜向外看。

飞蛾环绕着街灯，散出模糊的光晕。

有人搭了很高的梯子，锯掉挡住交通灯的榕树树杈，路过人行横道时，他听到久违的盲铃。

肾移植手术定在下个月四日，按照安排，辛荷提前半个月返回港城，回来做术前准备。

在医院的十几天里，做手术之前，他能见到的人大多是医生和护士，还有他的表姐辛延，外公辛或与没有露过面，反倒是辛蓼来了好几次，似乎等不及看到他送死。

辛蓼有时带来霍家的消息，骂霍芳年，也骂霍瞿庭，主要是因为两家在生意上的往来逐渐减少，霍家的态度表明辛家死掉的女儿不再有从前的面子。

他完全不知道辛荷与霍瞿庭的关系，虽然不肯承认，但他其实至今都因为那场车祸的受害人阴错阳差变成霍瞿庭而感到心惊肉跳。

如果霍瞿庭没命了，那绝对不是辛家能承担的后果。

在霍瞿庭养伤期间，辛蓼作为主谋，虽然犹如过街老鼠，就算是辛家人，也要做面子给他些难堪，但是辛荷顶罪被赶出港城，算是意外之喜。

绕了那么大一个弯子，辛荷还不是乖乖地躺在病床上，等着为辛或与捐肾。大多数时候，他围绕这一点对辛荷冷嘲热讽。

辛荷的手机没有被没收，没人限制他与外界联络，病房中配备有线电视，他经常可以在新闻上看到霍芳年带霍瞿庭出席各种活动与会议。

霍芳年仍是霍氏掌权人，媒体不会把太多的笔墨放在霍瞿庭身上，但霍瞿庭个子高，镜头扫过众多老总高管，辛荷总是第一眼就望到他。

他偶尔板着一张脸，偶尔也会微笑着与人握手，站姿永远笔挺，好像从来不会疲惫。

一天下午，辛蓼进门时，屏幕上主播刚好介绍到霍氏的初春新动作。辛蓼站着看了一会儿，似笑非笑地说："想哥哥呀？"

辛荷把头转到一边，辛蓼追着他转头的动作，绕到床的另一边，低头很不解似的问他："按理说，我才是你哥，更别说人家待你跟苍蝇差不多，要你最好一天都不在港城待，怎么就不见你关心关心我？"

辛荷完全无视他，闭上眼睛假寐。

辛蓼不生气，还颇有闲情逸致地拉过椅子坐下："霍瞿庭知不知道你明天做手术？"

辛荷睁开眼，冲他笑了一下："你猜呢。"

辛蓼好像没想到他会笑，愣了愣，半晌后，残忍地说："我猜，我猜姑姑八成知道你是个丧门星，不然也不会让你一个人在瑞士待六七年，好不容易去看你一次，就遇上坠机。"

"是呀。"辛荷说，"谁与我走得近谁倒霉，劝你出门小心点儿，身前是的士，头顶是高空坠物。"

辛蓼像没听见一样，伸手捏住辛荷侧脸上的一点儿肉，脸上隐隐带着阴鸷的笑，指尖捻了捻，辛荷痛得皱起眉来。

"多倒霉的人都好过你吧，辛荷。这辈子过得太苦，真的太苦了。无父无母，寄人篱下，养了你十年的人，说翻脸就翻脸。心脏病有今天没明天，亲外公还要你的肾。要我说，活成这样，真的不如死了干净，明天不用下手术台，下辈子投个好胎，大家都好过。"

他松开辛荷的脸，又拿手背拍了拍，真心实意地说："去死吧，你到底知不知道多少人希望你去死呀？不光是我，爸爸和外公，曾经对你好过的霍芳年和霍瞿庭，难道就想你活着？为什么不好好反省一下，像你这样的人，活着只会给别人添堵，像一口吐不掉的痰，令人恶心。"

他似乎对这样在辛荷面前情绪外露的自己而感到生气，越过刚刚进来，站在门口不敢说话的辛延，狠狠地摔门走了。

等了好一会儿，辛延才挪到辛荷的床前。

"小荷，不要听他乱讲。"辛延有些语塞，两只手来回交握，"明天好好做手术，做完好好恢复，离开这里，好好生活。"

辛荷说："原来她想过去看我。"

辛延说："什么？"

"我以前不知道她坠机是什么原因。没人对我说过。"辛荷说，"原来是要去看我。"

辛延费力地笑了一下："这些我知道得也不多。"

辛荷也笑了笑，慢慢儿地闭上眼睛："姐，我累了，要休息，你坐坐也回家吧。"

辛延答应辛荷，等他醒来，她还靠床坐着。

辛荷来时是傍晚，这会儿天色已经全黑。

"醒了？"辛延说，"你睡得不稳，在讲梦话。"

辛荷还没有完全清醒，轻声问："什么梦话？"

他叫得含混不清，但辛延能听出来是"妈妈"。

辛荷长到这么大，大概没有过叫妈妈的机会，辛延想当然地以为他恨辛夷。

任谁从出生便陷入这样的境地，又会对生自己的人有多少好感。

却没想到，他对辛夷只有一些带着好奇的渴望。

"听不清。"辛延说，"要不要喝水？"

辛荷到地上走了两圈儿，喝了水，又与辛延在窗边站了会儿，直到护士来催。

辛延不得不走，到了门口，又回过头，对被护士赶上床的辛荷说："明天一定会很顺利，我在外面等你，姑姑……你妈妈，一定希望你一切都好。"

辛荷说："姐，你有没有听过'善有善报，恶有恶报'？"

辛延大概立刻想到他谋害霍瞿庭未果的事情，脸色甚至有些尴尬，但还是说："你只是年纪小，不懂事。"

辛荷很快笑了一下："跟你开玩笑的，姐。"

世人战战兢兢地活着，有几个敢拍着胸脯承认真的不信因果报应？

可是连他自己都想不通，到底是明天死了代表上天对他还算宽容，还是活下来更好一些。

这辈子过得有那么苦吗？辛荷又想：也不尽然吧。

在瑞士的那几年，身边的人把他照顾得很好。回到霍家之后，霍瞿庭恨不得把自己的心掏给他，也许他现在走上这样的命运之路，反而是因为以前过得太幸福。

辛蓼叫他下辈子投个好胎，人真的有下辈子吗？

下辈子一定变成人，不做阿猫阿狗，不做爬虫草木？

要是真有下辈子，霍瞿庭还愿不愿意再遇到他？

辛荷打开邮箱，从头开始，一封一封地看过去。霍瞿庭发来的自拍当中，百分之八十都是对着脸拍的大头照，也有与课题组同学的合照。大家笑得很开心，共同捧着得了"A+"的作业，空出的那只手比着大拇指，姿势好像卖房中介的微信头像。

夜深人静的时候，他痛哭流涕地给霍瞿庭写邮件，写到"不用再想起我"，感觉心脏痛到马上要死掉了，但最后他也没有真的死掉。

隔天，他在手术台上遇到意外，也没有真的死掉。

辛荷最终没想明白，老天到底对他是好还是坏。

监测生命体征的仪器发出规律的声响，辛延去跟护士拿棉签，来帮暂时不能喝水的辛荷擦擦发干的嘴唇，回来时表情不太自然，一直不肯看辛荷，乱七八糟地扯了很多闲话。

辛荷眨了眨眼，二人都假装没看到他掉下来的眼泪。

辛荷说："我听到他的声音了。"

辛延低着头说："是的，他来看外公。"

辛荷想象了一下霍瞿庭在媒体面前装面子探病时的样子，是不苟言笑呢还是也会关怀问候？

辛荷想说"在新闻上看到他好像剪短了头发，是不是真的"，想说"今天下雨，他有没有淋到"，想说"他带了几个人，看起来忙不忙"……

他还想说"他待多久，知不知道隔壁病房是我"。

他闭着眼睛,听见辛延说:"小荷,别哭了,伤口会裂开。"

　　他听见辛延说:"小荷,他们走了。霍瞿庭走了。"

　　他听见辛延说:"小荷,我也要走了,你好好的。"

　　天又黑了,房间里那么安静,辛荷想:他知不知道,隔壁病房是辛荷呢?

番外三

厮守

一开始，辛荷发现霍瞿庭最近的精神状态不佳，有时想跟他讲话，要叫两遍他的名字。他会突然看着自己就开始发呆，明明在公司也不是特别忙的样子。

继而，辛荷发现霍瞿庭的睡眠质量也在变差。

辛荷自己睡得不算很稳，起夜已经成为习惯，事实上，最近一段时间已经算好多了，最多醒过来喝口水。

偶尔也会有难受的时候，但吃一次药就没事了。

此前霍瞿庭一向是辛荷醒来他跟着醒，辛荷不醒，他可以一觉睡到天亮。最近辛荷半夜醒来，他还睁着眼。

一天晚上，辛荷睡着睡着往旁边伸手，摸到一片冰凉，随即醒了过来，发现霍瞿庭在卧室外的露台上抽烟。

初夏的深夜，港城的天空不知为什么，总是很难见到星星。从房间看出去，只能看到浓重的夜色和霍瞿庭显得有些落寞的背影。

在此之前，他虽然没有说过，但辛荷知道，他一直在戒烟。

辛荷拿了件衣服披上，才拉开露台的门走出去。

霍瞿庭不知道在想什么，等辛荷站在他身边，戳了戳他的胳膊，才回过神来。

他立刻把烟掐掉，拿手用力地挥来挥去，不让辛荷闻到。他说："怎么醒了，不舒服？"他又说，"外面冷，进去说。"

夜深人静的露台上，他不知道一个人待了多久，没有防备辛荷突然出来，眉头微皱，满脸写着"心事重重"。

辛荷往前走了一步，靠他很近，问他："哥哥，你怎么了？"

霍瞿庭沉默半晌，眉间依然凝着郁气。

良久，他说："我也不知道。"

他的声音低沉，在夜里听来，无端带着一些迷茫和隐隐的不安。

"可能……可能是你快要去体检了。"霍瞿庭呼出一口气，调整表情，对辛荷笑了笑，"每到这时候，我都有点儿……"

半晌，霍瞿庭说完了那句话："有点儿怕。"

辛荷其实也猜到了一些，可真听到他说怕，听他把这句话说出来，那种感觉又和在心里猜到的不一样。

他的心里跟着发酸，像还青着的梅子拧出汁来，滴在心口。

每季度两次的体检雷打不动，一直没出过什么大问题，医生叮嘱的也都是陈词滥调。

即便如此，霍瞿庭依然说，他怕。

不过霍瞿庭并没有打算让辛荷的情绪也被影响，他很快调整好自己的表情，扶着辛荷的肩膀，把对方推进了卧室。

二人暂时都没有什么睡意。

辛荷伸手捏住霍瞿庭的睡衣衣角，叫他："哥哥。"

霍瞿庭说："嗯？"

"我会好好的。"

半晌，霍瞿庭说："我知道。"

次日早上，辛荷赖床，说什么都不肯睁眼。霍瞿庭叉腰站在床边，给他倒计时："辛荷，我数到三。"

"三！"辛荷把头埋进被子里，"怎么样？！"

霍瞿庭没再说话，辛荷感觉到他坐在了床边。过了好一会儿，房间里依然是静悄悄的，辛荷反而睡不着。

他把被子拉开一条缝，发现霍瞿庭正在看自己，看上去没有生气，脸上是很平淡的表情。

辛荷没来由有些后背发凉："哥……"

"嗯？"霍瞿庭说，"不睡了？"

霍瞿庭摸了摸他的额头，温和地说："困就再睡一会儿。"

辛荷想起前段时间他点奶茶外卖被霍瞿庭抓到，霍瞿庭也是这样不温不火的态度，反而很吓人。

霍瞿庭好变态。辛荷在心里骂。

他磨磨蹭蹭地起床，磨磨蹭蹭地吃早饭，磨磨蹭蹭地出门，霍瞿庭都没再催他。

车要开出院门时，发现辛荷的保温杯没带，他也只是把车停下，回去取了一次，没有一点儿不耐烦。

二人到医院时，医生已经在等了。辛荷先跟着护士做了全套检查，抽血的时候，辛荷已经习惯了，倒是霍瞿庭，抓着他的另一只手，脸上的表情像是恨不得替他挨那几针。

等护士走了，辛荷拽了拽霍瞿庭的手。

霍瞿庭低头，给了他一个"干吗"的眼神。

辛荷说："你别这么紧张，护士会笑话我的。"

霍瞿庭问："为什么笑话你？"

"别人肯定认为我很娇气，你才会这么紧张。"

霍瞿庭心里想：你就是很娇气，你应该娇气，你不娇气怎么行？

他嘴里却说："知道了。"

辛荷又笑了笑，霍瞿庭又用那个"干吗"的眼神看他。

辛荷说："突然想到，你一直这样。"

辛荷拽着他的手指，很轻地晃了晃，轻声说："我几岁的时候，在医院，你就是这种表情，现在已经二十几岁了，还是一样。"

霍瞿庭反过来捏了捏他的手指，没有说话。

体检很顺利，但还是用了将近一个上午的时间。他们没有去取车，不约而同地想要吃一碗牛腩面。

辛荷的先做好，霍瞿庭的也很快做好。二人坐在桌子的同一侧，低着头吃面，但是等到辛荷吃好，霍瞿庭都没抬过头。

热气太多，扑在脸上大概不会太舒服。霍瞿庭起身付钱，辛荷假装没看到他被熏红的眼眶。

霍瞿庭的记忆恢复得很完整。

他想起在 L 市与辛荷痛失五百美金；想起辛荷最喜欢喝的其实不是奶茶，是港大餐厅卖的绿豆冰沙；也想起辛荷被拉出他的病房时，地上散落的那些照片，辛荷的眼泪和惨白的脸……

同时他记得辛荷在医院打给他的那通电话，记得辛荷回港城做过的肾移植手术，记得录像中辛荷心脏停止跳动的那三分四十二秒……

他想起所有，也记得所有，这些东西把他在好哥哥与坏哥哥的身份之间拉扯。他们一同在冰室吃早茶，不锈钢杯壁上滚落的水珠也叫他沉默。

这几个月以来，霍瞿庭多数时间表现得不明显。但总有一些瞬间，辛荷能清楚地感觉到，霍瞿庭在跟自己较劲儿，问自己为什么，一直在责怪自己，不能原谅自己。

他想挽回一些已经造成的遗憾，可那是唯一尤法做到的事情。

他在撕裂自己。

辛荷任由霍瞿庭大手笔地买下了 A 市那套产权过户极其复杂的

小套间，订了霍瞿庭生日时去 L 市的机票，上个月去 A 市看那套已经属于辛荷的房子，霍瞿庭自己开车，辛荷坐副驾驶座，二人从大桥上走过。

那路很长，但可以平安地抵达终点。

辛荷本以为这些够了。

可辛荷忘了，他不再是那个从扭蛋里扭出棕熊就会兴奋一整个春节的小孩儿。一张产权证明和两张机票，也无法给霍瞿庭带来什么实质性的安慰。

霍瞿庭整夜地失眠，因为每一句曾经说过的恶语，每一次忽略和冷漠，每一秒钟的浪费，因为所有的命运的不公。

他想挽回已经造成的遗憾，那怎么可能？

他们吃过午饭，在附近闲逛一会儿，等待检查结果。

街道上大多是珠宝店，辛荷随便看看，没承想看到了合眼缘的饰品。

合适的尺寸需要定制，辛荷大手一挥，花掉自己卡里相当一部分积蓄。

辛荷瞬间成为柜姐的 VVIP，霍瞿庭看他坐在贵宾室的沙发上，喝冰奶茶喝得不亦乐乎，有些想笑，最终在他端起咖啡时才阻止他："晚上还想不想睡了？"

辛荷撇撇嘴，但很听话，试探地再拿奶茶，见霍瞿庭没有鼓励的表情，也不再任性。

等到医院来电话，霍瞿庭的神情又有些紧绷，路上的气氛亦开始变得沉默，直至见到医生。

辛荷在椅子上坐着，霍瞿庭站在他手边，站姿笔直，几乎算是僵硬的。

一直到出了医院，辛荷本人也有些晕头转向。霍瞿庭开车走出很长一段，在远离市中心的街道靠边停车。

他转头看向辛荷，辛荷也看他。不过辛荷的眼睛弯着，比他似哭似笑的表情好看。

第一次，医生不再模棱两可地讲说"保留换心的意见"，而是说"没必要"。

他说辛荷目前的状态已经非常稳定。

辛荷说："医生说的话你总信吧？以后我会好好的，你可以开心一点儿吗？你能答应我吗？"

霍瞿庭说："我没有不开心。"

辛荷知道他说的是真心话，所以换了种说法："过去的事情就让它慢慢儿过去吧，好不好？"

霍瞿庭沉默了很长时间，辛荷突然问霍瞿庭："我最近吃药这么乖，你拿什么奖励我？"

霍瞿庭说："你想要什么？"

辛荷转转眼珠，抿嘴笑着看他。

霍瞿庭终于也笑了，捏他的嘴角，捏到他怪叫一声。二人在车里你来我往，幼儿园的小朋友大概也不会热衷这样的打闹。

他们终于又上了路。回家的路上，辛荷打开电台，听完半首没听过的歌，下一首依然陌生，霍瞿庭跟着哼了几句。

几番离合 再相聚
成功挫败 懒管它
悲哀因有他 快乐为有他 跟他受苦也罢
他知道否 我在想他

几番离合，再相聚。
归来吧，归来了，自此相聚，再无离分。

图书在版编目（CIP）数据

厮守期望 / 翡冷萃著. — 广州：广东旅游出版社，
2023.10
　　ISBN 978-7-5570-3086-5

　　Ⅰ．①厮… Ⅱ．①翡… Ⅲ．①长篇小说－中国－当代
Ⅳ．① I247.5

中国国家版本馆 CIP 数据核字 (2023) 第 114095 号

厮守期望

SISHOU QIWANG

出 版 人：刘志松
总 策 划：曾英姿
责任编辑：梅哲坤
责任校对：李瑞苑
责任技编：冼志良

广东旅游出版社出版发行
地址：广州市荔湾区沙面北街 71 号首、二层
邮编：510130
电话：020-87347732（总编室）　020-87348887（销售热线）
投稿邮箱：2026542779@qq.com
印刷：湖南天闻新华印务有限公司
（湖南望城湖南出版科技园　电话：0731-88387578）
开本：880 毫米 ×1230 毫米　　1/32
字数：217 千字
印张：9
版次：2023 年 10 月第 1 版
印次：2023 年 10 月第 1 次印刷
定价：49.80 元